KB274038

박신애 판타지 장편 소설
FANTASY FRONTIER SPIRIT
AZa Riah
야사랴

아사랴 5

박신애 판타지 장편 소설

초판 1쇄 찍은 날 § 2009년 2월 3일
초판 1쇄 펴낸 날 § 2009년 2월 13일

지은이 § 박신애
펴낸이 § 서경석

편집장 § 문혜영
편집 § 서지현

펴낸곳 § 도서출판 청어람
등록번호 § 제1081-1-89호
등록일자 § 1999. 5. 31
어람번호 § 제1-1026호

주소 § 경기도 부천시 원미구 심곡2동 163-2 서경B/D 3F (우) 420-822
전화 § 032-656-4452   팩스 § 032-656-4453
http://www.chungeoram.com
E-mail § eoram99@chollian.net

ⓒ 박신애, 2008

ISBN 978-89-251-1671-6 04810
ISBN 978-89-251-1290-9 (세트)

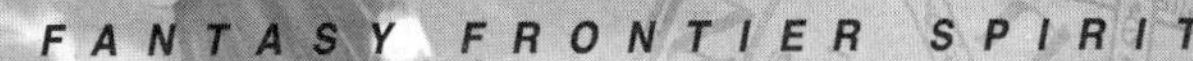
FANTASY FRONTIER SPIRIT

AzRinh
박신애
판타지 장편 소설
아사라
결정은 자유
[완결]
5

도서출판
책람

Contents

Chapter 24
뒤통수 맞기

문제 해결까지는 아니더라도 뭔가 실마리는 잡을 수 있을
줄 알았건만, 결국 '지켜보자'란 결론을 가지고 돌아오게 된
나는 실망이 이만저만이 아니었다. 뭐, 오랜만에 해인이 얼굴
도 보고 생각지도 못하게 들은 이 세상의 비하인드 스토리도
재미는 있었지만, 낙담한 기분을 풀어주지는 못했다.

게다가 시간이 많았던 게 아니었기에 해인이와 회포도 제대
로 풀지 못한 채 자리에서 일어나야 했다.

그런데 배웅해 준다고 딴 존재들 다 떨어뜨리고 혼자 같이
나섰던 해인이가 일명 뭐 마려운 강아지의 표정으로 날 힐끔
힐끔 보는 거였다. 애초에 녀석이 일행을 떨궈놨을 때부터 뭔
가 할 말이 있을 거라 짐작은 했지만, 이렇게 우물쭈물거리며

말을 꺼내지 못하니 의아하기까지 했다.

처음에는 해인이가 알아서 입을 열 때까지 기다릴 생각이었지만, 잠시 지나도 말을 꺼내지 못하자 이러다간 마법진 앞에 도착할 때까지 못 들을 것 같아 내가 먼저 입을 열었다.

"무슨 말을 하려고 그렇게 뜸을 들여? 너랑 나 사이에 못할 말이 뭐가 있다고."

내 말에 해인이가 머쓱하게 웃어 보였다.

"아니, 그게… 있잖아……."

그녀의 말에 나는 킥 웃으며 대꾸했다.

"그래, 뭐가 있는데?"

"에잇, 남은 심각한데… 저기 있잖아."

"말해, 누가 없대?"

"장난치지 말고."

나의 계속되는 말장난에 해인이의 얼굴이 뾰로통해졌다.

그에 얼른 입을 다물긴 했지만, 그렇다고 해서 해인이의 입이 곧바로 열린 건 아니었다.

'나원… 그렇게 말하기 어려운가?'

해서 결국 다시 내가 먼저 입을 열었다.

"도대체 무슨 말을 하려고 자꾸 '있잖아'를 찾아?"

그렇게 한 번 더 내 재촉을 받고서야 겨우 해인이가 본론을 꺼냈다.

"아니… 우리 아버지가 좀 심하게 했다매?"

"난 또 뭐라고……."

우물쭈물 나온 말에 나는 픽 웃어 보였다.

"괜찮아. 나라도 그랬을 거야. 게다가 그때는 나에게 시간도 얼마 없는 상태라 너희 아버지도 꽤나 다급하셨을걸."

"그래도… 그리고 나 때문에 억지로 남게 된 건 아닌가 싶기도 하고……."

"그게 왜 너 때문이냐? 아니, 물론 네 영향이 없었던 건 아니지만, 선택한 건 나야. 그러니 책임도 내가 져야지. 괜히 네가 마음에 걸려 할 건 없어."

내 말에 해인이가 고마운 표정을 보이면서도 입술을 삐죽였다. 아무래도 나 때문에 꽤나 걱정했던 모양이다.

"내가 안 그러게 생겼어? 오빠가 어쩌려고 했는지 뻔히 아는데."

"괜찮아. 이렇게 결정하고 나니까 속이 후련한 게 차라리 잘됐다 싶더라."

"그래?"

약간은 미심쩍다는 듯 바라보는 해인이에게 나는 후련하다는 기색을 담뿍 담은 미소를 보여줬다.

"그래. 야, 나도 사람인데 그동안 마음이 편했겠냐? 어쩌면 사람들이 괴물들과 싸우다 다치고 심지어 죽는 걸 보면서도 돌아갈 생각에 외면해 버린 내가 정말 나쁜 놈일지도 몰라."

처음에는 명랑한 어조로 시작했지만, 마지막에는 자책감이 들어 씁쓸한 어조가 되어버리자 이번에는 해인이가 괜히 명랑한 미소를 지어 보이며 내 팔뚝을 톡톡 쳤다.

"에이, 그건 아니다 뭐. 어쨌든 괜찮다니 다행이지만, 나중에라도 후회하지 않겠어?"

"후회하지 않을 리가 있겠냐? 그래도 이왕 결정한 거니 잘 살아볼래. 뭐, 나중에 정 후회스러우면 네 아버지를 원망하면 되잖아? 냐하하~"

마지막은 물론 농담이었는데, 어째 해인이의 반응이 미적지근하다. 그래서 내심 자기 아버지라고 편드는 건가 싶었는데, 해인이가 다시 우물쭈물 입을 여는 거다.

"에에… 그리고……."

"응? 또 할 말이 있었어?"

"응. 전에는 오빠 일이 아니라서 별생각없었겠지만, 지금은 마족이랑 정식으로 싸워야 하잖아? 그래서 마족에 대한 인식이 바뀌었나 해서."

뜬금없는 질문에 나는 고개를 갸웃거렸다.

"마족에 대한 인식?"

그렇게 물어봐도 얼마 전까지는 내 상황을 고민하느라 바빠 마족에 대해서는 생각할 시간도 없었고, 지금은 마족이 수상하다는 점을 논리적으로 따져 내느라 바빠 따로 그들에 대한 인식을 생각하고 자시고 할 여력도 없었다. 게다가 난 아직은 이 세계에 대한 애정이라든지 소속감이라든지가 강하지 못했고, 결정적으로 에티엔이란 마족과 계약을 한 상황이었기 때문에 해인이의 질문에 깊게 생각을 못하고 단순하게 대답했다.

"별다른 건 없는데? 그냥 마족은 마족이다 정도?"

"적이니까 몽땅 쓸어버려야 하는 놈들이라고 생각 안 해?"

해인이의 질문에 난 의아하다는 시선으로 그녀를 바라봤다.

"뭔 이야기를 하고 싶은 겨?"

"아니, 마족이 싫어지지 않았나 싶어서……."

우물쭈물 어린애 같은 질문을 하는 폼이 또 다른 말하기 어려운 속사정이 있는 모양이다.

"그러니까 마족이라고 무조건 안 좋은 인식이 생긴 건 아닌 건지 궁금한 거냐? 뭐, 지금 이 난리를 치는 놈들은 당연히 싫지만, 나머지 마족들에게는 별생각이 없는걸? 나에게 피해만 주지 않는다면야 관심도 없어. 너도 마찬가지 아니야? 이게 마족 전체와 인류 전체가 전쟁하는 것도 아니고, 몇몇만 넘어와서 난리 치는 거라며?"

'그렇지, 그렇지. 마족 전체와의 전쟁이라면 나쁜 놈들이라고 생각은 하겠지만… 중국 사람 몇몇이 우리나라에 들어와서 난리를 쳤다고 중국 사람이 몽땅 나쁜… 아니, 그래도 인식은 많이 나빠지겠는데?

그제야 좀 더 생각을 해봐야겠다고 여기는데 해인이가 다시 물어온다.

"에… 근데… 오빠의 아버지가……."

"아버지? 으음… 아버지라면… 무조건적으로 그러시는 건 아닌 것 같은데? 그랬다면 날 처음 만나자마자 그냥 됐겠냐?"

날 처음 봤을 때 덤덤하게 마주했던 아버지가 떠오르자 저

절로 웃음이 났다.

'진짜 괴짜셨지. 그런데 진짜진짜 날 처음에 보고도 아무런 경계도 안 하셨을까? 그건 아닌 것 같은데? 아무래도 이건 나중에 슬쩍 한번 물어봐야겠어.'

나야 속으로 어떤 생각을 하든 내 말이 만족스러웠는지 그제야 해인이의 표정이 밝아졌다.

"하긴……."

"그런데 뜬금없이 그건 왜?"

"응? 아니, 저기……."

드디어 그 말하기 어려웠던 본론이 해인이 입에서 나오려는 찰나,

"팔라디노 겨엉~"

복도 건너편에서 모습을 드러낸 턱수염 신관이 애절한 표정으로 달려오는 바람에 그냥 해인이의 입이 닫혀지고 말았다.

"정말 가실 겁니까?"

체면만 아니었으면 내 다리라도 잡고 늘어질 기색의 턱수염 신관을 떼어놓자니 정말 미안스러웠다.

하지만 나도 입장이라는 게 있고 우선순위라는 게 있었으니 미안한 마음에도 단호하게 그를 떼어놓고 마르타 국의 스포티스우드 성으로 돌아오니 퀭~한 눈을 하고 있는 20대 초반의 마법사 한 명만이 반색한 표정으로 나를 맞이한다.

"드디어 오셨군요!"

'어라라?

그 모습에 나는 살풋 인상을 찡그렸다.

나처럼 대단한 존재가 왔는데 맞이하는 인원이 고작 한 명이라는 것에 화가 난 것이 아니었다.

이동 마법진은 중요한 만큼 항상 철저한 경계 상태를 유지하느라 최소한 세 명의 마법사가 지키고 있는데 단 한 명이, 그것도 서클이 그닥 높아 보이지 않아 보조를 맡을까 말까 한 마법사만이 지키고 있다는 것이 의아했던 것이다.

하지만 그 의아함은 내가 채 물어보기도 전에 풀렸다.

"팔라디노 경, 빨리 병동으로 가주십시오. 경께서 해결해 주시지 않으면 우리 마법사들은 모두 과로로 쓰러지고 말 것입니다. 팔라디노 백작님께서도 그곳에 계십니다."

'아…….'

아무래도 모든 마법사들이 환자 치료에 동원된 모양이다.

하기사 내가 마지막에 그들에게 고난위의 치유 마법을 걸어주기는 했지만 급한 상황에 단체로 걸어준 거라 응급처치 정도의 효과밖에 없었을 거다.

그걸 미처 생각하지 못하고 딴생각에 빠져 해인이에게 다녀왔으니…

'이거야 원, 남들에게 욕먹어도 뭐라 할 말이 없네.'

스스로에 대한 머쓱함에 입맛을 다시며 그 마법사가 붙여준 병사의 안내를 받아 병동으로 향하는데, 어째 얼굴이 따끔따끔거린다. 지나치는 사람들이 다 한 번씩 내게로 시선을 던지기 때문이었다. 물론 존경과 경의, 경탄 등등의 좋은 감정이 아니라 비난, 악의, 심지어 경멸 같은 안 좋은 감정들로 가득했다.

'쩝~ 환자들은 나 몰라라 하고 놀러간 이야기가 다 퍼졌나?'

그런 시선 받을 만하다고 생각은 하지만, 그래도 직접 받으니 별로 기분은 좋지 못했다. 그래도 전 전투의 마지막은 내가 나서서 끝냈는데 말이다.

거기까지 생각하던 중, 전투가 끝나고 트라한 녀석이 나에게 달려와 악다구니를 썼던 일이 떠오른다.

'아, 그래서 더 안 좋으려나? 에궁… 당분간 몸조심해야겠는걸?'

병동 안으로 들어서자 여전히 그런 악의에 찬 시선들이 날아왔지만, 좀비 저리 가라 할 정도의 몰골로 흐느적거리며 돌아다니는 마법사와 신관들은 도우미가 왔다고 생각해서인지 무척 반색하며 나를 반겼다.

"필라디노 경!"

"드디어 오셨군요."

"아, 예. 제가 좀 늦었지요? 어디서부터 도울까요?"

그런 마법사와 신관들에게 머쓱하게 웃으며 묻자 그들이 어째 고개를 저어 보인다.

"여기는 괜찮습니다. 양호한 환자들만 있으니까요. 위층으로 가보십시오. 아, 팔라디노 백작님도 그곳에 계십니다."

생각해 보면 저 마법사들과 신관들도 그 데스 나이트인지 뭔지 하는 놈들을 막으려 있는 힘을 다하느라 지쳤을 텐데 그 와중에도 쉬지 못하고 환자들을 치료하고 있었으니, 저들에 비하면 난 무지 나쁜 놈 맞았다.

'끄으응~ 해인이에게는 나중에 가든지 아니면 실피드를 통해서 말하든지 할 걸 그랬나 봐.'

하지만 이제 와서 후회해 봤자 이미 늦은 일이라 나는 따가운 시선을 고스란히 받으며 마법사가 떠미는 대로 순순히 위층으로 올라갔다.

계단을 다 올라가 복도로 꺾어지자마자 제일 먼저 보이는 건 입구에 마련된 소파에 포개져 있는 천 년 묵은 미라화된 마법사와 신관들이었다. 결국은 과로에 지쳐 쓰러지는 사태가 속출한 모양이었다.

그들에게 미안함을 담은 시선을 한번 보내주고 지나쳐 안으로 들어가니 붕대에 칭칭 감겨 있느라 얼굴과 몸매가 가려진(?) 환자들이 누워 있었고, 주변에는 어두운 얼굴의 친우들이 앉아 있는 게 보였다.

차마 그들에게 아버지의 행방을 물어볼 수 없었으니—어차피 그들도 날 안 좋은 시선으로 볼 테니—걸어다니는 좀비화된 마법사나 신관 중 한 사람을 붙잡으려 했는데.

내가 움직이기 전에 누군가가 먼저 나에게 다가오는 것이었다.

"혹시 팔라디노 경이십니까?"

낯선 음성에 순간적으로 긴장했지만—직접 와서 안 좋은 소

리 할까 봐—그 음성에 적대감은 없었기에 난 긴장을 풀고 그
를 돌아봤다.

낯선 목소리로 짐작했지만, 역시 모르는 얼굴이다.

"맞습니다."

그래서 반 정도는 경계하는 시선으로 바라보며 대답하자 그
가 다급함 속에 반색을 보이며 날 붙잡는다.

"부탁드립니다. 제 친구를 치료해 주십시오."

한 사람이 나서자 뒤에서 기웃기웃거리고 있던 사람들이 용
기를 얻었는지 우르르 나섰다.

"저, 저기… 저희 단장님도 좀 봐주시겠습니까?"

"제 후배도……."

'헤에~'

아무래도 절박한 입장이라 악인의 타이틀이 무시되는 모양
이다.

뭐, 어차피 돕기 위해 온 거니 기꺼이 고개를 끄덕이려고 하
는데, 기다렸다는 듯이 주변에서 비아냥을 날리는 것이었다.

"흥, 저런 인간에게 부탁을 하다니. 부끄럽지도 않나?"

"난 죽어도 저런 후안무치한 인간의 도움은 안 받는다."

자기들이 명예를 목숨같이 여기는 것도 알고, 내가 비난받
아 마땅한 입장이라는 건 아는데, 위급한 환자를 눈앞에 두고
도 저런 말을 하는 사람들을 보자니 기가 막히다. 그 환자가
자신과 친한 사람일 텐데도 저런 말이 나올 수 있는 걸까?

만약 내가 저들의 입장이라면 악당이 아니라 악당 할아버지

가 와서 치료에 많은 돈을 요구하더라도 좋아서 받아들였을 거다. 물론 완벽히 치료할 수 있다는 전제하에서.

한데 저들은 길이 있는데도 나쁜 놈이라서 도움을 안 받겠다고 하다니…….

'배가 불렀어. 쯧쯧… 나도 싫다는 놈들은 돕고 싶지 않다네.'

그런데 웃기게도 비아냥을 무시하고 날 이끄는 사람을 따라 어떤 중년 남자 앞에 당도했더니, 그 중년 남자가 날 이끌고 온 사람에게 고개를 돌리고는 화를 내는 것이었다. 피부가 파랗다 못해 꺼멓게 죽어가기 시작해 빨리 손을 쓰지 않으면 위독한 상황임에도 불구하고 말이다.

"이자는 뭐 하러 데려왔는가? 난 이자의 도움 따윈 받고 싶지 않으니 당장 돌아가라고 하게."

"그게 무슨 말씀이십니까? 한시라도 빨리…….”

"어허!"

그 중년 남자가 자신을 만류하는 사람의 말을 끊으며 호통치자 나는 미련없이 고개를 돌려 다음으로 날 데려가려고 기다리는 사람들을 바라봤다.

한데, 아까는 날 서로 데려가려 안달이었던 이들도 그새 마음이 바뀌었는지 내 시선을 피하며 어물거리는 거다.

다른 곳으로 시선을 돌리니 다들 경멸과 비웃음을 보이며 날 바라보고 있었다.

이 어이없는 상황에 난 화낼 기분도 안 들어 포옥~ 하는 한숨과 함께 고개를 절레절레 흔들고는 그곳을 나가려고 했다.

'그냥 대신전으로 가서 해인이나 도와야지.'

라고 결심하며 말이다.

그런데 그때, 누군가 또 나를 부르는 것이다.

"팔라디노 경!"

이번엔 어째 낯익은 목소리다 싶어 고개를 돌려보니 놀랍게도 거기엔 토카라 경이 침대 위에 누워 있는 거였다. 게다가 더 놀랍게도 그 옆 침대에는 아리엘 녀석까지 누워 있었다. 내가 놀란 시선으로 둘을 번갈아 바라보자 아리엘 녀석이 인사 차 가볍게 손을 들어 보인다.

그제야 난 트라한 녀석이 왜 오버라는 생각이 들 정도로 펄펄 뛰었는지 이해할 수 있었다.

"두 분도 여기 계실 줄은 몰랐는데요."

놀란 기색을 그대로 보이며 묻자 토카라 경이 씨익 웃어 보였다.

"능력이 달려서 그렇게 됐네."

그렇게 말하는 토카라 경은 어깨부터 가슴까지 붕대가 칭칭 감겨 있었는데 오른쪽 팔 피부색이 시퍼렇다.

가까이 다가가 그의 안색과 상세를 조심스레 살피는데 얼굴이 따끔따끔하다. 슬쩍 시선을 돌려보니 토카라 경 주변에 앉아 있는 사람들이 일제히 날 노려보고 있는 거다. 뭐, 하도 그런 시선을 많이 받아 이제는 그러려니~ 하고 다시금 토카라 경을 살피려던 나는 문득 뭔가 허전한다는 생각에 다시 고개를 들고 주변에 앉아 있던 사람들을 차분히 둘러봤다. 하지만 그래도 별다른 점은 찾을 수 없었다.

'다 모르는 사람들뿐이구만 왜 허전한 기분이… 가만, 모르는 사람들뿐?'

"트라한 경이 안 보이는군요?"

어쩐지 뭔가 허전하다 했더니만, 나만 보면 물어뜯으려고 달려들던 녀석이 없어서 그랬던 거였다.

아리엘 옆에서 절대 떨어지지 않을 것처럼 보이던 녀석이라 누구보다 먼저 아리엘의 옆에서 간호를 하고 있어야 당연할 텐데 안 보이니 의아함에 묻자 토카라 경이 키득거리며 설명해 줬다.

"트라한 경은 아래층에 누워 있네. 이를 바득바득 갈면서 말이지."

"아……."

하긴, 내가 좀 심하게 손을 쓰긴 했다.

'근데, 아까 못 봤는데? 안쪽에 있었나?'

라는 생각에 고개를 갸웃갸웃하는데 토카라 경의 말이 계속 들려왔다.

"그래서 트라한 경에게 병문안을 가고 싶은데, 자네가 좀 도와주겠나?"

토카라 경의 말에 주변 사람들의 눈이 휘둥그레졌고, 놀라서 숨을 들이켜는 소리도 여기저기서 들려왔다.

"토카라 경, 그 무슨 망발을……."

"자네, 지금 제정신인가?"

그런데 토카라 경은 주변의 경악 속에서 한술 더 떴다.

"아리엘님도 받으실 거죠?"

아리엘 녀석이 토카라 경의 말에 머뭇거림없이 고개를 끄덕이자 주변은 한층 더 시끄러워졌다.

하지만 두 사람은 주변이 시끄럽던 말던 아랑곳하지 않고 나만 빤~히 바라보고 있는 것이다. 그에 망설이고 있던 나는 픽~ 하고 웃으며 천기를 끌어올렸다.

둘을 치료해 주는 거야 별문제가 아닌데 이들이 그 뒷일을 감당할 수 있을까 염려가 되어 머뭇거렸던 것이다. 주변에 자존심과 긍지로 똘똘 뭉친 기사들이 포진해 있었으니 나에게 도움받았다고 신나게 시달릴 게 뻔했다. 아까 그 기사도 다 죽어가면서도 나의 도움은 거절할 정도였으니.

하지만 곧 '알아서 하겠지'라고 무책임하게 생각해 버리고 손을 뻗었다. 어차피 나 또한 다친 그들이 도움을 거절하면 몰라도 그냥 두고 갈 수는 없었으니 말이다.

토카라 경을 먼저 치유해 주려고 했는데 그가 극구 순서를 아리엘에게 양보하기에 아리엘의 복부를 감싼 붕대를 풀어보니 생각보다 참혹한 모습이 드러났다. 붕대에 피가 많이 배어나와서 상처가 크다는 건 짐작했지만, 마치 커다란 해머에 몇 번이나 내려쳐진 것처럼 복부가 움푹 들어가고 피투성이가 된 정도인 줄은 몰랐다. 복부의 피부를 제껴 안을 들여다보지 않아도 안의 근육이나 내장이나 다 으스러졌다는 걸 알 수 있었다. 이 상태로도 정신을 온전히 차린 채 나에게 인사를 할 수 있었다니, 아리엘의 정신력에 경의를 표해야 할지, 아니면 그에게 응급처치를 한 누군가에게 경의를 표해야 할지 모르겠다.

나는 지체없이 복부에 손을 가져다 대고 작게 읊조렸다.

"홀리 레자스트!"

새하얀 빛이 터져 나오며 아리엘의 복부를 부드럽게 감싸자 쑤욱~ 들어가 있던 복부가 꿈틀거리며 천천히 부풀어 올랐다. 아마 안의 다져졌던 내장이 회복되면서 제자리를 찾는 모양인데, 힐끗 아리엘의 얼굴을 보니 되게 야리꾸리한 표정이다. 하긴, 나라도 뱃속의 내장이 꿈틀거리는 게 느껴지면 저런 표정을 짓지 않을까 싶다.

빛이 사라지자 완전히 본래의 모습으로 돌아온 복부가 드러났다. 그런데 안타깝게도 완전히 다져졌다 회복될 때는 운동이나 훈련으로 단련된 근육까지 회복시킬 순 없나 보다. 분명 전에는 '王' 자가 새겨졌을 복부가 그냥 둥글고 매끄러운 자태를 수줍게 드러내고 있었으니 말이다. 쿡 찔러보니 말랑말랑한 것이 운동과는 연을 끊은 사람의 복부다.

"앞으로 복부 운동을 따로 하셔야겠군요."

내 말에 아리엘이 픽 웃었다.

"기사인 이상 살아 있으면 앞으로도 훈련은 계속해야 할 텐데 뭘."

것도 그렇다. 하지만 이 복부 가지고 당장 전투에 참여할 수 있을지는……

‘으음, 복부하고 싸우는 거하고 별 상관이 없을라나?’

어쨌든, 혈색 좋은 복부의 모습에 만족해서 뒤로 물러나니 사방이 조용했다. 의아해서 돌아봤더니 주변에 있던 모든 이들의 시선이 아리엘의 복부에 꽂혀 있는 거다.

‘아니, 다쳤다 마법으로 회복되는 거 처음 보나?’

절대 도움받지 않으리라 마음먹었지만, 순식간에 회복된 모습을 보니 결심이 흔들리는 눈치다. 그런 사람들의 모습에 내심 코웃음을 치며 나는 옆의 토카라 경에게 다가갔다.

붕대를 풀어보니 토카라 경은 커다란 도끼로 장작패기라도 당했는지 어깨에서 옆구리까지 쫘아악~ 쪼개져 있었다. 어깨부터 떨어져 나간 팔을 간신히 붙여놓아 톡 건드리면 금세 덜렁거리며 떨어져 나갈 듯한 모양새다. 하지만 이 또한 내가 마법으로 분홍색의 흉터 자국이 남은 걸 제외하곤 완전히 붙여놓자 이제는 주변에서 감탄의 한숨이 흘러나온다.

“어때요?”

내 질문에 천천히 손가락을 움직여 보던 토카라 경이 살풋 인상을 찡그렸다.

“저릿저릿한데? 마음대로 움직여 주지도 않고.”

“한번 잘렸던 신경이 다시 붙어서 그런 거라네. 며칠만 지나면 정상으로 돌아올 거야.”

갑자기 끼어든 목소리에 주변 사람들은 깜짝 놀랐지만, 아버지가 다가올 때부터 기척을 느끼고 있었던 나는 놀라는 대신 덤덤하게 인사를 건넸다.

“오셨어요? 어디 계셨대요?”

“위층에.”

아래층에서 가르쳐 준 위층이 여기가 아니라 한 층 더 위를 말하는 거였나 보다.

“한 녀석이 네가 왔다고 알려주더라. 곧 올라올 줄 알았는데 안 올라오고 있기에 내가 내려와 봤다.”

“아하하… 그러셨어요?”

아리엘과 토카라 경 앞이니 차마 ‘왔으면 잽싸게 올라오지 않고, 날 내려오게 만들어?’ 라고 말하지는 않으셨지만, 기색에 다 드러나는 터라 나는 난처하게 웃어 보였다. 아버지는 천족의 팔찌를 차고 있었음에도 눈 밑에는 두터운 다크써클이 쌓여 있었고 얼굴도 꽤나 파리한 것이 아무래도 꽤나 무리를 하고 계셨나 보다. 하긴, 지금까지 보아온 마법사들과 신관들을 생각해 볼 때 아버지만 홀로 멀쩡하게 계실 수는 없었을 거다.

“여기 볼일 다 봤으면 어여 위로 올라가자. 위에가 더 급하다.”

어차피 나도 볼일은 다 끝났고, 더 이상의 도움 요청도 없었기에―요청을 한다 해도 이제는 내가 거절할 생각이었다―나는 한순간의 망설임도 없이 아버지의 뒤를 따랐다.

아래층도 위독한 환자들이 있긴 했지만, 위층은 그들보다 한층 더 심각한 환자들이 누워 있었다. 아래층에는 그나마 몇 시간은 그럭저럭 버틸 수 있는 환자들이 있다면, 이곳은 당장 손을 쓰지 않으면 십여 분도 못 버티고 금방 사망할 환자들이 있는 곳이었으니 말이다.

그 모습에 누구에게 먼저 달려가야 할지 몰라 당황하고 있는 나에게 아버지가 팔뚝을 툭 치며 말씀하셨다.

"급하니 전체적으로 한 방 터뜨려라."

상황에 어울리지도 않게 웃긴 어조인데, 또 따지고 보면 이 상황에 가장 어울리는 지시에 나는 아버지답다고 생각하며 시킨 대로 천기를 잔뜩 끌어올려 그 층 전체에 퍼뜨렸다.

"홀리 레자스트!"

아까와는 비교도 안 될 정도의 강력한 빛이 중환자실 안을 뒤덮었다. 그도 그럴 것이, 토카라 경과 아리엘에게는 그들에게 맞게끔, 아니, 조금 약한 정도로 사용했는데 지금은 가능한 한 가장 강력한 염원을 담아 마법을 일으켰던 것이다.

덕분에 효과가 있었던지 빛이 사라지자 여기저기 침대에 누워 있던 이들에게서 한꺼번에 긴 숨이 터져 나왔다. 간신히 한 고비를 넘긴 모양이었다.

한결 편안해진 환자 상태를 확인한 아버지는 안도의 한숨을 내쉬더니 수고했다는 듯 내 어깨를 톡톡 치셨다.

"그래도 제 시간에 와서 다행이다. 네 녀석을 괜히 보냈다고 얼마나 후회했는지……."

그랬을 것 같다. 아버지도 날 보내시면서 미처 환자들 생각을 못하셨나?

"나와 여기 있는 마법사들, 신관들로 다 감당할 수 있을 줄 알았는데, 생각보다 환자가 엄청 많지 뭐냐? 아까 다른 신관들

하고 마법사들 상태 봤지? 너 위로한답시고 대신전에 보내는 바람에 나까지 악당의 꼬리표를 달았다."

"빨리 돌아오라고 연락하지 그러셨어요? 마법 중에는 그런 것도 있다면서요."

"연락할 틈도 없었다. 눈앞에서 사람들이 단체로 죽어가니 숨 쉴 시간도 없이 마법을 퍼부어야 했거든."

"쩝……."

'하기야, 좀 전까지도 급박한 환자들이 그렇게 많았었으니… 게다가 아래층과 그 아래층에도…….'

거기까지 생각하던 난 문득 환자 숫자가 너무 많다는 걸 깨달았다.

내가 아군을 도우러 실피드와 나왔을 때만 해도 아군이 200여 명 정도만 남아 있었건만, 지금 환자를 보니 여기 3층의 중환자실에 누워 있는 숫자만 해도 대략 3, 400명 정도다. 이와 비슷한 크기의 병실이 2층이나 더 있으니 한 층에 300명이 있다 쳐도 거의 천 명에 가까운 숫자였다.

"그러고 보니 환자가 진짜 많군요. 이분들이 다 전의 전투에서 다친 겁니까?"

"그래."

"하지만 제가 봤을 때 아군은 200여 명 정도만 남아 있었는데……."

"중상자는 미리미리 빼내서 성내로 옮긴 거지. 중상자가 전투지에 있어봤자 아군의 걸림돌밖에 더 되겠냐? 그들을 빼내고 그 자리에 새로운 기사를 데려다 놓은 거야. 덕분에 정령사들도 죽어났다."

'오오~ 그런 방법이! 완전 스포츠 경기의 선수 교체 같잖아?

정령사들이 두 팔 걷어붙이고 나선다면 불가능한 일도 아니라고 생각된다. 중간에 따로 성문을 열어서 기사단을 내보내고 환자를 데려올 필요 없이 성벽 위에서 데려다 주고 데려올 수 있었을 테니 말이다.

"그래서 이렇게 많은 거군요."

내가 주변을 둘러보며 말하자 아버지가 약간 가라앉은 어조로 말하셨다.

"여기 말고 더 있다. 그나마 군대에 소속된 자들은 여기에 들어올 수 있었지만, 용병들은 자신들의 막사에서 끙끙 앓고 있을걸? 마법사나 신관이 포함된 용병대는 괜찮겠지만, 그마저도 없는 용병들은 자신의 치유력만 믿고 있어야 할 거다."

아버지의 말에 어떻게 그럴 수 있냐고 말하고 싶었지만, 아버지 표정을 보니 어쩔 수 없는 모양이다.

하긴, 여기도 거의 포화 상태니…….

그나마 적의 전투 수준이 너무 높아서 병사들을 아예 전투에 내보내지 않은 게 다행이다.

나는 나에게 남아 있는 천기의 양을 가늠해 보고는 팔을 걷어붙였다.

"오늘, 죽어라 해보죠."

그렇게 기껏 결의를 다졌건만……

"안 받소."

"나 또한 거절이오."

"다른 곳에나 가보시오."

나만 보면 거절을 해대는 통에 결의가 무색하리만치 난 한가했다.

내가 무슨 천사표라고 날 거부하는 녀석들에게 억지로라도 치유 마법을 써주겠는가? 아버지를 비롯한 마법사나 신관들에게 쬐께 미안한 마음이 들었지만, 자기들이 거부하니 나더러 뭐라 하지는 않겠지.

이럴 줄 알았으면 아까 전체적으로 한 방 터뜨리는 것도 해주지 말걸~ 하며 속으로 투덜거리는 바로 그때!

"어이, 나는 해줘. 난 받을래!"

누군가가 손을 번쩍 들며 큰 소리로 나를 부르는 것이었다.

돌아보니 누워 있는 침대가 아동용 침대로 보일 만큼 2m는 넘는 키에 우람한 근육질을 가진 털북숭이사내였다.

시선이 마주치자 그가 손을 흔들며 다시 한 번 날 불렀다.

"한가하면 나에게 마법 좀 써줘. 아파 죽겠다구!"

너무 한가해서 미안할 지경이었기에 지체없이 그의 옆으로 갔더니, 누군가 내 허리를 콕콕 찔렀다. 뭔가 하고 돌아보니 옆 침대에 있는 다른 환자였다.

날 부른 털북숭이사내는 상체를 온통 붕대로 칭칭 감고 있어도 우렁찬 목소리를 낼 수 있었고 혈색도 크게 나쁜 편은 아

니었는데, 내 허리를 찌른 그 사람은 머리를 붕대로 칭칭 감은
채 파리한 안색으로 날 보고 있었다.

"저기… 저 먼저 해주실 수 없을까요?"

말할 힘도 없는지 목소리가 다 기어들어 가고 있었다. 척 보
기에도 위급한 환자임이 분명해 털북숭이사내에게 양해를 구
하고 그를 먼저 봐주려 했건만, 내가 양해를 구하기도 전에 털
북숭이사내가 그 말을 듣고 화를 내는 것이다.

"야! 내가 먼저 불렀어. 나 하고 너 해!"

"이 시키야. 넌 양심도 없냐? 내가 너보다 더 다쳤어."

그런데 웃긴 건 머리를 붕대로 칭칭 감은 사내도 다 죽어가
는 목소리로 할 말은 다 하는 거였다.

"금방 죽을 것도 아니면서 뭘 그래? 내가 안 불렀으면 이 양
반은 오지도 않았을 거라구. 그러니까 내가 먼저야."

"치사한 시키… 그래, 니 팔뚝 굵다 이 시키야!"

그렇게 해서 머리를 붕대로 감은 환자에게 이긴 털북숭이사내
는 무지 좋았던지 함박웃음을 지으며 내 옷자락을 잡아당겼다.

"봤지? 얼렁 나에게 먼저 해줘."

참 재미있게들 논다는 생각에 나는 피식피식 웃으며 남자의
상체를 감싸고 있는 붕대를 풀기 시작했다. 일단 상태를 봐야
사용할 천기의 수준을 결정할 수 있었으니 말이다.

그런데 생각보다 상태가 무지 심각했다. 나는 너무 팔팔한
목소리로 날 부르고 혈색도 파리하지는 않아 그냥 약간의 천
기면 될 줄 알았는데, 상처를 보니 가슴부터 복부 아랫부분까

지 익은 밤송이가 벌어지듯 쩌억 벌어져 있는 것이었다. 게다가 그 안에 있던 장기까지 베이는 바람에 그곳에서 출혈이 생겨 안에 피가 잔뜩 고여 있었다.

나의 짧은 의학 상식으로도 장기가 상해 출혈이 생기면 극히 위험하다는 건 안다.

'팔팔한 목소리를 낸다 하더라도 가장 위급한 환자만 모아 놓은 곳에 있다는 점을 생각했어야 했는데……'

나는 속으로 나의 짧은 생각을 탓하며 간단한 치료 마법이 아닌, 한 단계 높은 회복 마법을 걸어줬다.

그러고 나서 머리에 붕대를 감은 환자를 돌아보려는데, 그 즉시 통로 건너편의 침대에서 손이 번쩍 들렸다.

"그 녀석 끝나고 나도!"

걸걸한 목소리에 덩치 큰 사내인 줄 알았는데, 의외로 나와 비슷한 체격을 가진 남자다.

내가 의아함에 고개를 갸웃하며 보고 있는데, 방금 전 나에게 치료받았던 털북숭이남자가 그를 향해 소리친다.

"수치인 줄 알아. 수인족이 중환자 병동에 누워 있다니."

"이 시키야, 다치면 오는 곳인데 여기서 종족을 따지기냐? 그러는 네놈은 수인족 혼혈이면서 왜 왔냐?"

그들의 대화를 듣고 나서야 난 이들이 바로 특전대 소속 대원들임을 알 수 있었다. 수인족, 혹은 수인족 혼혈이 절반 이상을 차지해서 그런지 별종들이 많다고 하더니만, 지금 보니 별종이라기보다는 현실주의자 같았다. 뭐, 명예와 자존심 따지

느라 나에게는 치료도 받지 않는 인간들보다는 무척 마음에
들지만 말이다.

그들을 시작으로 특전대 대원들이 여기저기에서 손을 들기
시작해 하릴없이 빈둥대던 나는 여기에 온 목적을 이룰 수 있
었지만, 나에게는 아쉽게도 많은 환자들 중에 특전대원들은
그렇게 많지 않았다. 그만큼 특전대원들의 실력이 뛰어나다는
거지만, 하여간 전체 병동 중에서 딱 여기 3층의 중환자실에
대략 100여 명이 있는 게 다였다. 다른 데에는 특전대원 환자
가 없는 게 의아해서 물어봤더니, 그 정도의 상처를 입은 건 상
처 취급도 안 하기 때문에 아예 병동으로 안 왔다는 거다. 뭐,
특전대에도 소속 마법사들이 있다고 하니 그 사람들이 알아서
치료를 해줬을 거다. 아마 여기에는 그들도 치료하기 어려운
환자들만 보냈겠지.

뭐, 덕분에 내가 완전히 손 놓고 있지 않아도 되어 잘된 일
이기는 하지만, 환자의 숫자가 많지 않다 보니 대략 두어 시간
이 지나자 나는 또 할 일이 없어졌다.

이들에게 치유 마법을 써준다고 해도 당장 죽을 상태가 아
닌 이상 완벽히 회복시켜 주지 않는다. 다만 위험한 고비만 넘
겨주고 회복 속도만 높여서 좀 더 빨리 완쾌할 수 있도록 도와
주는 거지.

아까의 그 털북숭이남정네의 예를 든다면, 내출혈을 막고
다친 장기가 원활히 제기능을 수행할 수 있을 정도로만 회복
시켜 준 다음 상처가 곪지 않도록 생기를 유지하고 자체 치유

속도를 좀 더 높여주는 정도에서 마법을 끝내는 거다.

각자의 몸에 있는 자체 치유력을 보호하는 차원도 있지만, 완전히 회복시키려면 아무리 나라고 해도 감당하지 못한다.

그러다 보니 100여 명을 치유하고 났음에도 불구하고 난 힘이 약간은 남은 상태였다. 뭐, 천기만 디립다 쓴 덕분에 천기만 거의 바닥났지 마기는 아직 온전했다.

하지만 더 이상 나에게 치료를 받길 바라는 환자가 없었기에—게다가 신관이 있는 데서 마기를 사용할 수는 없는 일이라—나는 '이쯤 하고 좀 쉴까?' 란 생각에 숙소로 향하려고 했다. 아마 꽤 비난이 쏟아질 테지만, 이왕 악당 소리를 듣는 거 비난받을 일 한 번 더 하는 게 무슨 대수랴 싶었던 것이다.

한데, 내가 병동을 빠져나가려 하자 아버지가 쫓아와 날 붙드시더니 작게 속삭이셨다.

"아직 힘이 좀 남았으면 용병들 좀 봐주거라."

그러고 보니 용병들은 이곳 병동에도 들어오지 못하고 스스로 알아서 상처를 감당하고 있다 했었다.

나는 이곳에 자리가 없는 관계로 못 들어오는 줄 알았는데, 그게 아니라 원래 용병들은 돈을 주고 고용한 자들이었기에 부상이나 사망에 대한 책임은 져주지 않는다고 한다.

즉, 처음부터 계약할 때 그에 대한 책임은 각자 지기로 하는 조건을 달기 때문에 다치면 알아서 감당해야 한다니 마법사나 의사가 있는 큰 용병대 소속이 아니면 제대로 된 치료도 받지 못하고 있을 터. 아버지는 그들을 도와주라고 하시는 거였다.

아무리 돈을 주고 고용한 자들이라 해도 지금은 귀중한 전력이었으니까.

아버지의 말에 나는 기꺼이 고개를 끄덕이고 그곳으로 발길을 돌렸다. 기껏 좋은 일 해보고자 왔다가 제대로 마무리를 못한 기분에 뒷맛이 안 좋았는데, 제대로 된 치료를 받지 못하고 있는 사람들이 있다지 않는가. 그곳 사람들은 여기 이 자존심만 높은 기사들보다는 낫겠지.

그렇게 해서 물어물어 찾아간 곳은 성안의 넓은 정원에 임시로 세워진 막사촌이었다.

돈이 많거나 큰 용병대라면 마을 여관 건물을 통째로 빌려 그곳에서 기거했지만, 돈이 없는 개인, 아니면 작은 용병대 소속이라면 이렇게 정원에 세워진 막사에서 기거했던 것이다. 이곳에 있는 사람들이 바로 아버지가 말한 이들이었다.

그곳에 도착하니 누군가를 붙잡고 환자가 어디 있는지 물어볼 것도 없이 어깨와 가슴 부위에 붕대를 칭칭 감은 창백한 안색의 남자가 커다란 정원석에 힘없이 앉아 햇빛을 쬐고 있는 게 보였다.

'오자마자 쉽게 만나니 좋네.'

역시 이곳에서의 일진은 나쁘지 않다, 라고 생각하며 그 남자에게 다가가자 내 기척을 느낀 남자가 돌아보다 날 발견하고 경계 어린 표정을 지으며 엉거주춤 자리에서 일어났다.

"뭐, 뭡니까?"

처음 보는 사람이 다가오니 경계하는 건 당연할 터, 그래서 나는 애써 사람 좋은 미소를 지어 보이며 입을 열었다.

"많이 다치셨나 본데, 도와드릴까요?"

"예?"

뜬금없는 소리였는지 놀란 표정으로 되묻는다.

'너무 갑작스러웠나? 내 소개라도 먼저 해야 하나? 근데 내 이름 댄다고 내가 누구인 줄 알까나?'

"제가 치유 마법을 할 줄 알거든요. 많이 다치신 것 같은데 치유 마법을 걸어드릴까 해서요."

기사들 사이에서야 악명으로 유명한 건 알지만, 여기까지 퍼졌을까 싶어 내 소개를 생략하고 그리 말했는데 남자가 미심쩍은 시선으로 날 바라보더니 조심스레 물어보는 거다.

"저어… 혹시 팔라디노 경이십니까?"

"어? 저 아세요?"

사람들 앞에 나선 일도 없는데 어째 아는 건가. 혹시 트라한 녀석과 싸울 때 봤나 싶어 물어봤더니 남자가 알겠다는 듯 고개를 끄덕이는 거다.

"어이구, 경께서 절 도와주시면 저야 감지덕지지요. 그래, 얼마를 드리면 될깝쇼?"

"예?"

남자가 반색하기에 역시 여기선 일을 기분 좋게 끝낼 수 있겠다 싶었는데 마지막에 웬 뚱딴지같은 말이 튀어나오는 거다. 그래 이번에는 내가 되물었더니만, 너무 목소리 톤을 높였는지 남자가 내 반응에 움찔거렸다.

"아, 아니… 도와주신다기에 대가를 드릴까 하고… 저… 그
게 당연한 거 아닌가 싶어서… 그러니까 기분을 상하게 해드
리려는 건 아니고……."

나보다 나이가 대략 네다섯 살에서 많으면 열 살 정도 많아
보이는 덩치 큰 남자가 목소리 톤 좀 높였다고 너무 찔끔해하
니 오히려 내가 당황스러웠다.

그런데 그때 주변 사람들이 이쪽을 바라보고 있는 게 눈에
들어왔다. 경계와 걱정의 눈초리가 가득한 그들의 시선에 나
는 나의 악명이 여기까지 퍼졌음을 짐작할 수 있었다. 아마 내
앞의 용병 남자를 비롯하여 주변 사람들은 내가 공훈을 탐낸
다니 '용병들까지 챙기는 기사' 라는 타이틀을 얻으면서 뒤로
실리까지 챙기려고 하는 줄 알았나 보다.

"대가는 필요없습니다. 그냥 해드리겠습니다."

기껏 '공짜입니다' 라고 설명해 줬더니, 이 용병이 뭔 생각을
한 건지 더욱더 창백해진 얼굴로 뒤로 슬금슬금 물러나는 거다.

"아, 아닙니다. 마, 말씀은 고맙지만… 저, 전 괜찮습니다.
그, 그럼요. 아하하하~"

"무지 아파 보이시는데?"

"무슨 말씀을! 팔팔합니다. 팔팔… 아하하하……."

팔도 제대로 못 움직이면서 팔팔은 무슨 팔팔. 도대체 뭔 생
각을 했는데 저러는지 모르겠다.

'나원… 저러다 상처가 덧나면 저것도 내 탓이라고 하겠네.'

공짜로 해주면 안 받겠다니 별수있는가? 게다가 앞서 이야

기했듯 난 천사표도 아니고 나쁜 사람들이 보통 그러하듯 나 또한 돈을 무진장 좋아하는 편이라 굳이 주겠다니 이왕 이렇게 된 거~ 란 심정으로 입을 열었다.

"얼마 주실 건데요?"

내가 그렇게 말하자 창백해진 남자의 얼굴에 화색이 돈다.

"예? 아, 예. 얼마를 드리면 되겠습니까?"

'자기가 준대놓고 나보고 물어보면 난들 아냐?

어이가 없어서 그를 바라보는데 순간 아까 아버지께 얼핏 들은 이야기가 떠올랐다. 이번 전쟁에 고용된 용병들의 계약 금이 최소 금화 5냥인데다 전투 한 번 나갈 때마다 10냥씩 받는다고 했었다. 제법 높은 금액으로 계약을 맺었는데, 그랬기에 다치거나 사망한 경우 책임을 안 지는 거란다. 그런데 이것도 막사 비용 따로 받고, 식사 비용 따로 받고 등등등 해서 결국 용병 손에 떨어지는 건 7, 80% 정도의 금액밖에 안 된다나?

뭐, 이 모든 걸 안 건 나중 일이고 지금은 계약서에 쓰인 돈만 알고 있었으니 난 그걸 바탕으로 머리를 굴렸다.

'음… 전투 한 번에 금화 10냥씩이니 계약금 정도면 괜찮겠네.'

"금화 5냥 주세요."

내 말에 내 앞의 용병은 물론 주변의 용병들까지 눈을 휘둥그레 떴다.

"예에?"

"왜요? 너무 많아요?"

'돈 낸다며?'

반응들을 보니 내가 엄청 많이 부른 것 같은데, 처음에 준다고 해놓고서 이제 와서 많이 부른다고 하는 건 또 뭔가 싶어 그렇게 말했더니 용병이 화들짝 놀라 손을 휘휘 저었다.

"아, 아닙니다. 아닙니다. 그 정도면 감지덕지긴 합니다, 예, 예, 그렇구 말구요."

아마 이 용병은 겉으로는 그리 말해도 속으로 나에게 날강도 놈이라며 악담을 퍼부었을 거다. 나도 좀 많이 불렀다는 건 그 용병의 눈치로 알아챘지만, 나중에 알고 보니 좀이 아니라 엄청 비싼 가격이었다.

이 용병의 경우는 고위 회복 마법이 아니라 단순 치유 마법 정도면 충분했는데, 그것도 완전히 회복시켜 주는 것도 아닌 정도는 가격이 은화 4, 50냥 정도란다. 그런데 난 두세 배도 아니고 열 배를 불렀으니 날강도, 날도둑놈 등등의 욕을 먹어도 쌌다.

하지만 제대로 된 의사도 없는 상황에 치유 마법을 쓸 수 있는 자가 짠~! 하고 나타났으니 엄청난 바가지라도 그 뒤로 환자가 줄을 잇는 것이었다.

덕분에 나는 생각지도 않게 그곳에서 많은 돈을 벌 수 있었다.

모든 사람의 상세가 같지 않으니 맨 처음 치료해 준 용병을 기준 삼아서 그보다 더 심각한 상처는 더 받았고, 약한 상처는 조금 받았다. 그래 봤자 다 금화 1냥에서 10냥 사이였지만 말이다.

게다가 여기서는 신관들이나 마법사들의 눈치를 볼 염려도 없었기에 나는 마음 놓고 마기를 사용할 수 있어서 천기를 제법 많이 아낄 수 있었다.

이 육체에 완전히 정착한 후로는 본능적으로 마기로도 단순히 치유 속도를 활성화시키는 마법 정도는 쓸 수 있게 되었다. 아마 회복 마법도 쓸 수 있는 것 같은데, 내가 지금 본능적으로 알 수 있는 건 거기까지였기에 아쉽게도 상세가 심한 병자들에게까지는 마기로 도움을 줄 수가 없었다. 뭐, 치유 마법이라도 쓸 수 있는 것도 대단했지만 말이다.

덕분에 천기는 완전 바닥나고 마기만 절반 정도 남은 상태로 휘청거리며 용병들의 막사가 있는 정원을 벗어나 성으로 돌아왔더니만, 입구에 몇몇 기사들이 서 있다가 날 보더니 다가오는 거였다.

"얼마면 되겠소?"

나는 하마터면 그 기사에게 '너 지금 드라마 찍냐?' 라고 말할 뻔했다. 입을 꼭 다무는 것으로 간신히 그 말을 막자, 이런 내 태도를 어찌 생각한 건지 그 기사가 재차 입을 연다.

"뭘 새삼스레 그런 표정을 하는 거요? 당신이 어떤 사람인지는 다들 알고 있는데. 원하는 대로 말하시오. 얼마를 주면 치료를 해주겠소?"

'여기나 저기나……'

이곳은 정말 좋은 세상이다. 다들 괜찮다는데도 굳이 돈을 주려 하니 말이다. 한국 사람들이 알면 다들 짐 싸서 이민 오려고 하지 않을까나?

뭐, 주겠다니 마다할 생각은 없다. 난 돈을 좋아하니 말이다.

이들이 이리 나오는 이유는 간단했다. 환자는 많은데 치료 마법을 쓸 수 있는 존재들이 지쳐 있으니 숨넘어가기 직전의 상태가 아니라면 더 이상의 마법을 써주지 않았던 것이다. 그러니 한시라도 빨리 안정된 상태가 되고 싶은 이들은 나를 찾을 수밖에 없는데, 그동안은 그들의 자존심과 명예 때문에 부르지 못하다가 드디어 '돈'이라는 돌파구가 마련되자 기다렸다는 듯 달려왔던 것이다.

돈을 주고 치료를 받았으면 그들의 명예와 자존심은 손상되지 않을 수 있으니까. 대신 내 악명은 높아지겠지만, 그들이 그런 걸 생각해 주겠는가.

'뭐, 그렇다면 나 또한 이들의 주머니 사정을 봐줄 필요는 없겠지?'

이들은 용병들보다 돈이 많을 테니 용병들에게 받은 것에다 내가 받은 명예훼손죄에 대한 벌금을 더 얹어도 될 거란 생각에 난 속으로 회심의 미소를 지었다.

"일단 상세를 보고 말씀드리죠."

내 말에 그곳에 있던 기사들이 '그럼 그렇지'란 표정을 짓는다.

'자기네들이 그렇게 만들어놓고 저런 표정이라니… 이왕 악당으로 알려진 거 정말 확 악당이 되어버릴까? 나만 생각하고 내 마음대로 해도 '악당'이라는 타이틀로 다 납득이 되니 정의의 용사보다 훨씬 낫잖아?'

그리 생각하니 정말 마음에 든다. 뭐, 정말 하려면 우선 아버지의 태클부터 막아낼 수 있어야 하겠지만 말이다.

하여간 놈들은 자신들의 표정 때문에 가격이 더 올랐다는 걸 알면 어떤 표정을 지을지 궁금하다. 원래 난 다섯 배 정도 부르려고 했는데, 기사들의 그 표정에 괴씸죄를 또 적용해서 용병들의 열 배를, 즉, 보통 치료비의 100배를 불렀던 것이다.

그런데 웃기게도 기사들은 그걸 기꺼이 납득하는 것이다. 이게 바로 '저놈은 악당이라서 그럴 수 있어'의 타이틀이 아닐까나?

뭐, 그렇게 납득해 주면 나쁠 건 없지. 어차피 나쁜 놈으로 찍힌 거, 거기에다 '돈 밝히는 놈'이라는 타이틀이 하나 더 붙는다고 대수로울 건 없었다.

오히려 난 놈들 덕분에 돈도 벌고 마기 응용법을 신나게 연습할 수 있어서 좋았다. 지금까지 마기로는 이런 섬세한 일을 해본 적이 없어서 천기에 비해 마기 응용 능력이 좀 떨어지는 것 같아 은근히 신경 쓰였는데, 이번 일로 인하여 그걸 완전히 해소할 수 있었던 것이다. 거기다 새로운 마기용 회복 마법까지 터득했으니, 이걸 보고 일석 삼조라고 하는 거겠지? 기사들은 자신들이 나에게 돈까지 주면서 마법 연습 대상이 되어줬다는 걸 알랑가 모르겠다.

그렇다고 내가 그들이 얄미워서 마법 연습 대상으로 삼은 건 아니었다. 이건 다 그들의 자업자득이니까 말이다.

용병들의 치료를 끝내고 돌아왔을 즈음, 난 천기가 거의 다

바닥난 상태였기 때문에 회복 마법은 사용할 수 없어 다들 치료 마법 정도에서 끝내려고 했었다. 그런데 이 인간들은 내가 아무리 기운이 떨어져 회복 마법을 사용할 수 없다고 말해도 안 믿고 날 붙들고 늘어지며 돈을 더 쥐어주려고 하는 거다. 내가 그들에게 뭘 어쨌다고 내 말은 그리 안 믿는 건지, 정말 억울할 지경이었다.

하여간 그렇게 붙들고 늘어지기에 하는 수 없이 마기나 팍팍 넣어 치유 마법이나 써줘야겠다 마음먹었는데, 이왕 쓰는 거 '이렇게 해볼까?', '저렇게도 해볼까?' 하는 생각이 하나둘 뒤이어 떠오르는 거다. 그래서 써본다는 게… 요령이 많이 늘어 결국은 마법의 업그레이드화를 가져왔다는 황당하고 웃긴 사태가 되어버렸던 것이다. 뭐, 덕분에 난 돈 벌고 마법도 업그레이드되고, 기사들은 원하는 대로 치료를 받았으니 이것도 윈윈전법이라고 할 수 있으려나?

대신 그렇게 치유 마법을 펑펑 쓰고 난 나는 완전히 지쳐 버려 식사도 생략하고 숙소로 돌아와 곧바로 침대에 몸을 던졌다. 배가 고팠지만, 너무 피곤해서 손가락 하나 까딱하기 싫었던 것이다.

하지만 막 까무룩 잠에 빠졌을 때 누군가 거칠게 내 숙소의 방문을 두드려 강제로 날 잠에서 끌어내는 것이었다.

쾅, 쾅, 쾅~!

이럴 때 생기는 짜증은 정말 당해보지 않으면 짐작도 못할 거다.

무시해 버리고 싶은 마음이 굴뚝같았지만, 방문을 떨어져 나 갈 정도의 세기로 계속 두들겨 대니 도저히 무시할 수가 없었다.

'언 놈이야. 별일 아니기만 해봐라, 죽~었어.'

그렇게 속으로 이를 빠득빠득 갈며 힘겹게 상체를 일으켜 침대 밖으로 나오려는 찰나, 밖에서 계속 문을 두드리던 이도 하도 대답이 없으니 답답했는지 아예 방문을 부수고 난입해 들어왔다.

"이봐! 자네 그게 사실인가?"

들어오자마자 흥분한 목소리로 우렁차게 외치는 존재는 특 전대 대장이었다.

생각지 못한 존재의 등장으로 얼떨떨해서 바라보고만 있는 데, 그가 침대에 걸터앉아 있는 날 발견하고는 성큼성큼 다가 와 다짜고짜 멱살을 잡고 들어 올리는 거다.

"설마 사실은 아니겠지?"

밑도 끝도 없는 행동에 당황하느라 화도 내지 못하고 어벙 벙하게 특전대 대장만 바라보고 있는데, 갑자기 우리 사이로 누군가 끼어들었다.

"지금 뭐 하는 건가? 아직 어찌 된 일인지 확인되지 않았다 니까."

로스트센 백작이었다. 다급히 뛰어왔는지 머리가 약간 흐트 러진 모습이었는데, 내가 멱살 잡힌 모습을 보고는 얼른 다가 와 특전대 대장의 팔을 잡았다.

"그래서 내가 지금 묻고 있잖아!"

하지만 특전대 대장은 로스트센 백작의 손길을 뿌리치며 나에게 으르렁대는 거다.

"네 녀석, 정말 내 부하들에게 치유 마법을 걸어주는 대가로 돈을 받은 건 아니겠지?"

그제야 이들이 내 방에 쳐들어온 이유를 알게 된 나는 속으로 푸욱 한숨을 내쉬고는 대답했다.

"아닌데요."

하긴, 적이 쳐들어온 거 아니면 그 이유밖에는 없었을 거다.

내 대답에 두 사람의 눈이 휘둥그레졌다.

"뭐?"

"정말인가?"

특전대 대장은 도저히 믿을 수 없었는지 다시 한 번 확인했다.

"진짜지? 진짜 돈을 안 받았단 말이지?"

"안 받았어요. 특전대 대원들에게는 그냥 해줬어요."

"그, 그래?"

내 대답에 특전대 대장은 무지 당황스러운 어조로 대답하다가 여전히 내 멱살을 잡고 있는 자신의 손을 발견하자 아차 하는 표정으로 날 침대에 살포시 내려놔 주고는 잔뜩 구겨진 옷자락도 살살 펴주는 것이었다.

"험, 험, 그랬군. 내 부하들은 그냥 치료해 줬군?"

나는 미안하다는 듯 나와 눈을 마주치지도 못한 채 헛기침을 하는 것보다 그가 내 말을 단번에 믿은 점이 더 신기했다. 아까 내 멱살을 잡은 폼이 내가 특전대 대원들에게 돈을 받았다고 확신하는 것 같았기 때문이다.

뭐, 이 성내에 퍼진 내 악명을 생각하면 돈을 받았다고 확신하는 건 무리가 아니지만, 그 악당이 안 했다고 한 말을 단번에 믿기는 어려운 일 아닌가 말이다.

'인간이 아니라서 그런가?'

그럴지도 모른다.

인간인 로스트센 백작은 미심쩍은 얼굴로 날 바라봤으니까.

"자네, 정말 치유 마법을 걸어주는 데 아무런 대가를 받지 않았단 말인가? 사실, 내 부하를 비롯한 몇몇 사람이 나에게 와서 그런 보고를 했다네. 믿을 수가 없어서 이렇게 확인하러 왔네만……."

'믿을 수가 없긴, 철석같이 믿고 있는 것 같은데.'

나는 속으로 코웃음을 치면서 기꺼이 그에게 고개를 끄덕여줬다.

"일정량의 돈을 받기는 했습니다."

"뭐? 아니, 특전대 대원들에게는 안 받았다면서?"

당혹스러워하는 로스트센 백작에게 난 기꺼이 자세한 설명을 덧붙여줬다.

"특전대 대원들은 제 도움을 기꺼이 받아들였지만, 그들을 제외한 다른 분들은 제가 돈을 받지 않는 한 죽어도 도움을 안 받겠다고 하더군요. 그래서 그들을 치료하기 위해 어.쩔. 수. 없.이. 다 받았습니다."

나의 '어쩔 수 없다'는 악센트를 로스트센 백작이 알아들었을랑가 모르겠다. 뭐, 얼빠진 표정을 보니 전혀 못 알아들은 것 같다만.

"그, 그런… 아니, 고마움에 대한 성의를 받은 거라면 할 말은 없네만, 그래도 금화 10냥씩 받은 건 좀 심하지 않는가?"

'웬 고마움에 대한 성의?'

날 좋게 보려고 애쓰는 로스트센 백작이 불쌍하게 느껴질 정도다.

"금화 10냥이 아니라 각각의 상세에 따라 다르게 받긴 했습니다만, 평균 금화 50냥 정도 받았습니다."

내 말에 로스트센 백작이 헛바람을 들이켰다.

"그, 금화 50냥?"

"글쎄, 그들이 극.구. 그 이상을 주겠다는데 어쩌겠습니까? 그것도 줄이고 줄여서 받은 것입니다만……."

"허… 그… 참……."

로스트센 백작은 할 말을 잃었는지 당혹스러운 표정으로 입맛을 다셨고, 그런 그에게 난 순진무구한 표정으로 어깨만 으쓱해 보였다.

주겠다는 걸 받았다는데 무슨 할 말이 있겠는가? 그리고 내가 없는 말 지어낸 것도 아니고.

"혹시, 내 부하들도 돈을 준다고 했어?"

"아뇨, 그들은 그냥 치료받던데요?"

내 말에 특전대 대장이 흐뭇한 표정으로 고개를 끄덕이더니 깨워서 미안하다는 사과를 툭 던지고는 당혹스러운 표정의 로스트센 백작을 끌고 숙소를 나갔다. 잘 자라고 작별 인사까지 잊지 않고 말이다.

한데, 문짝이 다 부서졌는데 어떻게 잘 수 있겠는가?

해서 아버지 숙소로 자리를 옮겨 잠이 들었는데, 나중에 돌아오신 아버지는 오기 전 이에 대한 이야기를 모두 들으셨는지 내 옆구리를 쿡 찌르며 반땡하자고 조르시는 거다. 돈도 많으시면서 어쩌다 내가 돈 좀 번 걸 탐내시다니, 너무하지 않는가. 그래서 거절했더니, 내가 돈 벌 수 있었던 게 아버지 덕분이라나 뭐라나 하시면서 버티시는 거였다. 해서 오랜 시간의 치열한 줄다리기 끝에 결국 70 대 30으로 낙찰을 봤다. 귀족 출신의 기사들에게 대가로 받은 보석 감정을 무료로 해주겠다는 조건을 들어서 말이다.

아버지야 당연히 내 편이니 그런 반응을 보이시는 거겠지만, 다른 이들은 그렇지 못해 이 일로 인하여 그나마 날 좋게 봐주던 지휘 그룹의 시선이 바뀌었다. 일단 로스트센 백작을 비롯한 기사들은 노골적으로 싸늘한 시선을 보냈고, 정령사 쪽은 미심쩍은 시선이었지만 내가 실피드와 계약을 한 덕분인지 겉으로 표현하지는 않았다.

하지만 특전대 대장과 신관들은 여전히 친근하게 굴었다. 아마 특전대 대장씨는 자신의 수하들에게는 돈을 안 받아서 그러는 걸 거고, 신관들은 내가 천기를 가지고 있어서 그런 게 아닐까 싶다. 아니면 내가 겪은 걸 직접 봐서 그런지도 모르고.

마법사들은 입장에 따라 반응이 달랐다.

일단 총사령관인 가가멜, 아니, 바리수카 후작은 연유야 어찌 되었든 분란을 일으켜서 그런지 탐탁지 않은 시선을 보냈는데, 덕분에 그의 수하들까지 덩달아 그런 시선을 보내는 것이었다.

반대로 아버지의 수하들은 아버지 때문에라도 여전히 친절하게 대했고, 마법사 길드 소속 마법사들은 중립을 지켰다.

그런데 의아하게도 이번 일로 인하여 용병들 사이에서 내 인기가 올라간 거다. 돈 받고 치료했는데, 것도 엄청 비싸게 받아먹었는데 어떻게 그럴 수 있는가 싶었건만 용병들은 모든 일에 대가를 치르는 걸 당연시하고 있었기에 그들의 시선에서 보면 난 나쁜 놈이 아니었던 것이다. 비싸게 받았어도 '전쟁'이라는 특수 상황이라 몇 배의 바가지는 충분히 납득되었고, 오히려 그렇게라도 치료를 받을 수 있게 되었으니 좋아했던 거다. 그것도 실력 또한 끝내줬으니 더더욱 환영할 밖에.

덕분에 나는 다음날부터 아예 특전대와 용병 담당으로 배정되었다. 기사 녀석들도 나에게 돈을 주고 치유 마법을 받은 주제에 그 다음날부터는 한층 더 강경하게 나에게는 절대로 치료받을 수 없다고 버팅겼기 때문이다. 어차피 그래 봤자 필요하면 나에게 와서 돈 줄 테니 치료해 달라고 할 게 뻔하면서.

뭐, 나 또한 녀석들의 찌푸린 얼굴을 계속 마주하지 않을 수 있었기에 기꺼이 배정을 받아들였다.

그러면서 이왕 이렇게 된 거 치유 마법으로 돈이나 왕창 벌자고 생각했건만, 세상일이라는 게 그렇게 마음대로 되는 게 아니었다.

용병들은 여기서 돈을 많이 벌어가야 하는 입장이다 보니 중환자가 아닌 이상, 안정된 상태에 이르자 더 이상 치료를 받지 않으려 했고—치료비가 비싸니까—기사들은 휴식을 취한 신관과 마법사들이 하나둘 기력을 되찾자 날 찾을 필요가 없어졌던 거다. 뭐, 그렇다고 하루아침에 돈벌이가 뚝 끊긴 건 아니었지만, 그래도 첫날 본의 아니게 벌어들인 것에 비하면 시간이 갈수록 매상이 점점 줄어들어 내심 날 섭섭하게 만들었다.

이렇게 내가 줄어든 수입에 섭섭함을 느끼는 사이, 아군의 리더 그룹은 하루, 이틀, 사흘을 넘기고 나흘째가 되어도 적의 공격이 없자 불안해진 모양이었다. 그동안 '짧은 시간 안에 다른 나라 정복하기' 신기록이라도 세우려는지 쉬지 않고 침략해 왔던 적들이 놈들답지 않게 며칠씩이나 제자리에서 꼼짝도 안 하니 말이다.

물론, 놈들도 지금까지와는 달리 이 성에 대한 침공을 계속 실패하긴 했지만, 그렇다면 물러나기라도 하든지 다른 원군을 부르든지 하는 움직임이라도 보여야 할 텐데 이건 아무것도 안 하고 그냥 죽치고 있는 눈치니 지켜보는 우리 쪽이 괜히 안절부절못하는 것이었다. 도대체 얼마나 대단한 작전을 준비하느라 저러는 건가… 싶어서 말이다.

그렇게 되자 하루에 한두 시간 정도를 유지하던 리더 그룹 회의가 이제는 반나절에서 하루 종일로 길어졌고, 거기에서 성격 급한 사람들이 당장에 쳐들어가자는 주장을 들고 나오기 시작했다.

　처들어가자는 이들은 원군도 도착했으니 저들이 무슨 수작을 부리기 전에 완전히 소탕해 버리고 성공하면 저들에게 빼앗긴 성으로 진격하자는 의견까지 내놓았다. 기실, 마지막 전투가 끝나고 며칠이 흐르는 사이 드디어 수도에서 새로이 파견한 원군이 도착했고, 금방 회복하지 못할 중상자들을 수도로 이송하기 시작하는 상태라 아군의 전력은 빵빵했던 것이다.

　하지만 신중론을 펴는 사람들의 주장도 만만치 않았다. 이게 저들의 함정일지 모르니 저들이 움직일 때까지 기다리자는 거였다. 게다가 우리의 전력이 보강되었어도 저들의 침략을 겨우 막아내는 수준인데, 빼앗긴 성을 되찾으려 하는 건 어리석은 생각이라고 상대의 의견을 일축해 버렸다.

　처음에는 단순한 논쟁 정도에서 그쳤지만, 이게 시간이 길어지니 논쟁을 빙자한 말싸움으로 번져 버렸고, 이건 곧바로 상대의 자존심을 건드려 결국에는 감정 싸움에 도달했다. 덕분에 지휘부는 때 아닌 신경전으로 분위기가 굉장히 살벌해져 버렸다.

　그렇게 지휘부가 옥신각신하는 사이 하루가 또 지나 버리자 처들어가자는 쪽의 몇몇이 애가 타서 도저히 못 견디겠던지 자신들끼리만이라도 밖의 적들에게 덤벼들겠다고 나섰다.

　하지만 신중을 고수하는 측이 그걸 그냥 둘 리가 없었다.

　"무모하오. 저들이 비록 우리에게 패해 뒤로 물러나 있다고 하나, 당신들만으로 이길 수 있는 상대가 아니오. 저들의 능력이 얼마나 대단한지 벌써 잊었단 말이오?"

　"누가 그걸 모르오? 하지만 그렇다고 이대로 있는 게 현명한 거요? 저들이 어찌할까 무서워 벌벌 떨면서?"

"누가 무서워서 벌벌 떨었다는 거요?"

"누구긴 누구요? 적의 전력을 두려워해 쳐들어갈 생각도 못 하는 사람들이지."

"지금 말 다 했소?"

"다 못했소. 난 할 말이 무지무지 많은 사람이오!"

"그만하시오! 그럼, 당신이 가서 저들을 무찌를 수 있소? 그 럴 확신이 있다면 지금 당장에라도 가시오. 그러나 그러지 못 한다면 괜히 애꿎은 우리의 전력만 낭비하는 꼴이 아니오?"

"지금 이렇게 저들이 작전을 다 구상하고 원군까지 불러서 쳐들어올 때까지 기다려 주는 건 전력 낭비가 아니란 말이오?"

치열한 설전이 오가고 했지만 오늘도 이렇게 싸우다가 끝날 듯하자 말솜씨가 없어 설전에 끼어들지 못하고 답답한 얼굴로 지켜보고만 있던 특전대 대장이 결국 참지 못하고 폭발했다.

콰앙~!!

갑자기 터진 커다란 소리에 일순 회의장이 조용해지자 뒤를 이어 걸걸한 특전대 대장의 목소리가 울렸다.

"에잇, 언제까지 이렇게 떠들 거요? 당신들은 계속 떠드쇼! 난 나 혼자라도 나가겠어!"

지휘부가 앞둔 탁자는 굉장히 단단한 나무를 통째로 다듬어 만든, 강도도 모양도 아주 훌륭한 것이었는데, 오늘 그 매끈한 바닥에 커다란 손자국이 움푹 패게 되는 불운을 겪고야 말았 다. 이 탁자의 주인인 성주의 눈에 눈물이 핑그르르~ 도는 거 보니 그가 무지 아끼는 거였나 보다.

하지만 그걸 아는지 모르는지, 그 일을 벌인 특전대 대장은 자리를 박차고 일어나 당장에라도 나갈 태세였다.

그런 그를 말리고 나선 건 옆에 앉아 있던 정령사 리더였다.

"진정하십시오. 혼자 가서서 뭘 어쩌시려구요? 조금 있다가 여기 의논이 끝난 후에 다 같이……."

"의논? 의논이라고? 댁이 보기에는 이게 의논이오? 내가 보기에는 쓸데없는 말싸움이구만."

자신을 붙드는 정령사 리더의 팔을 뿌리치며 투덜거리자 특전대 대장이 정말 혼자라도 출동할 것처럼 보였던지 주변에 있던 기사들이 분분히 일어나 그를 붙들었다.

"진정하세요."

"지금 우리끼리 싸우면 안 됩니다."

"일어나시면 안 됩니다."

"못 가시게 잡아!"

그 모습을 보니 왠지 바닥에 떨어진 과자 부스러기에 모여드는 개미 떼 같다.

"에잇, 젠장… 안 가, 안 가면 될 거 아니오? 안 간다니까. 이 것 좀 놔! 바지 벗겨지잖아!!"

워낙 많은 수의 개미 떼가 달려들다 보니 커다란 과자 부스러기도 옴짝달싹하지 못하겠던지 특전대 대장이 빽 소리를 지르며 자리에 앉았다. 그에 기사들도 그의 몸에서 손을 떼고 자신들의 자리에 앉았지만, 여차하면 다시금 특전대 대장에게 달려들 태세였다.

하지만 얼마 지나지 않아 특전대 대장이 답답했던지 다시 자리에서 일어났다. 덕분에 기사들도 자리를 박차고 일어났지만, 특전대 대장의 험악한 눈초리에 찔끔해서 얌전히 자리에 앉아야 했다. 뭐, 특전대 대장이 출동하려는 것도 아니었기에 잡을 필요도 없었다.

"난 연무장에 가 있을 테니 결정나면 부르쇼. 이거야 원, 몸이라도 풀어야지 화딱지가 나서……."

특전대 대장이 그대로 회의장을 박차고 나가 버리자 안에 있던 이들 중 대략 4, 50%의 존재들이 그런 그를 무지 부럽다는 시선으로 그가 나간 문을 보았다.

나도 그중 한 명이었다. 처음에는 현란한 말빨을 구경하는 재미라도 있었지만, 그것도 계속 되풀이되다 보니 구경하는 것도 지겨워졌던 것이다.

하지만 이런 의미없는 말싸움을 하는 이들의 심정도 모르는 바는 아니었다. 총사령관인 바리수카 후작도 신중론자라 적들이 어떤 움직임을 보이기 전까진 절대 움직이지 말라고 엄명한 상태였기에 이런 말싸움이라도 안 하면 성질 급한 사람들은 울화통 터져 쓰러질지도 몰랐다.

어찌 보면 이런 상황에서도 꿋꿋하게 자신의 의견을 고수하는 후작이 대단해 보이기도 했다. 나 같으면 자꾸 쳐들어가자고 주장을 펼치며 들이대는 이들이 지긋지긋해서라도 자기들끼리 간다는 걸 막지 않았을 텐데 말이다.

‘그나저나 오늘 싸움은 언제나 끝이 나려나?’

나는 다시 탁자 쪽으로 시선을 돌리며 속으로 한숨을 내쉬었지만, 다행히 설전을 벌이던 사람들도 특전대 대장 덕분에 김이 샜는지 오늘은 어제보다 훨씬 이른 시간에 회의―를 빙자한 말싸움 판―가 끝나 아버지와 나는 숙소로 돌아갈 수 있었다.

그러나 난 내 숙소로 들어가는 대신 아버지를 쫓아 아버지의 숙소로 향했다. 어젯밤 늦게 회의가 끝난 뒤에 아버지에게 말싸움 구경하는 것도 지겨우니 해인이한테 갔다 오면 안 되냐고 허락을 구하다가 천족 이야기가 나와 천왕과 나의 사이를 아직 아버지에게 말하지 않았다는 걸 깨달았던 것이다. 물론 천신의 대신전으로 가는 건 불허되었고, 어제는 시간이 너무 늦어 오늘 나머지 이야기를 하기로 했다.

‘에… 마족이랑 계약한 건 어쩌지? 정령왕들도 아니까 해인이도 알 게 뻔하니 아버지께도 말씀드려야겠지? 으음… 많이 혼날까?’

아버지의 숙소에 들어서는 순간까지 나는 언제 어떻게 이야기하면 아버지께 덜 혼나고 끝낼 수 있을까 고민을 하고 있었다. 실피드를 원군으로 옆에 불러야 하는 건지, 아니면 다른 이야기 다 하고 끝에 도망갈 준비를 한 다음에 이야기를 꺼내고 부리나케 도망을 갈 건지 등등 기껏 안 돌아가는 머리를 굴려 계획을 세우고 있는데, 빌어먹을 녀석이 내 계획을 다 망쳐 버렸다.

“그래, 나에게 못했다는 이야기가 뭐냐?”

아버지 옆에 곁다리로 붙는 사람들을 다 돌려보내고 드디어 방에 오붓하게 둘이 남아 대화를 하려는데, 갑자기 어디서 톡톡~ 하고 뭔가를 두드리는 소리가 들려왔다. 의아해진 아버지와 내가 소리나는 쪽으로 시선을 돌리니 내 주먹보다 약간 큰 새 한 마리가 바깥 창턱에 앉아 부리로 창문을 두드리고 있는 거다.

처음에는 웬 새가… 라는 생각에 무시하려고 했는데, 이놈의 새가 안 가고 자꾸만 신경 쓰이게 유리창을 두드리는 거다. 결국 참다 못한 내가 새를 쫓으려고 창으로 다가가 열어젖히니 이 새가 날아가는 대신 오히려 내가 연 창문 안으로 포르르~ 날아들어 오는 게 아닌가?

"어어?"

사람을 무서워하지 않는 새의 태도에 난 기막혀하며 그 새를 쫓으려 하는데, 그런 날 아버지가 제지하셨다.

"놔둬라. 마법이다."

"에?"

과연 아버지의 말대로 새는 방 안으로 들어오자 펑~ 소리와 함께 모락모락 연기를 피워 올리더니 하필이면 에티엔의 모습으로 변하는 거였다. 물론 에티엔 본인이 아니라 영상이었지만, 에티엔과 계약한 사실을 감추고 있던 나는 그 모습에 기겁할 듯 놀랄 수밖에 없었다.

"으헉~!"

하지만 이런 내 심정을 모르는 놈의 영상은 하고 싶은 말들을 꺼내놓기 시작했다.

[어이, 계약자, 오랜만이야? 이렇게 갑작스럽게 연락한 이유는 갑자기 나에게 명령이 떨어져서 내가 천신의 대신전을 공격하게 되었거든. 미리 이야기를 해줘야 나중에 놀라지 않지. 원래 다른 녀석이 맡았었는데 나로 교체한 걸 보면 위에서 무슨 꿍꿍이속이 있는 것 같아. 혹시나 모르니 대비하고 있으라고. 참, 대신전 공격은 설렁설렁 해줄 테니 너무 걱정 마. 며칠 안에 정복하라는 말이 없으니 최대한 시간을 끌어줄 생각이거든. 그럼 이만. 나중에 다시 연락하도록 하지.]

그렇게 자기가 할 말만 다다다~ 쏟아놓은 놈의 영상은 무책임하게도 팟~! 하고 사라져 버리고 벙~ 찐 나와 살벌한 눈초리의 아버지만 남고 말았다.

"말해라, 저놈은 도대체 누구냐?"

남극의 눈보라 못지않게 차갑고 매서운 시선으로 날 바라보는 아버지의 모습에 나는 암담한 기분을 느꼈다.

'망할 시키. 하필이면⋯⋯.'

에티엔 녀석의 모습이 사라진 뒤로 난 아버지에게 무지막지하게 혼났다. 아버지와 만난 후 아버지가 그렇게 화를 내시는 건 처음 본 터라 나는 무지하게 쫄아서 고개를 푹 숙이고 눈치만 살필 수밖에 없었다. 그래도 다행히 내가 마족과의 혼혈이라는 것 때문에 그 정도에서 넘어갈 수 있었다.

"네놈이 만약 인간이었다면 난 주저없이 널 죽여 버렸을 거야."

진지한 아버지의 표정을 보니 절대 농담이 아니었기에 나는 움찔거렸다.

"에이, 다시는 안 한다니까요. 그때도 어쩔 수 없어서……."

"시끄러. 죽는다고 해도 하지 말았어야지. 마족과 잘못 계약했다가 혼을 놈들에게 빼앗겨 좀비 같은 허수아비가 되어 육체가 부서질 때까지 놈들이 시키는 대로 움직였다는 기록이 있어. 네가 그렇게 되지 말라는 보장이 어디 있냐?"

"헉……."

"그나마 바람의 정령왕께서도 납득해 주셨다니 그냥 넘어가지만, 다음에 또 그랬단 봐. 내가 직접 널 죽여주마. 그리고 그 마족과의 계약 기간이 언제라고 했지?"

"그… 여기 있는 마족들의 우두머리가 죽을 때까지요."

"그때까지는 별일없겠구만. 하지만 그 후에 어찌 될지 모르니까 조심하고 또 조심하도록 해."

"예에……."

내가 잔뜩 풀이 죽은 표정으로 고개를 끄덕이자 아버지가 하아~ 하고 길게 한숨을 내쉬더니 두통이 오시는지 이마를 꾹꾹 몇 번이나 누르시고는 목소리를 가다듬어 말을 꺼내셨다.

"그나저나 아까 그 마족이 해준 이야기를 생각해 보면 아무래도 적의 내부에서 또 다른 어떤 작전이 세워지는 것 같은데?"

"거 보세요. 제가 마족이 수상하다고 했잖아요."

"그래 봤자 딱히 밝혀진 게 없으니 뭘 어떻게 할 수 있는 것도 아니잖냐? 그래도 뭐, 일단은 다시 두 대신전에 연락이나 해봐야겠다. 뭔가 다른 실마리라도 있을지 모르지.”

“아, 그러고 보니 전에 해인이에게 의논하러 갔을 때 어떠한 움직임을 포착하면 연락 준다고 했는데 아무 연락이 없네요. 제가 조심하라고 하면서 별일없는지 물어보죠.”

“그럼 천신의 대신전 쪽은 네가 알아보거라. 나는 명신의 대신전 쪽에 연락해 보마.”

아버지의 말에 나는 고개를 끄덕이고 막 실피드를 부르려고 했는데, 그 보다 한발 앞서 허공에 다급한 표정의 실피드가 모습을 드러내는 것이었다.

“어라? 막 연락드리려고 했는데…….”

그의 모습에 내가 당황해서 입을 열었는데, 실피드가 내 말은 다 듣지도 않고 다짜고짜 입을 여는 거다.

“네 힘을 좀 쓰마.”

“예?”

순간적으로 그의 말을 이해 못해 되묻자 실피드가 발을 동동 구르며 재차 입을 여는 거다.

“대신전에 놈들이 드디어 쳐들어왔어. 우리 정령왕은 이 중간계에서 힘을 쓰려면 계약자의 마나가 필요하거든. 그러니 네 마나 좀 쓰자고.”

“아…….”

에티엔 녀석이 곧 공격할 거라는 건 알았는데, 그게 당장 오늘 저녁일 줄은 몰랐다.

“맘대로 쓰세요. 그런데 그 마족이 설렁설렁 해준… 이런,

사라져 버렸네.”

공격 대장이 에티엔이니 크게 걱정 말라고 말해주려 했는데, 실피드는 무지 다급했던지 내 허락만 받고 그대로 사라져 버리는 것이었다.

덕분에 허공에 말을 던진 꼴이 된 내가 머쓱해서 머리를 긁적이자 아버지가 위로하려는지 어깨를 툭툭 치신다.

“뭐, 일단 나부터 연락을 해봐야겠구나. 저쪽은 아무래도 정신이 없을 테니…….”

한데 우리 쪽도 더 이상의 여유를 부릴 수 없었다.

쾅, 쾅, 쾅~!

“백작님, 여기 계십니까? 총사령관님께서 지금 빨리 회의실로 와주시랍니다!”

실피드도 다급한 행동을 보이더니, 아버지를 부르는 병사도 꽤나 다급한 어조다.

어차피 옷을 벗고 있던 것도 아니었기에 우리는 지체없이 밖으로 나가 회의실로 향했다.

우리가 회의실에 도착하자 빠른 발걸음 소리가 들리더니 다른 사람들도 하나둘 모습을 드러내 이미 회의실 안에 앉아 있던 바리수카 후작을 바라봤다.

“후작님, 무슨 일입니까?”

사람들이 얼추 도착해 회의장 문이 닫히자 아버지가 대표로 물었다.

그러자 후작이 회의장 안에 있던 사람들을 쭈욱~ 둘러보더니 침중한 어조로 입을 열었다.

"컬린 성에서 급보가 날아왔소. 적들이 그곳을 침공한 모양이오."

후작의 말에 그곳에 있던 모든 사람들이 헛바람을 들이켰다.

"그런……."

"그럴 수가……."

"이런 나쁜 놈들 같으니라고."

전쟁이 일어났을 때 적이 꼭 한 길로 오라는 법은 없지만, 놈들은 지금까지 한곳만 침략하는 것을 고수해 왔던 것이다. 그래서 이번에도 우리는 놈들이 스포티스우드 성을 점령할 때까지 다른 곳에 눈 돌리지 않을 거라 여기고 있었다. 특히나 우리를 공격했던 적의 진지가 아직도 스포티스우드 성과 얼마 떨어지지 않은 곳에 있었으니 더욱더 딴 곳을 공격할 거란 예상은 하지 않을 수밖에.

아무래도 적의 지원군은 이곳이 아니라 컬린 성으로 달려갔던 모양이다.

'이런 젠장… 오늘은 무슨 뒤통수 맞는 날인가?'

에티엔 녀석도 내 뒤통수를 치더니만, 우리와 맞서고 있던 놈들도 아군의 뒤통수를 치고 말았던 것이다.

Chapter 25
앗, 이럴 수가…

“컬린 성에서 급보가 날아왔소. 적들이 그곳을 침공한 모양
이오.”

바리수카 후작의 말에 그곳에 있던 모든 사람들이 헛바람을
들이켰다.

“그런…….”

“그럴 수가…….”

“이런 나쁜 놈들…….”

그런데 그다음 나온 후작의 말에 회의장에 있던 사람들이
두 눈을 부릅떴다.

“해서, 지원군을 급파하려 하오.”

“안 됩니다, 후작님.”

"여긴 어쩝니까?"

"이건 이 성을 점령하려는 놈들의 음모입니다."

같은 아군이 당했다는데도 도와주지는 못할망정 지원군을 보내려는 것까지 반대하는 게 얼핏 보면 나쁜 놈들처럼 보일 수도 있겠지만, 이곳에 있는 이들의 입장에서는 당연한 일이 었다. 우리가 있는 성 앞에도 적군이 진을 치고 있었으니 말이 다.

그들의 전력이 전에 비해 낮아졌다고 해도 또 다른 어떤 비밀 전력을 숨기고 있는지 모르기 때문에 우리도 지금까지 공격 한 번 못해보고 지켜보고만 있지 않았던가.

그런 상황에서 지원군을 급파한다는 건 그만큼 이곳 아군의 전력이 낮아지는 일이니 반대할 수밖에 없었다. 적이 재차 이곳을 공격하지 않고 옆 성을 공격한 건 어쩌면 다른 사람들이 말한 대로 이곳의 전력을 낮춰 다시 한 번 공격할 기회를 노리려는 작전일 가능성이 높기 때문이다.

"하지만 그렇다고 옆의 성에서 도움을 요청하는데 외면할 수도 없는 일이오. 다행히 그 성에는 마법진이 설치되어 있고, 우리도 얼마 전에 마법사들이 임시로 마법진을 만들지 않았소? 해서, 마법진으로 한 번에 보낼 수 있는 숫자로 그들에게 도움이 될 수 있는 인원만 선발하여 보낼까 하오."

"그런……."

후작의 말에 누군가가 다시 입을 열었지만, 후작이 손을 들어 그 말을 막고 재차 입을 열었다.

“그렇게 하면 만약 적이 이곳을 공격한다 해도 마법진을 통해 금방 되돌아올 수 있지 않겠소?”

후작의 말을 들으니 제법 그럴듯하다.

거리가 그닥 멀지 않는 곳이라면 마법진을 준비하는 데 그리 오래 걸리지 않는다. 그리고 마법진만 발동시키면 도착하는 건 정말 순식간. 그 정도라면 설사 마족이 나타났다 해도 성이 점령되기 전에 우리가 도착할 수 있을 거다.

‘우리’라고 말한 이유는, 후작이 그 말을 하면서 내 쪽을 보는 거 보니 아무래도 지원군에 나는 꼭 들어갈 것 같았기 때문이다.

과연 내 생각은 틀리지 않았다. 그리고 다른 사람들의 생각도 후작과 다르지 않았다.

“현명하신 생각입니다. 그러면 이곳이나 그 성이나 모두 무사할 수 있겠군요.”

“이러고 있을 시간이 없습니다. 그 성은 지금 상당한 위험에 처해 있으니 빨리 보내도록 합시다.”

“소수로 도움이 되려면, 아무래도 팔라디노 경이 가야 하지 않겠습니까?”

“옳으신 말씀. 팔라디노 경이 가면 큰 도움이 될 것이외다. 그러면 그와 함께 팔라디노 백작님 또한 같이 가시면…….”

“그건 아니 되오. 두 분은 이 성의 가장 큰 전력인데 두 분 다 보낼 순 없소. 한 분만 보내고 다른 사람을 보내도록 합시다.”

“그 말이 맞소. 이곳에는 대단한 마법사가 많으니 꼭 팔라디노 백작님이 가실 필요까지는 없을 거요."

그 또한 틀린 말이 아닌 것 같지만, 항상 아버지와 함께 행동했었는데 떨어지라고 하니 왠지 거부감이 든다.

이런 내 심정이 표정에 드러났는지 아버지가 자신의 뒤에서 있던 날 돌아보더니 픽~! 하고 한번 웃으시고는 사람들을 둘러보며 짐짓 곤란하다는 어조로 입을 열었다.

"이 녀석이 잘할지 모르겠군요. 제멋대로 굴면 곤란한데……."

아버지의 그 말에 갑자기 주변이 조용~해지더니 잠시 후 후작이 입을 열었다.

"같이 가시게나."

그리고 그 말에 회의장 안에 있던 모든 이들이 동의한다는 듯이 고개를 끄덕이는 거다.

"같이 가셔야지요."

"그럼요. 부자를 누가 떼어놓겠습니까?"

"같이 가주십시오."

'아니, 내가 도대체 뭘 어쨌다고…….'

아버지랑 같이 가게 된 건 좋지만, 내가 무슨 거친 야생마도 아닌데 이런 반응이라니 억울하다.

아버지와 나의 출발이 결정되자마자 같이 갈 나머지 존재들 또한 금방 정해졌다. 마법진으로 한 번에 보낼 수 있는 인원수가 20여 명 정도이니—정식으로 만든 마법진이라면 50여 명 이상도 가능하다지만, 이곳 스포티스우드 성의 마법진은 임시로 만든 거라 받는 거면 몰라도 보내는 건 적은 인원밖에 안 된단다—나와 아버지, 그리고 아버지를 호위할 기사 다섯 명이 결정되니 남은 인원이 10여 명 정도밖에 안 되었던 것이다. 그리고 그들은 모두 특전대 대원으로 결정되었다. 사실, 그들이 보통 인간들보다 실력과 체력이 뛰어난데다 치유력도 뛰어나 상처가 나도 금방 아물었기 때문에 이런 도우미로는 제격이었다.

그리고 비행 기사단에서도 한 조가 차출되었다. 그들은 날아다닐 수 있었으니 조금 시간이 걸리더라도 날아서 가주기로 했다.

거기에 우리 뒤로 한 팀 더 보낸다고 하는데, 그 팀은 마법사와 신관들이 차지하는 거 보니 전력 보강보다는 뒷일을 도우려고 하는 것 같았다.

정령사는 제외되었다. 놈들에게는 중급 정령술은 거의 먹히지 않으니 상급 정령사가 나서야 했는데, 이곳에서 상급 정령사는 정령사 리더 한 명 외엔 없었던 것이다. 게다가 내가 전의 전투에서 정령사 모습을 보여서 아무래도 나에게 모든 역할을 다 떠넘기는 것 같았다.

한데 아버지가 마법진으로 이동하는 와중에 작게 물어보시는 거다.

"그런데 너 정령까지 불러내도 괜찮겠냐? 바람의 정령왕께서 네 힘을 빌려간다고 하셨잖아?"

"아무래도 그건 불가능할 것 같아요. 그래도 절 봐주시려는지 대충 1/3 정도만 가지고 가시지만, 내가 직접 몸으로 뛰면서 정령까지 불러내는 건 힘들겠죠?"

"그쪽 일 끝나면 너에게 와달라고 하거라."

"예. 아, 저도 물어볼 게 있는데 우리가 컬린 성에서 싸우는 동안 여기도 공격을 받아서 양쪽 다 위험해지면 어떻게 되는 거죠?"

"그럼 여기로 돌아와야지. 컬린 성도 중요하지만, 이곳이 더 중요하니 둘 중 하나를 고르라면 당연히 이쪽이다."

"오오, 그렇군요."

"하지만… 최후의 최후가 아니면 컬린 성을 포기하지는 않을 거다. 아마도 지원자 중 너나 나만 일단 돌아오게 해서 상황을 보겠지."

바리수카 후작이 도움 요청을 받고 지휘 그룹을 소집한 뒤 거기서 지원군을 뽑아낸 다음 마법진으로 이동시키는 데는 한 시간도 안 걸렸다. 이곳의 평소 진행 속도를 생각해 볼 때 정말 획기적이다 할 수 있을 정도의 초스피드 진행이었건만, 우리가 도착해 보니 상황이 무지 좋지 못했다.

외성 벽은 비록 돌로 쌓아 올리긴 했지만, 척 봐도 우리가 있던 스포티스우드 성에 비해 너무 약해 보였다. 높이도 낮았고, 두께도 얇아 스포티스우드 성이 받았던 공격을 생각해 보면 몇 번 막아내지도 못했을 것 같다. 그러니 한쪽이 벌써 무너져 내린 거겠지.

거기에 해자도 없어서 성벽이 무너지자 적이 너무나 쉽게 성안으로 들어오고 있었고, 아군은 무너진 성벽으로 들어오는 적들을 막는 데도 전력이 부족할 지경이어서 하늘을 나는 키메라나 마물들의 공격에는 속수무책으로 당하고 있었다.

적은 맨 앞에는 키메라와 마물들을 배치하고 그 뒤에 기사와 병사, 마법사 등등을 배치한 형태였는데 키메라와 마물들만으로도 성을 함락시킬 수 있을 것 같자 뒤에 있는 이들은 거의 놀고 있는 상황이었다. 다만 뒤처리를 위함인지 천천히 전진하고 있었다.

그리고 아군은 외성이 뚫리자 안 되겠다 싶었던지 외성을 포기하고 내성 안으로 후퇴하고 있는 중이라 내성의 입구는 피난 온 성내의 시민들이 몰려 혼잡하기 이를 데가 없었다. 거기다 위에서 키메라나 마물들이 시민들을 공격하고 있어 더욱 더 난리였다.

마법사들이나 정령사들은 성내로 들어선 마물들과 키메라들을 막느라 위의 녀석들에게까지 신경 쓰지 못했고, 오직 내성 안의 궁수들이 그런 놈들을 막기 위하여 화살을 날렸지만, 놈들에게는 일반 나무 화살 따위는 먹히지 않아 소용이 없었다.

"월 오브 스톤~!!"

내가 그렇게 주변을 둘러보며 암울한 전황을 살피는 사이, 아버지는 무너진 성벽의 틈새로 마물들과 키메라들이 꾸역꾸역 들어오는 걸 보자마자 마법 시동어를 외치셨다. 그러자 무너진 성벽 바로 앞에서 땅이 흔들리는가 싶더니 두터운 바위덩

어리가 스르르 솟아나 무너진 성벽 자리를 메우는 것이었다.

그렇게 일단 외부에서 들어오는 적들을 막아내자 한숨을 돌리시고는 다시 한 번 외치셨다.

"거스트 오브 윈드!!"

이번에는 허공에서 매우 거칠고 강력한 바람이 형성되어 하늘을 노니는(?) 키메라와 마물들을 덮쳐 휘어잡더니 성 밖으로 던져 버렸다. 바람이 얼마나 강했는지 일반 화살로도 어찌해 볼 수 없었던 놈들의 날개를 꺾어놓을 정도였다.

그렇게 아버지가 무너진 성벽과 허공의 키메라, 마물들을 대충 처리하자 나와 같이 온 특전대 대원들이 나섰다.

"가자!"

이곳에 온 특전대 리더가 외치자 모든 특전대 대원들이 일제히 내성의 성벽 위에서 시내에 있는 건물 지붕 위로 뛰어내렸다. 내성의 성벽이 그닥 높지 않고 건물도 가까이 있어 나에게도 어렵지 않은 일이라 해도 10여 명의 존재가 일제히 뛰어내리니 그 모습이 제법 멋있었다. 게다가 그 뒤로도 건물의 지붕과 지붕을 따라 이동하는 모습을 보이니 은근히 '나도 하고 싶다' 라는 기분을 불러일으키는 것이었다.

해서 나도 아버지가 따로 시키기 전에 그들을 따라 성벽 위에서 몸을 날려 지붕과 지붕을 따라 이동하기 시작했다.

그 와중 마치 전쟁 영화에서나 나올 법한 참혹한 상황이 시내의 여기저기에서 보였다. 하기사 무너진 성벽을 통해 들어온 키메라나 마물들이 얌전히 정렬해서 이곳 기사나 병사들과 맞대응할 리 없었다.

　기사나 병사들이 미처 막지 못한 놈들이 일반 시민들에게 달려들어 만들어낸 광경은 전 같았으면 차마 보지 못하고 눈을 돌렸을 거다.

　한데, 이상하게도 나는 침착함을 유지한 채 그 모습을 바라보고 있는 것이었다. 숨을 쉴 수 없을 정도로 비릿한 혈향이 떠도는 공기를 마시면서 말이다.

　'어, 어… 내 비위가 기하급수적으로 좋아졌나?

　물론 이 세계에 떨어진 뒤에 동물을 직접 사냥해서 먹고살았으니 피와 내장을 보는 일에는 제법 익숙해져 있을지도 몰랐다. 하지만 스포티스우드 성에서의 전투 때는 아군이 당하는 모습을 보기 힘들어했던 걸 생각하면 아무래도 이 육체에 완전히 정착한 덕분(?)인 것 같다.

　'이거 좋아해야 하나?

　이런 전쟁터에서는 필요한 것이긴 하겠지만, 마음 한구석에서는 왠지 평범한 한국인이었던 내 모습이 점점 사라지는 것 같아 마음이 싱숭생숭해졌다.

　그런 마음을 떨치고자 발에 조금 더 힘을 주려는 찰나, 나는 아래쪽에서 키메라 한 녀석이 일반 시민을 덮치려는 걸 발견했다. 그리고 그걸 봤다 싶은 순간 내 몸은 어느새 키메라 앞에 떨어져 내리고 있었다.

　쿠에에엑~!!

　이놈들을 만드는 사람들은 몸에 신경을 쓰느라 목소리까지 생각을 못했나 보다. 몬스터들은 다른 종은 물론이거니와 같은 종이라고 해도 마치 사람처럼 각각 목소리나 울음소리가 다른데, 이 키메라들은 생긴 건 다 다른 주제에 괴성은 어찌 이리 비슷비슷한 건지…….

괜히 그런 쓸데없는 생각을 하며 나는 나의 등장으로 인하여 공포와 절망에 빠져 있던 눈을 휘둥그레 뜨는 40대 초반으로 보이는 남자를 일견하고는 허리에 찬 검을 잡았다.

스칵~!

촤아아악~!!

마치 손목이나 목 근육을 풀어주는 것 같은 가벼운 몸짓이었지만 그에 의해 키메라 녀석은 무슨 일이 일어났는지 미처 이해하지도 못한 채 두 동강이 나버렸다.

'이거이거, 전보다 검술 실력도 늘어난 것 같네?

검도장 한 번 다녀본 적 없는 내가 괴물 녀석을 일도양단하게 될 줄 누가 상상이나 했을까?

나날이 발전해 가는 내 모습에 좋게 좋게 생각하자고 마음먹으며 다음 녀석을 향해 달려가려는 찰나, 너무 놀라 다리 힘이 풀렸는지 넋 나간 얼굴로 앉아 있는 남자의 모습이 눈에 들어왔다.

"지금 뭐 하고 있는 겁니까? 안 도망칠 겁니까?"

내 일갈에 그제야 정신을 차린 듯 남자가 벌벌 떨리는 팔다리로 간신히 자리에서 일어났다.

"가, 감사합니다."

그 와중에서도 감사의 말을 잊지 않는 남자의 모습에 나는 손 한번 흔들어주고는 몸을 돌려 또 다른 키메라와 마물들을 찾기 시작했다. 이왕 아래로 내려온 거, 시내 곳곳을 배회하는 놈들을 처리할 생각이었다. 이놈들 때문에 미처 내성에 도착하지 못한 시민들이 겁을 집어먹고 우왕좌왕하는데다 기사나 병사들 또한 자신들의 뒤에서 놈들이 어슬렁거리면 신경 쓰일 테니 이쪽에 먼저 손을 쓰는 게 좋을 것 같았다.

한데, 내가 겨우 세 녀석을 해치우고 있는데 갑자기 머릿속에서 아버지의 호통이 들려오는 것이었다.

[이놈아, 지금 뭐 하는 거냐?]

무지 놀란 난 반사적으로 주변을 두리번거렸지만, 아버지의 모습은 보이지 않았다.

그럴 때 또다시 들려오는 아버지의 목소리.

[어딜 멍청하게 돌아보는 거냐? 나는 여전히 내성 성벽 위에 있어! 이건 마법이다, 마법!]

"아… 그런데 왜요? 지금은 땡땡이 안 치고 열심히 하고 있잖아요?"

[거기서 한 놈 한 놈 잡지 말고 성벽 근처에 있는 놈들을 처리해. 내가 성벽을 막기는 했지만, 이미 너무 많은 놈들이 들어왔어.]

"아니… 아무리 그래도 이놈들 먼저 처리해야……."

[그놈들은 딴 기사들에게 맡겨라. 특전대 대원들이 합류하긴 했지만 그들만으로는 힘겨워하고 있어. 자칫 잘못하다가

기사와 병사들까지 뚫려 버리면 더 큰일 난다.]

"아, 그런 겁니까? 그럼 지금 가지요, 뭐."

아버지의 말대로 나보다 먼저 출발한 특전대 대원들은 성벽 근처에 있었다. 거기서는 기사와 병사들이 인의 장벽을 만들고는 아까 무너진 성벽 틈새로 몰려 들어왔던 키메라와 마물들의 전진을 막기 위해 필사적으로 버티고 있었다.

그 안쪽에서 특전대 대원들이 키메라와 마물 사이를 휘젓고 있는데다 이 성의 마법사들까지 모두 몰려와서 그들을 보조해 주고 있었지만, 그것만으로는 부족했던지 거의 막 뚫리기 직전이었다. 그러니 아버지가 날 다급히 재촉한 거겠지.

'히유~ 그래도 늦지는 않았네.'

나는 속으로 안도의 한숨을 내쉬며 제일 위험한 부분 앞에 떨어져 내렸다.

"타핫~!!"

힘찬 기합과 함께 내가 들고 있던 검에서 예쁜 하얀 빛 덩어리들이 쏟아져 나와 마물과 키메라들에게 떨어져 내렸다.

그러나 기껏 일단의 놈들을 쓰러뜨려도 뒤에 있던 놈들이 곧바로 틈새를 메우는 바람에 나는 멋진 폼을 잡을 여유도 없이 검을 들어 달려드는 놈들을 처리해야 했다. 뭐, 대신에 내 뒤에 있던 기사들과 병사들은 한숨 돌릴 여유를 가질 수 있었겠지만 말이다. 그만큼 녀석들의 숫자가 너무 많았다.

"젠장, 뭐가 이렇게 많아? 그냥 한 번에 확 쓸어버리면 좋겠구만."

아무리 내 실력이 높아졌다 해도 검을 들고 상대하다 보니 한 번에 상대할 수 있는 건 기껏해야 두세 녀석. 그렇게 놈들을 다 처리하자니 끝이 보이질 않았다.

'본래 모습이라면 이 주변에 있는 2, 30놈 정도는 한꺼번에 처리할 수 있을 텐데…….'

라는 생각이 들어 손과 발은 열심히 놀리면서 한숨을 푹푹 내쉬는데 갑자기 귓가에 걸걸한 목소리가 들려왔다.

[도와드릴까요?]

낯선 목소리지만, 도와준다고 하는 거 보니 적은 아닌 모양이다(적이라면 다짜고짜 공격을 하겠지 말을 걸겠는가?).

그런데 아군이라는 생각이 들자마자 난 고마운 생각보다는 화부터 나서 누구인지 확인도 안 해보고 그냥 소리쳤다. 이 위급한 상황에 알아서 도와줘야지 뭐 하러 귀찮게 물어보는가 싶었던 것이다.

"아니, 지금 바쁜 거 안 보입니까? 물어보지 말고 도와줘요!"

[알겠습니다.]

나는 나에게 말을 걸 사람이라면 정령사나 마법사일 거라고 생각했다. 기사들이라면 병사들을 추슬러 인의 장벽을 유지하기도 바쁠 테니 나에게 말을 걸 정도로 여유있는 자라면 아무래도 보조 역할을 맡은 사람이 아니겠는가.

한데 내 도움 요청(?)에 대답하고 나타난 이는 사람이 아니었다.

파아앙~!!

마치 커다란 풍선이 터지는 듯한 소리가 나며 내 주변에 있던 십여 마리의 놈이 뒤로 나가떨어지는 모습에 나는 눈을 휘둥그레 뜨며 옆을 올려다보다가 더욱더 눈을 크게 떴다.

처음에는 나보다도 실력이 뛰어난 그 누군가를 보기 위하여 고개를 돌린 건데, 거기에는 내 본래의 모습보다 훨씬, 훠어얼~씬 큰 거한이 떠억 버티고 서 있는 거였다.

'누, 누구지?'

그런데 이 거한은 나를 아는 모양인지 날 내려다보다 시선이 마주치자 살짝 고개를 까딱해 보이고는 그 큰 몸을 움직여 키메라와 마물들 사이로 들어서며 키만큼이나 엄청나게 큰 주먹을 휘두르는 것이었다. 이 주먹에는 얼마나 강한 힘이 실려 있는지 그가 한 번 휘두를 때마다 아까처럼 커다란 풍선이 터지는 소리가 나며 강한 바람이 일어나 키메라와 마물들을 날려 버렸다.

그런데 난 순식간에 정리되어 가는 키메라나 마물들보다 처음 보는 그가 날 아는 눈치인 게 더 신경 쓰였다. 한 번 보면 절대 잊혀지지 않을 저 거인은 분명 처음 보는데 어떻게 저자는 나를 아는가 말이다.

하지만 난 다시금 자리에서 일어나는 마물들과 키메라 녀석들 때문에 얼른 정신을 차려야 했다. 이 거한은 놈들을 단지 단체로 날리고 쓰러뜨릴 뿐 확실히 처리한 게 아니었기 때문에 그냥 놔두면 놈들이 벌떡 일어나 다시금 덤벼들었던 것이다.

뭐, 단순히 넘어뜨리기만 하는 거라도 지금 상황에서는 큰 도움이 되었다. 놈들이 넘어져 버둥거리게 되면 내가 손을 쓰지 않아도 일반 병사들이 창을 들고 달려들어 끝장을 냈으니까.

덕분에 난 미처 병사들이 달려들지 못한 놈들만 처리하면 되었기에 방금 전보다 훨씬 여유를 가질 수 있게 되었다.

이로 인하여 인의 장벽 또한 더 튼튼해진 것은 물론이거니와 놈들에 대한 포위망도 좁힐 수 있어 여기도 그럭저럭 무난히 해결할 수 있겠다는—밖에 적이 더 있겠지만, 일단 그들은 아버지가 막아내고 있는 듯했으니까—생각이 들어 긴장을 풀었건만…….

슈악~!

어디선가 화살이 날아오는 소리가 들려 반사적으로 고개를 든 내 눈에 기다란 회색빛의 빛줄기가 하늘에서 떨어져 내려 내 앞에 선 거한의 가슴을 꿰뚫는 모습이 들어왔다.

"허윽!"

그런데 황당하게도 꿰뚫린 건 내 앞의 거한인데 마치 내가 꿰뚫린 것마냥 강력한 통증이 가슴을 강타하는 것이었다.

그 갑작스러운 통증에 비틀거리면서도 나는 내 눈 앞의 거한이 마치 허깨비였던 것처럼 순식간에 사라지는 모습에 놀라 눈을 다시 휘둥그레 떴다. 덕분에 거한의 바람 공격에도 넘어지지 않고 어찌 버텨내던 한 놈이 내 옆을 노리고 달려드는 걸 한 박자 늦게 알아채는 실수를 하고야 말았다.

‘이러언…….’

가슴의 통증 때문에 마음대로 움직이기 힘들었던 데다 피할 타이밍까지 놓쳐 버렸으니, 나는 최대한 몸을 뒤로 빼는 와중에도 한 방 먹을 각오를 하고 있었다.

한데 나에게 몸을 날리던 녀석이 갑자기 허공에서 덜컥 정지하더니만 스으윽~ 하고 정수리에서부터 갈라져 널브러지는 것이었다.

‘헉? 이건 또 무슨……?’

영문을 알 수 없는 현상에 난 또 뭔 일이 일어날까 긴장한 채 주위를 둘러보는데, 다행히 이번에는 낯익은 목소리가 들려왔다.

“괜찮냐?”

시선을 돌려보니 거기에는 건장한 체격에 탐스러운 하얀 수염과 머리카락을 날리고 있는 실피드가 서 있는 것이었다.

“어라? 해인이는 어쩌고 오신 겁니까?”

“거기는 대충 끝났어. 너에게 붙여놨던 실라이론이 강제 귀환당해서… 위험!”

나에게 말하다 말고 실피드는 다급한 얼굴로 날 잡아 뒤로 휙 던져 버렸다.

하지만 난 그걸 가지고 뭐라고 할 수 없는 게, 내가 방금 전까지 서 있었던 곳에 아까 그 거한을 꿰뚫은 빛줄기가 내리꽂혔던 것이다.

슈악~! 퓨욱~!

아까 그 거한을 단숨에 꿰뚫는 걸 보고 평범한 게 아니라는 걸 알 수 있었지만, 회색빛의 빛줄기가 땅에 꽂히자 가벼운 음향과 함께 땅에 내 팔뚝만 한 구멍이 뻐엉~ 뚫린다. 구멍의 굵기만 보면 별거 아닌 것 같지만, 구멍의 끝이 보이지도 않는다.

'엄청난 관통력. 도대체 이게 뭐야?

"어딜 보는 거냐? 위를 봐!"

실피드의 호통에 반사적으로 고개를 들었더니 까마득… 까지는 아니고, 그래도 꽤 높은 허공에 시커먼 그림자가 하나 떠 있다. 안력을 높여보니 와이번 비스름하게 생겼는데, 온몸은 새까맣고 덩치가 훨씬 컸다. 그런데 그 깜장 와이번 녀석, 혼자가 아니었다.

'어라? 등에 누가 타고 있어?

아무래도 저 존재가 아까 빛줄기를 내리꽂은 놈 같았다.

인상까지 잔뜩 찡그려 가며 그가 온몸을 검은 갑옷으로 둘러싸고 있다는 정도만 알아낸 찰나, 깜장 와이번 녀석이 갑자기 빠르게 밑으로 하강하는 것이었다.

방향은 내 뒤쪽에 있는 인의 장벽.

"피햇! 위에서의 적의 공격이닷!!"

나는 뒤쪽을 향해 그렇게 외치며 녀석을 향해 검기를 날렸다.

한데, 내가 날린 검기가 허망하게도 놈은커녕 놈이 타고 있는 까만 와이번에게 닿기도 전에 그들의 주위에 쳐져 있던 투명한 막에 부딪혀 그대로 소멸되는 것이었다.

"어라?"

제법 기운을 많이 불어넣어 만든 검기라 놈을 떨어뜨리지는 못해도 최소한 큰 타격을 줄 순 있을 거라 생각했건만, 그들의 방어막에 마치 벽에 던져진 유리 공처럼 깨져 버리자 나는 당혹감을 감추지 못했다.

그사이 땅으로 더 가까이 내려온 까만 와이번의 위에 타고 있던 작자와 눈이 마주쳤는데, 놈이 가소롭다는 듯한 시선으로 날 보고 있는 거다.

게다가 그 와중에도 와이번은 계속해서 내려오고 있었기에 나는 이번엔 마법사들이 있더라도 그냥 마기와 천기를 합쳐서 아까보다 더 크게 검기를 날리려고 했는데, 실피드가 내 어깨를 톡톡 두드리는 거였다.

"안 되는 거 용쓰지 말고 나에게 맡겨라. 내가 힘써주마."

실피드의 말이 끝나자마자 그의 주위에서 강한 바람이 휘몰아치기 시작하더니 곧 토네이도가 형성되어 까만 와이번을 향해 달려들었다.

검기도 가볍게 막아내는 놈들이었지만, 실피드의 토네이도는 무시할 수 없었던 모양이다(하긴, 보기만 해도 무시무시했으니). 까만 와이번은 토네이도가 자신을 향해 달려들자 급격하게 방향을 꺾어 토네이도와 거리를 벌리려고 했다.

하지만 실피드가 누구인가? 그는 거리가 벌어지자마자 곧바로 토네이도의 방향을 꺾어 녀석들의 뒤를 쫓았기에 까만 와

이번은 다시 한 번 급격히 선회해야 했다.

그렇게 허공에서는 까만 와이번과 새하얀 토네이도의 쫓고 쫓기는 추격전이 벌어졌고, 그만큼 내 몸의 기운은 쪽쪽 빨려져 나가 검기를 팍팍 형성하기도 어려웠지만, 효과는 탁월했다. 일단 공중에서 기회를 노리는 까만 와이번을 확실하게 견제하는데다 토네이도의 아랫부분은 키메라와 마물이 있는 곳을 누벼 놈들을 토네이도에 휘말리게 하고 있어 놈들의 숫자를 착실하게 줄여 나가고 있었으니 말이다.

거기에 실피드의 능력이 얼마나 뛰어난지 토네이도가 얼마 떨어지지 않은 곳에서 낭창낭창(?)거리고 있는데도 우리 주변에는 그냥 약간 강한 바람 정도밖에 불지 않는 거다. 즉, 아군 쪽에는 피해가 전무하다시피 했다.

'우와, 과연 실피드.'

그즈음 스포티스우드 성에서의 두 번째 지원팀이 도착해 합류했는지 뒤쪽에서 이전보다 더욱더 강력한 마법 공격이 날아왔다. 이 성에 있던 마법사들은 기껏해야 4클래스의 공격 마법을 전개하는 정도였는데 이제는 5클래스에서 심지어 6클래스까지 날아왔던 것이다.

그걸 본 나는 이번에야말로 적의 침략을 무사히 저지할 수 있을 줄 알았다. 비록 깜장 와이번 위에 있는 작자가 마음에 걸렸지만, 실피드에 아버지까지 있는데 잡지는 못하더라도 최소한 막아낼 수 있지는 않을까 생각했던 것이다.

하지만 난 적을 너무 과소평가했다.

[문제가 생겼다. 어서 내성으로 돌아오너라.]

갑자기 머릿속에서 울리는 아버지의 목소리.

"예? 하지만 제가 빠지면 여기는요?"

[지원군이 도착했으니 충분히 막아낼 수 있을 거다.]

"위에 있는 저 깜장 와이번하고 그 위에 타고 있는 놈은 감당하기 힘들 텐데요?"

[지금 그놈이 문제가 아니야! 스포티스우드 성에 마족이 나타났다고 연락이 왔어. 여기는 우리에게 맡기고 넌 빨리 스포티스우드 성으로 가거라.]

"헉……."

이곳에 오기 전 회의실에서 이 성을 공격한 건 우리 전력을 약화시킨 후 스포티스우드 성을 다시 공격하려는 적의 전략일지 모른단 이야기가 나오긴 했었지만, 마족이 직접 나타날 줄은 몰랐다. 기껏해야 지금까지 쳐들어왔던 키메라나 마물 군대 정도라고 생각했지.

사실 그것만으로도 대단한 전력이긴 했지만 말이다.

'그런데 마족까지 나타났다니… 스포티스우드 성의 공격이 실패한 게 자존심을 건드렸나? 최고 전력까지 등장시키고 말이야.'

여기도 상당히 위급한 순간이었지만, 마족이 등장했다니 어쩔 수 없었다.

"실피드!"

"오냐!"

아버지와의 대화를 실피드도 듣고 있었던 듯 별말을 하지 않았는데도 그가 고개를 끄덕이고는 두터운 팔을 냉큼 내 허리에 두르는 것이다.

"헛? 뭐, 뭐 하는 겁니까?"

"뭐 하긴. 너 데리고 날아가려고 하는 거지. 왜, 그냥 뛰어가련?"

"아, 아뇨……."

부탁하기도 전에 해주는 건 고맙지만, 건장한 남정네가 갑자기 내 허리에 팔을 두르는 건… 으음…

'전에 아버지의 심정을 알겠… 헉, 내가 지금 사고도 남성화가 되어가는 건가?

내가 경악하는 사이 날 품에 안은(?) 실피드는 순식간에 날아 아버지가 서 계시는 내성의 성벽 위로 안착하였다. 확실히 내가 달려가는 것보다 훨씬 빠른 속도였다.

그러자 아버지가 실피드와 바톤 터치를 하듯 날 잡고 마법을 발휘, 곧바로 마법진이 있는 곳으로 이동을 하셔서 날 마법진 위로 밀어 넣으셨다.

"난 이곳 일을 해결하고 뒤처리까지 해야 할 것 같으니까 거기 일은 너 혼자 알아서 해라. 뭐, 마족만 맡아서 해결하면 나머지는 바리수카 후작이 알아서 해줄 거다."

아버지가 자신이 하고 싶은 말만 다다다 쏟아내고 마법진 밖으로 나가자 대기하고 있던 마법사들이 그대로 마법진을 발동시켜 날 보내 버렸다.

실피드는 날 아버지께 넘기고 사라져 난 깜장 와이번을 처리할 때까지 그곳에 남아줄 줄 알았는데 마법진에 오르자마자 내 몸에서 쪽쪽 빠져나가던 기운이 딱 멈춘 걸로 보아 실피드가 토네이도를 흐트러뜨렸음을 알 수 있었다.

생각 같아서는 그래도 깜장 와이번만이라도 처리해 주고 와 달라 하고 싶었지만, 내 눈앞에 있다는 존재가 마족이다 보니 힘을 양분하는 것이 부담스러웠던 터라 실피드가 알아서 토네이도를 끝내준 게 고마울 정도였다.

'뭐… 아버지도 계시고, 마물하고 키메라도 얼추 많이 없앴으니 그나마 괜찮겠지.'

빛이 사라지고 나자 빛에 의해 일시적으로 잃어버린 시력이 채 회복되기도 전에 난 다급한 누군가의 손에 이끌려 마법진을 빠져나와야 했다.

"팔라디노 경, 빨리 와주십시오."

내 팔뚝을 놓치지 않으려는 듯 꽈악 잡는 폼이 내가 어딘가로 도망갈까 걱정이라도 하는 것 같다.

얼결에 끌려가면서 살펴보니 나를 잡고 있는 이는 남작의 작위를 가진 사람으로 아버지의 호위기사 중 대장이었는데 아버지 호위기사라 그런지 그나마 나에게 나쁜 감정을 보이지 않는 몇 안 되는 기사 중 한 사람이었다.

그건 그렇고, 마족이 나타났다니 다급한 건 알겠는데……

'주변에 이 인간들은 뭐냐?'

나는 나를 둘러싼 채 덩달아 같이 뛰고 있는 갑옷 부대를 보며 인상을 찌푸렸다.

처음에는 나에게 호위라도 붙인 건가 했는데, 가만 생각해 보면 여기서 내가 제일 강한데다 마법사도 아니니 나에게 호위를 붙일 리가 없었다. 게다가 주위 녀석들이 나를 향해 보내오는 날카로운 눈초리를 보아하니, 이건 호위병이 아니라 감시병이었다. 아무래도 전에 트라한 녀석이 내가 공을 더 세우기 위해 처음에는 가만있다가 마지막 즈음에 짠~! 하고 나타났다는 말을 믿어서 처음부터 내가 마음대로 하지 못하게 감시하려는 것 같았다.

'이거 열받네… 날 그렇게 봤다 이거지? 야, 네놈들로 날 막을 수 있을 거라고 생각한 거냐? 진짜 확 튀어봐?

하지만 그건 정말 해서는 안 될 일이라는 걸 잘 알고 있었기에 생각만 했을 뿐, 난 얌전히 그들이 이끄는 대로 따라갔다.

상식적으로도 그렇고 전의 전투도 그랬고 해서 나는 마족과의 싸우는 전투지가 당연히 외성 벽이 있는 곳일 거라 예상하고 거기까지 달려갈 생각에 몸을 긴장시키고 있었건만, 밖으로 나가니 바로 거기에서 전투가 벌어지고 있는 거였다.

"엥?"

뜻밖의 상황에 당황해하는 나는 아랑곳하지 않고 나를 둘러싸고 있던 기사 중 한 사람이 우리 앞에 와글와글 모여 있는(?) 이들을 향해서 큰 소리로 외쳤다.

"팔라디노 경이 왔습니다아~!!"

그러자 마치 모세가 홍해바다를 가르기라도 한 것처럼 눈앞에 있던 이들이 양옆으로 쫘아악~ 갈라지는 것이었다.

"잘 부탁드립니다, 팔라디노 경!"

남작 기사씨가 내 팔을 놓으며 정중히 부탁하자 그걸 신호로 내 주위에 있던 이들이 마치 썰물 빠져나가듯 후다닥 멀어진다.

그게 꼭 날 괴물 앞에다 제물로 바치는 것 같아 나는 어이가 없었다.

'뭐냐, 이 인간들……'

허나 난 주변 사람들을 오래 쳐다볼 수가 없었다.

"어머나? 전에 봤던 얼굴이네?"

간드러지는 여성의 목소리에 시선을 돌려보니, 과연 전에 만났던 검은 머리의 여성 마족이 거기에 서 있었다.

"혼자? 전에 그 남자 분은 어디 가시고?"

'아메리 국의 왕자라고 했던가?'

나에게 부러움을 살 정도로 러브러브 광선을 사방에 쏟아내던 그들이라 항상 함께 다닐 줄 알았는데 마족 여성만 보여 단순히 궁금해서 물어본 건데, 내 질문이 그녀의 아픔이라도 건드렸던 모양이다.

"이게 다 너네 때문이잖아!!"

그 예쁜 얼굴을 일그러뜨리며 원수를 만난 듯 외치는 그녀의 말에 나는 어이가 없었다.

"거기서 왜 우리 이야기가 나옵니까?"

"닥쳐! 네놈들이 얌전히 죽었으면 나까지 불려올 일이 없었어! 버러지 같은 것들이 결국은 죽을 거면서 뭐 하러 발버둥이지? 곱게 죽을 것이지."

전에 만났을 때의 나른한 표정은 어디 가고 표독스러운 시선으로 바라보며 앙칼지게 외치는데, 이런 걸 적반하장이라고 하는 거겠지?

"하, 정말 어이가 없어서… 우리가 미쳤다고 얌전히 죽어줍니까? 댁 같으면 얌전히 죽어주겠어요?"

"약하면 당하는 게 당연한 거야."

"안 약하니까 개기는 거 아닙니까?"

"그래서 지금 잘했다는 거야?"

"아주 잘했다고 생각합니다!"

"하, 이게 정말 보자 보자 하니까! 너 말 다 했냐?"

"다 안 했습니다. 말이야 바른말이지, 할 말 많은 건 우리 쪽 아닙니까? 왜 가만히 있는 사람 건드려서 귀찮게 만드… 헉스……."

말하다 보니 나도 모르게 흥분해 버려 막 많은 말들을 줄줄줄 쏟아내려는 찰나, 뒷골을 때리는 섬뜩한 느낌에 반사적으로 몸을 옆으로 피했더니 내 옆을 검은 빛줄기가 샤악~ 하고 지나가는 것이었다.

고개를 들어보니 그녀의 하얀 손 위에 마기로 이루어진 구가 둥둥 떠 있었다. 아마도 그걸 던진 모양이다.

“말하고 있는데 치사하게!!”

기가 막힌 내가 버럭 외치자 그녀가 코웃음 친다.

“내가 마족인 거 몰랐어? 마족은 치사하게 굴어도 되는 거야.”

“그런 게 어딨습니까?”

“고까우면 너도 마족 해라?”

그녀는 그렇게 말하며 나에게 다시 마탄을 던졌고, 이번에는 긴장하고 있던 나는 즉시 검에 기를 주입해 마탄을 쳐냈다.

한데 마탄을 쳐내고 자동적으로 마족 여성이 있던 자리로 시선을 돌리니 그녀가 보이지 않는 거다.

‘응?’

어떻게 된 건지 의아해한 것도 잠시, 난 나에게 달려드는 그녀의 기척을 느끼고 늦지 않게 허리를 뒤로 젖혀 그녀의 날카로운 손톱 공격을 피할 수 있었다. 뭐, 그녀의 공격도 거기서 끝이 아니었지만 말이다.

“아니면 죽던지!”

내가 피하는 바람에 허공만 할퀸 그녀가 온몸을 뒤로 반 회전시키며 내 머리를 노렸다.

그에 나는 아예 바닥으로 몸을 눕혀 그녀의 반대편으로 몸을 굴리며 그녀의 공격권을 빠져나가려 했건만, 내가 두 바퀴를 채 구르기 전에 카라랑~! 하면서 누군가가 그녀의 공격을 대신 막는 소리가 나는 것이었다.

의아해서 구르는 대신 벌떡 일어났더니, 웬 청순가련형 타입의 아리따운 아가씨가 어디에선가 나타나 은빛 창으로 마족 여성의 손톱을 막고 있었다.

"괜찮으십니까?"

그리고는 날 돌아보며 묻는데…….

"아, 예."

반사적으로 대답하면서 나는 당혹스러움을 감출 수 없었다. 오늘따라 위급할 때 실력자들이 나타나 날 도와주는 건 정말 고마운데, 아무리 머릿속을 뒤져 봐도 난 모르는 사람들이건만 그들은 다들 날 아는 듯했으니 말이다.

'나… 치매가 왔나?'

방금 나타난 아가씨는 얼핏 보면 크로비스와 비슷한 타입이었지만, 크로비스보다 10㎝는 더 큰데다 머리색도 초록색이었다.

'그러고 보니 둘 다 여성이고 창을 쓰네?'

마족 여성은 갑자기 나타난 초록색 머리 여성이 자신의 공격을 막아내자 화가 난 듯 공격 대상을 그녀로 바꿨지만, 초록색 머리 여성은 한 치도 물러나지 않은 채 마족 여성의 공격을 막아냈다.

엄밀히 말하면 실력은 마족 여성이 한 수 더 높았지만, 초록색 머리 여성의 스피드가 훨씬 빨랐기에 마족 여성의 공격을 거뜬히 피할 수 있었다. 대신, 그녀들이 싸우는 주위가 엉망이 되긴 했지만 둘 다 그런 데는 상관하지 않았다.

그건 좋은데…….

‘이상하다? 왜 내 기운이 지금 빠져나가지? 실피드가 다시
내 기운을 가져다 쓰나? 안 보이는 거 보니 다시 해인이한테
간 것 같은데?’

내 몸의 이상 현상(?)에 대해 고개를 갸웃하는데 근처에 있
던 명신의 신관 한 명이 답답했는지 소리친다.

“뭐 하고 계시는 겁니까, 팔라디노 경! 빨리 천족강림술을
펼치세요!!”

“아…….”

평소에도 내가 바보 같았지만, 오늘따라 더더욱 바보 같다
는 느낌을 금할 수가 없다.

‘아버지가 계셨더라면 한 소리 하셨겠군.’

나는 속으로 그렇게 중얼거리며 잽싸게 자리에서 일어나 천
족을 부르는 주문을 속으로 외웠다.

그사이 빠른 스피드로 마족 여성의 공격을 무력화시키던 초
록색 머리 여성이 드디어 한계에 달했다. 마족 여성의 온몸을
사용한 시간차 공격에 피할 타이밍을 놓쳐 바람의 장벽을 펼
쳤지만, 그 충격을 모두 흡수할 수 없었는지 초록색 머리 여성
이 뒤로 나가떨어졌다.

“큭…….”

한데, 나가떨어진 초록색 머리 여성은 금방 벌떡 일어나 잽
싸게 옆으로 이동해 마족 여성의 검은 매직 미사일 공격을 피
했건만, 가만히 있는 내가 괜히 바닥에 메다 꽂혀지기라도 한
듯 온몸에 통증이 이는 것이다.

‘이, 이게 도대체……’

그러고 보니, 아까도 그랬었다. 거한이 가슴이 꿰뚫려 사라
졌는데, 마치 내가 꿰뚫린 양 가슴에 통증이 생겼더랬다.

‘뭐, 뭐야… 설마 이들이 새로운 하양이와 까망이는 아니겠
지?’

생각은 그렇게 했지만, 아니라는 건 내가 더 잘 알았다. 이
들에게서 느껴지는 기운은 천기나 마기가 아니었으니 말이다.

오히려 실피드에게서 느껴지는 기운과 비슷…….

‘잠깐, 그러고 보니… 비슷이 아니라 완전 똑같은 것 같은
데? 혹시 실피드가 나한테 붙여준 사람들… 어, 어, 실피드는
정령왕이니까 정령 아니야?’

“팔라디노 경! 지금 딴생각에 빠져 계실 때가 아닙니다!!”

내가 너무 딴생각에만 빠져 있었나 보다.

날 여기까지 이끌고 온 기사의 외침에 퍼뜩 정신을 차린 난
검을 고쳐 쥐고 마족 여성에게 달려들려고 했다.

한데, 내가 마족 여성에게 달려들기도 전에 나보다 먼저 마
족 여성에게 내리꽂히는 인물이 있었다.

‘크로비스!’

“놈, 여기서 다시 만나는구나!”

“어머? 이게 누구야?”

크로비스의 기습적인 공격을 간신히 피한 여성 마족의 얼굴
에 낭패라는 기색이 드러났지만, 어조만은 태평했다.

“오늘이야말로 끝장을 보자!”

“이런, 천족이 비겁하게 나 한 명을 두고 둘이서 공격할 셈?”

다시 한 번 덤벼드는 크로비스를 크게 뒤로 도약하며 피한 마족 여성의 말에 나는 콧방귀가 절로 나오는 기분이었다.

‘넌 비겁해도 되고 천족은 비겁하면 안 되냐?’

그러면서 난 혹시나 고지식한 크로비스가 ‘맞아, 난 비겁하면 안 돼’ 라고 하면서 초록색 머리 여성을 물러나게 하는 건 아닌지 걱정했는데 다행히 크로비스는 ‘전쟁에서 비겁함은 없다!’ 란 사고방식을 가지고 있는 모양이었다. 콧방귀도 뀌지 않고 그대로 함께 덤벼들었으니 말이다.

마치 오랜 시간 함께 싸워온 파트너인 양 손발이 척척 맞아 마족 여성을 몰아대고 있는 두 여성을 보고 있자니 내가 안 도와줘도 될 것 같다. 그래서 최소한 방해나 되지 않게 뒤로 멀찍이 물러나 날 데리고 온 남작 기사씨 옆으로 가서 함께 세 여성의 전투를 구경하기 시작했다.

“안 도와줘도 되는 겁니까?”

“제가 끼어들 여지도 없는 것 같은데요.”

남작 기사씨의 말에 어깨를 으쓱이며 대답하자 그도 동감이었던지 고개를 끄덕이고는 다시 전투 장면으로 시선을 돌렸다.

하지만 내 양 볼이 되게 따끔따끔거리는 거 보니 돌아보지 않아도 주변의 다른 놈들이 못마땅하다는 시선을 나에게 날리고 있음을 알 수 있었다. 뭐, 그래 봤자 나에게 직접 뭐라고 할 수 있는 간 큰 인간은 한 명도 없었고, 나 또한 그래 봤자 눈 하나 깜짝하지 않기에 태평하게 전투만 계속 구경하고 있었다.

"셋 다 정말 엄청나군요."

다시금 남작 기사씨의 입에서 감탄의 말이 나오자 나는 기꺼이 고개를 끄덕여 줬다.

"그러게나 말입니다."

"마족을 상대로 전혀 물러남없이 싸우다니, 저 두 분 정말 대단하군요. 저 두 분을 진작 모셔왔더라면 놈들이 움직일 때까지 기다리지 않고 쳐들어갈 수 있었을 텐데요."

남작 기사씨는 크로비스와 초록 머리 여성이 나중에 합류한 내 동료인 줄 알았던 모양이다.

"아하하… 제가 마음대로 할 수 있는 분들이 아니라서요."

크로비스의 정체를 내가 마음대로 떠들고 다녀도 되는 것인지 몰라 그렇게 슬쩍 얼버무렸지만, 얼마 지나지 않아 크로비스 스스로가 자신의 정체를 드러내는 상황이 벌어졌다.

크로비스, 초록 머리 여성 대 마족 여성의 전투는 정말 격렬했다. 전에 펜사 산맥에서 제대로 싸우지는 않고 크로비스의 공격만 얄미울 정도로 요리조리 피하던 모습과는 사뭇 딴판이었다.

'뭐냐, 그동안 농땡이 친 걸 윗선에 걸렸나? 그래서 제대로 안 하면 죽이겠다는 협박을 당하기라도?'

내가 그런 생각을 할 정도로 마족 여성은 정말 필사적으로 싸워댔던 것이다.

그러나, 솔직히 크로비스 혼자 본격적으로 싸워도 이길 걸 초록 머리 여성까지 가세했으니 마족 여성이 이길 수 있을 리가 없었다.

지금까지는 싸우는 장소가 내성의 안뜰인데다 주변에 다른 존재들까지 있어 그들에게 피해가 가지 않게 하려고 크로비스가 애를 썼기에 마족 여성이 동수를 이룰 수 있었던 거지, 그게 아니었으면 진즉에 결과가 나도 났을 거다.

초록 머리 여성의 은빛 창을 막아냈지만, 크로비스의 시간차 공격은 막지 못해 뒤로 날려간 마족 여성이 땅을 박차고 뒤로 훌쩍 물러나 거리를 벌린 채 내성 성벽 위에 내려섰다.

지금까지 잘 버티고 있었지만, 그렇다고 완벽한 동수를 이룬 건 아니었기에 그녀의 모습은 낭패인 기색이 역력했다. 마족 여성은 완전히 엉망이 되어버린 긴 생머리를 뒤로 쓸어 넘기며 길게 한숨을 내쉬더니 뭔가를 결심한 듯 이를 악물었다.

'쟤… 진짜 죽는다는 협박이라도 받은 겨?

그녀의 태도에 난 그녀가 본래의 모습으로 돌아가려 한다는 걸 눈치챌 수 있었던 것이다.

마족이 본모습으로 공격을 하는 건 정말 최후의 최후 수단이었다. 그것도 실패하면 남은 건 죽음밖에 없는데, 그렇게 해서라도 여길 빼앗아야 하는지 의아했던 것이다.

나의 의아함과는 상관없이 마족 여성의 몸에서 폭발적으로 마기가 뻗어 나오더니 서서히 그녀의 몸이 변해가기 시작했

다. 몸 전체가 길어지고 그중에서도 특히나 목이 쭈욱~ 늘어
나더니만 거기서 그치지 않고 글쎄 길어지던 목이 삼분화가
되는 것이었다.

'어어?

이건 또 무슨 새로운 변화인가 싶어서 지켜보는 사이 완전
히 본체로 돌아간 마족 여성이 모습을 드러냈는데, 그걸 본 나
는 입을 떠억 벌렸다.

'흐미, 저게 뭐냐?

세상에나, 그녀의 본래 모습은 머리가 셋 달린 용 비스름한
파충류였던 것이다. 아니, 팔과 다리가 있으니 용이라기보다
는 도마뱀이라고 하는 게 맞겠다. 뒷다리 두 개로 몸을 지탱하
고 굵은 꼬리로 균형을 잡아 서 있는 형태의 도마뱀 말이다.

'머리가 세 개인데 어떻게 인간 모습일 때는 머리가 하나일
수 있지?

주변에서는 마족이 본체를 드러냈다고 난리가 났건만 나는
한가하게 그런 생각이나 하고 있었다. 그도 그럴 것이, 도마뱀
등에 달려 있는 한 쌍의 피막 날개로 보아 머리 셋 달린 도마뱀
은 중급 마족이었으니 경악이나 절망을 할 이유가 없었던 것
이다. 뭐, 전에 만났을 때 대충 그 정도일 거라 짐작했었고 말
이다. 단지 덜떨어진 마족이나 말머리 마족과는 비교도 안 될
정도로 강한 기운을 뿜어내는 걸로 보아 내가 본래 모습으로
달려들어도 막상막하일 정도의 실력자일 듯하다.

크로비스도 머리 셋 달린 도마뱀이 본격적으로 나오자 쉽게

상대하지 못하겠던지 지금까지 드러내지 않았던 천족의 날개를 한 쌍 꺼냈다.

"오오오~"

덕분에 주변에서 다시 한 번 난리가 났다.

"저, 저분이 천족이셨습니까아~?"

남작 기사씨도 입을 떠억 벌린 채 날 돌아보며 묻기에 날개를 한 쌍씩만 꺼낼 수 있다는 사실을 처음 알게 된 나는 머쓱하게 고개를 끄덕여 줬다.

"그래서 제가 마음대로 할 수 없는 분들이라고 했잖습니까."

"오오… 내 평생에 천족을 직접 보게 되다니……."

혹시 남작 기사씨가 말해주지 않았다고 서운해하면 어쩌나 약간 걱정도 했었건만, 남작 기사씨는 천족을 실제로 본다는 감격에 넘쳐서 그런지 내가 미리 말해주지 않았다는 건 까맣게 잊고 있는 듯했다.

[내가 이렇게까지 하게 만들다니.]

[너만은 꼭!]

[절대 용서하지 않아!]

머리가 세 개다 보니 말도 한꺼번에 세 군데에서 쏟아져 나왔다. 장문의 말이 아니라서 이해하는 데는 어려움이 없었지만, 만약 다다다 쏟아져 나왔다면 정신없을 뻔했다.

3m가 넘는 도마뱀이 날개를 퍼덕이며 내성 벽 위에서 뛰어내리자 강한 돌풍이 주변을 휘몰아쳤다. 얼마나 강했는지 커

다란 돌덩어리까지 날려갈 정도였기에 주변에 있던 이들이 모두 몸을 피하느라 급급했다.

그렇게 마족이 달려들자 크로비스도 날개를 활짝 펴 허공으로 떠올랐고, 그 뒤를 초록색 머리 여성이 따랐다.

크로비스의 왼손엔 그동안 본 적 없었던, 그녀의 상반신은 충분히 가릴 수 있을 것 같은 새하얀 방패가 들렸고, 오른손엔 예의 그 창이 1m는 더 길어진 채 새하얀 빛을 발하며 들려 있었다.

초록색 머리 여성도 변해 있었다. 비록 날개는 없었지만, 급소만 막는 형태였던 갑옷이 좀 더 커지고 견고해진 디자인으로 바뀌었으며 어느새 나타난 투구를 썼고, 창을 하나 더 꺼내 양손에 각각 한 자루씩 들고 있었다.

[꺄아아아아악~]

첫 공격은 마족의 왼쪽 머리였다.

입을 크게 벌리며 괴성을 지르는데 얼마나 소리가 컸는지 황급히 귀를 틀어막았음에도 불구하고 머리가 울리고 귀에 날카로운 통증이 일어나 몸이 절로 휘청거렸다. 한참이 지나도 귀에서 이이잉~ 하는 이명이 울리고 오랫동안 청력을 회복하지 못할 정도였다.

다행히 난 고막의 손상까지는 가지 않았지만, 주변의 많은 이들은 귀에서 피를 흘리며 나뒹굴고 있었다. 특히나 나만큼이나 청각이 예민한 이종족들 중에는 기절한 이들도 나왔다.

하지만 그들은 약과였다. 마족의 정면 측에 있던 이들은 아예 뒤로 날려가기까지 했으니 말이다. 마족과의 싸움에 피해를 보지 않으려고 안전거리를 확보하고 있었음에도 불구하고 내상까지 입었는지 피를 토하는 이들도 있었다.

'음파 공격!'

크로비스도 음파 공격은 제대로 방어하지 못했던지 귀를 막고 온몸을 비틀더니 결국 코에서 피를 흘리며 떨어져 내렸다.

하지만 그녀의 곁에는 초록색 머리 여성이 있었기에 추락하는 대신 초록색 머리 여성의 부축을 받으며 살포시 내려설 수 있었다. 물론 제대로 서지 못하고 곧 주저앉았지만, 코에서 피를 흘리며 제정신을 차리지 못하는 걸 빼고는 크게 다친 곳은 없는 것 같았다.

그때, 허공에서 시커먼 불덩어리가 날아와 그녀들에게로 떨어졌다. 아까 마족 여성이 나에게 날린 것과 비교한다면 반딧불과 보름달 정도의 차이가 날 정도로 엄청 크고 강렬해 보였다. 초록 머리 여성이 잽싸게 크로비스의 팔을 잡고 옆으로 몸을 날렸지만, 그 불덩어리는 땅에 떨어져 터지는 대신 방향을 틀어 그 둘의 뒤를 쫓는 것이었다. 게다가 그 앞에서는 머리 셋 달린 도마뱀이 둘을 노리고 있었다.

지켜보기만 하던 내가 다급함에 휘청거리면서도 그 둘을 돕기 위해 달려나가려 한 그 위급한 순간, 갑자기 초록색 머리 여성의 품에 안겨 있던 크로비스의 몸에서 화아악~ 하고 강렬한 빛이 뿜어져 나왔다.

천기의 발현.

그와 함께 크로비스의 등에서 끝까지 꺼내지 않았던 나머지 한 쌍의 날개가 찬란하게 모습을 드러내는 것이었다.

단순한 행동 같지만, 그로 인한 영향은 컸다.

우선 그녀들의 앞에서 그녀들을 노리고 있던 도마뱀의 세 머리가 동시에 있는 대로 입을 벌리며 괴로움에 몸을 뒤틀었다. 마기와 천기가 상극이라고 하더니, 천기를 온몸에 그대로 뒤집어쓴 게 견딜 수 없이 괴로운가 보다.

게다가 그녀들의 뒤를 노리며 쫓아오던 커다란 검은 불덩어리도 크로비스로부터 뻗어 나온 한줄기의 빛으로 인하여 방향을 잃고 엉뚱한 곳에 가서 떨어졌다. 크로비스가 검은 불덩어리를 향해 빛의 창을 던졌던 것이다.

축 늘어져 있기에 완전히 정신을 잃은 줄 알았더니, 그런 체하며 기회를 노리고 있었던 모양이다.

뭐, 덕분에 그녀들은 무사할 수 있었지만, 불덩어리가 내성 벽 한쪽에 정확하게 떨어지는 바람에 그쪽 내성 벽이 완전히 무너지고 말았다.

콰과과광~

검은 연기를 모락모락 피우며 처참한 모습을 드러낸 내성 벽을 보자니, 이 성 주인의 속이 꽤나 쓰릴 것 같다.

하지만 반대로 크로비스와 초록 머리 여성은 신난 듯했다. 초록색 머리 여성은 크로비스가 자신의 품에서 빠져나가자마자 두 개의 창을 다시 손에 쥐고 여전히 괴로워하고 있는 세 머리 도마뱀에게 다가갔다.

가만히 보면 크로비스와 마족도 허공에서 마음대로 이동할
수 있지만, 초록색 머리 여성이 그들보다 더욱 자유로운 것 같
았다. 크로비스와 마족은 산소 호흡기를 지닌 채 물속에 들어
간 잠수부라고 한다면 초록색 머리 여성은 그곳에서 사는 물
고기라고 할 정도로 너무 자연스러웠던 것이다. 덕분에 초록
머리 여성은 마족이 눈치채기 전에 가까이까지 접근할 수 있
었고, 세 머리 도마뱀이 그녀의 기척을 알아챘을 때는 자신의
머리를 향해 기다란 빛의 창이 내려오고 있을 때였다.

피할 타이밍을 놓쳐 버린데다 초록 머리 여성이 너무 가까
이 있어 방어막도 펴지 못하자 마족은 팔을 들어 창을 막아냈
다.

그런데 그 뒤에 또 다른 창이 떨어져 내리고 있는 것이었다.

'아, 저분은 창을 두 개 가지고 있었지?'

하나를 양손으로 잡고 내리찍기에 나도 하나만 가지고 회심
의 공격을 하려는 줄 알았는데, 알고 봤더니 하나를 허공 높이
던져 올려 그게 올라갔다가 떨어지는 사이에 눈속임을 전개했
던 것이다. 먼저 공격한 창이 마족의 팔뚝에 막히자마자 미련
없이 놓고는 막 떨어져 내리는 창을 낚아채 그대로 다시 또 찔
러 들어갔던 것이다.

[크오오오~]

이번에도 마족은 잽싸게 피했지만, 쬐끔 늦어 오른쪽에 있
던 머리에 창이 꽂히고 말았다.

거기서 끝이 아니었다.

초록 머리 여성에게 마족의 모든 신경이 집중된 사이 마족의 뒤로 돌아간 크로비스가 고통에 울부짖고 있는, 창에 꽂힌 머리를 베어냈던 것이다. 물론 그때도 마족은 피하려 했지만 초록 머리 여성이 마족이 피하지 못하게끔 머리에 꽂힌 창을 잡고 버텨줬기에 가능했던 일이었다.

머리가 잘린 뒤에는 두 여성들에게서 훌쩍 물러날 수 있었지만, 머리 하나가 잘린 아픔은 감당할 수 없었는지 바들바들 떨면서 선뜻 다른 행동을 보이지 않았다.

크로비스와 초록 머리 여성도 상처 입은 맹수… 아니, 마족에게는 함부로 달려들 수 없었던지 잠시 지켜보는 바람에 허공에서는 뜻하지 않게 대치 상태가 이어졌다.

하지만 얼마 지나지 않아 마족이 입을 열었다.

[너… 너… 네, 네가 감히!!]

[진정해!]

[내가 진정하게 생겼어? 저들이 언니를 죽였어!]

[누가 그걸 몰라? 하지만 여기서 흥분해 봤자 우리만 손해야!]

[넌 어떻게 그렇게 냉정할 수 있지?]

[이게 최선이니까 그렇지.]

[거짓말! 넌 언니가 죽은 게 아무렇지도 않은 거야. 아니, 오히려 속 시원해하고 있는 거 아니야? 언니가 죽으면 그만큼 이 몸을 네 마음대로 움직일 수 있으니까!]

[바보 같은 소리 하지 마! 지금 여기서 나와 싸워서 어쩌자는

거야?]

같은 몸에 있어도 성격이 다를 수도 있는 모양이다. 하긴, 쌍둥이라 해도 성격이 다른 경우가 많으니 같은 몸을 가져도 성격이 다를 수 있는 거겠지. 게다가 둘의 성격이 다른 덕분에 둘의 사이가 갈라져 우리에게 유리하게 되었으니 우리에게는 잘된 일이었다.

쉬잉~!!

도마뱀의 두 머리가 다투는 동안 크로비스가 기습적으로 마족에게 달려들어 창을 휘둘렀다.

하지만 그녀의 날개가 움직이는 기척은 감출 수가 없었던 모양인지 머리 셋… 아니, 이제 두 머리가 된 도마뱀은 늦지 않게 피할 수 있었다. 그 뒤에 이어진 초록 머리 여성의 공격도 말이다.

크로비스와 초록 머리 여성을 가만 안 두겠다고 떠들던 다혈질 머리도 지금은 위급 상황이라는 걸 알아챘기 때문인지 가만히 있었다.

그러나 서너 번 몸을 피하던 냉정한 머리가 안 되겠다 싶은지 훌쩍 뒤로 물러나 허공에 전에 한번 봤었던 시커먼 공간을 열자 다혈질 머리가 들고일어났다.

[무슨 짓이야!! 이대로 도망가자는 거야? 난 이대로 못 가!]

하지만 냉정한 머리는 꿈쩍도 안 하는 거다.

[닥쳐!]

[야!! 너 정말~!!]

다혈질 머리가 다시 뭐라 뭐라 떠들어댔지만, 냉정한 머리의 지시를 받는 마족의 몸이 지체없이 시커먼 공간 안으로 몸을 던졌기에 그 뒷말은 들을 수가 없었다.

"이놈!!"

시커먼 공간이 모습을 드러내자마자 크로비스가 마족을 향해 달려들었지만, 마족은 그럴 줄 알았는지 미리 투명한 방어막을 치고 있었다. 물론, 크로비스의 한 방에 깨졌지만 그러느라 단 몇 초를 지체하는 사이 냉정한 머리가 공간 안으로 몸을 던졌기 때문에 크로비스는 이번에도 마족을 놓칠 수밖에 없었다.

"저 비열한 놈이 이번에도 도망치는구나!"

크로비스가 무척이나 분했던지 발을 동동 굴렀지만, 도망간 마족이 다시 돌아올 리 없었기에 곧 크로비스도 체념하고는 아래로 내려왔고, 그 옆으로 초록 머리 여성도 같이 내려섰다.

"우와아아~!!"

"우리가 이겼어!!"

"마족을 쫓아냈다고!!"

마족이 시커먼 공간 안으로 사라지자 크로비스가 분해하든 말든 주변 사람들은 한 고비 넘겼다 생각했는지 환호성을 질러댔다.

하지만 그것도 잠시.

누군가의 커다란 목소리가 주변을 울렸다.

"뭐 하고 있는 건가? 아직 전투는 끝나지 않았다! 이곳 수비 담당자는 어서 이곳을 정리하고 나머지는 빨리 외성 벽으로 달려가라! 거기서 전우들이 적들을 맞이해 싸우고 있다는 걸 모르는가?"

아마 이곳 수비 대장이었던 모양이다.

그의 목소리에 사람들이 화들짝 정신을 차리고 일사불란하게 움직이기 시작하자 마치 연산 공식이라도 되는 듯 크로비스에게 다가가려는 날 남작 기사씨가 붙들었다.

"가시죠!"

그와 함께 내 주변에 또다시 포진하는 기사들.

'이러언… 저 초록 머리 여성에 대해 물어보려고 했는데…….'

하지만 내 입장을 헤아려 주려는 건지 남작 기사씨에게 끌려가며 힐끗 시선을 돌리니 땅에 내려섰던 두 여성이 어느새 소리 소문 없이 사라져 있는 거였다.

'언제 돌아간 거야? 가면 간다고 말이라도 해주고 가지… 그럼 정체라도 물어볼 수 있었잖아?'

그동안 쌓은 친분(?)이 얼마인데 그냥 가버린 크로비스에게 조금은 서운한 마음도 들었지만, 때가 때인지라 난 투덜대는 걸 그치고 남작 기사씨를 따라 열심히 발을 놀렸다. 남작 기사씨가 워낙 빠르게 달렸기 때문에 딴 데 정신을 팔았다가는 그의 발을 따라가지 못해 넘어질 것 같았기 때문이다.

그렇게 남작 기사씨가 최대한 빨리 서둘렀지만, 우리가 외성 벽에 도착할 즈음에는 거기서도 적이 물러나고 있어 전투에 도움을 주지 못했다. 아무래도 대장이 물러나니 쫄따구들도 자동적으로 물러나는 모양이다.

그래, 여기서 한바탕하지 않아도 되겠구나~ 하고 내심 안도하고 있었는데 아무래도 분위기가 좋지 않았다.

일단 성벽에 도착하기도 전에 보이는 성벽 안쪽, 아군의 진지 주변이 마법 공격에 그대로 노출되었는지 완전 초토화된 데다 여기저기에 불에 탄 흔적이 역력했다. 아직도 완전히 불을 끄지 못해 불 끄는 작업이 계속되고 있는 곳도 있었으니 말이다.

그나마 온전한 곳에는 속속들이 부상병들이 옮겨지고 있었고, 그들 사이사이에는 치료사들과 신관들, 마법사들이 왔다 갔다거리며 응급조치를 하고 있었으며, 한쪽에서는 병사들이 무표정한 얼굴로 사망자들을 골라내고 있었다. 차라리 울분을 터뜨리면서 그러면 나았을 텐데 아무런 내색도 없이 마치 인형처럼 일을 하고 있는 병사들을 보자니 내 속이 쓰리는 거다.

다른 한쪽에서는 키메라와 마물들의 시체를 모으고 있었다. 보아하니 놈들이 성벽을 넘어와 이 안까지 침입해 온 걸 병사들이 막아섰던 모양이다. 기사들도 상대하기 힘든 놈들을 병사들이 막아섰으니 피해가 적을 리 없었다.

그들을 물끄러미 바라보고 있던 중 부상당한 병사들 속에서 웬 10대 중반으로 보이는 소년이 부상병을 잡고 흔들고 있는 모습이 눈에 들어왔다.

"너 죽고 싶어? 당장 눈을 떠! 눈 뜨란 말이다! 너 이대로 눈을 감고 있으면 죽는다고!!"

부상병 또한 비슷한 또래로 보이는 걸 보니 친구인가 보다.

그나저나 저렇게 어린애들도 병사로 받다니, 그렇게 청년들이 없나 싶어 속에서 뭔가 부글 끓었다. 주변에서는 두 소년 병사를 안타깝다는 기색 없이 체념과 무덤덤한 표정으로 바라보고 있다가 곧 고개를 돌려 버리는데, 어째 그게 더 짜증스러운 거다.

그래서 나도 모르게 그쪽으로 척척 걸어가기 시작했다.

"파, 팔라디노 경?"

나와 같이 있던 남작 기사씨가 의아한 목소리로 부르는 것도 무시하고 나도 모르는 짜증스러움으로 이를 빠드득빠드득 갈며 그곳으로 다가간 나는 정신을 잃고 있는 부상병을 여전히 붙들고 있는 소년 병사를 뻥~! 차버렸다.

워낙 거친 발걸음으로 걸어갔기에 내가 다가갈 때부터 주변 사람들이 돌아보다가 나인 것을 발견하고 둥그레진 눈으로 지켜보다가 이런 내 행태에 입까지 떠억~! 벌리는 것이다. 어떤 이들은 자리를 박차고 나에게 다가오려다가 주변 사람들에게 붙들리기까지 했다.

"파, 팔라디노 경!!"

뭐, 남작 기사씨는 아예 경고조로 내 이름을 불러 제낄 정도였으니 말이다.

하지만 난 그런 것에는 아랑곳하지 않고 엉덩방아 찐 상태 그대로 당황해서 날 올려다보는 소년 병사를 향해 코웃음을 치고는 중얼거렸다.

“홀리 레자스트!!”

갑자기 퍼져 나온 밝은 빛에 사람들이 일제히 눈을 찡그리며 시선을 돌렸다. 하지만 곧 자신들의 몸에 스며들어 몸을 활성화시키는 기운을 느끼고는 다시 눈을 휘둥그레 뜨며 내 쪽으로 시선을 돌리는 것이었다.

뭐, 그즈음에는 난 이미 발걸음을 돌려 성벽을 향하고 있었지만 말이다.

“팔라디노 경.”

놀라움과 감격이 담긴 남작 기사씨의 목소리가 들렸지만 난 무시해 버렸다.

나도 내가 왜 신성 마법을 펼쳤는지 이유를 몰랐기 때문이다. 그냥 막 속에서 알 수 없는 감정이 부글부글 끓어올라 나도 모르게 충동적으로 펼쳤던 것이다. 내가 나서지 않아도 주변에 마법사들과 신관들이 있어 웬만한 부상자들은 무사히 응급 치료를 받고 병동으로 실려 갔을 텐데도 말이다.

“팔라디노 경.”

남작 기사씨의 부름에 난 결국 무시하지 못하고 그를 돌아봤다.

“아, 왜요?”

“잘하셨습니다.”

부드럽게 웃으며 하는 말에 나는 인상을 찡그리며 휙 고개를 돌렸다. 그의 시선이 꼭 기특한 동생을 바라보는 것 같아 좀 꺼끌꺼끌했던 것이다. 뭐, 사실 남작 기사씨가 나보다 다섯 살 정도 많기는 했다(겉으로 보기에는).

그런 자그마한 해프닝을 뒤로하고 성벽 위로 올라갔더니만, 거기에서도 처참한 모습이 펼쳐져 있었다. 일단 성벽 자체가 얼마나 공격을 당했는지 툭 건드리면 와르르 무너지기 일보 직전이었고, 성벽을 타고 올라온 적들을 막기 위해, 그리고 성벽 위로 올라온 놈들을 막기 위해 싸운 흔적이 여기저기에 역력했다.

그 모습이 보기 싫어 얼른 성벽 밖을 살펴보니 거기도 얼마나 공격을 당했는지 완전 엉망이다. 5클래스 급 공격 마법을 한 번 더 맞으면 와르르 무너질 것처럼 느껴졌으니 말이다. 아버지와 몇몇 마법사들이 빠졌다고 이렇게 되다니, 아버지의 존재가 대단하기는 대단한가 보다.

그나저나 내성도 마족과의 싸움으로 완전 엉망이 되어버렸는데, 여기도 엉망이 되었으니 성주가 이걸 보면 머리를 쥐어뜯게 되지 않을까 싶다.

'그건 둘째 치고 다음 공격이 있을 때까지 성벽 보수를 끝내야 하는데 할 수 있을랑가 모르겠네. 이거 한 번 더 공격받으면 무너질 것 같은데?

성 밖을 보며 그런 생각을 하고 있는 나에게 피곤한 얼굴의 바리수카 후작이 다가왔다.

"마족을 무사히 물리쳤다지? 수고했네."

"저야 천족을 불러내기만 했을 뿐인걸요. 나머지 일은 그분들이 다 하셨으니까요."

"그래도 자네가 있어서 천족이 올 수 있었으니 자네의 역할
이 작다고 할 수는 없지. 그건 그렇고, 아까 그 신성 마법 자네
가 한 일이지? 그럼 이왕 시작한 것, 저들을 좀 더 도와주겠
나?"

바리수카 후작이 가리킨 건 병동으로 후송되길 기다리는 환
자들이었다.

그러나 난 이미 충동적으로 신성 마법을 펼친 것에 대해 스
스로 어이없어하고 있었기 때문에 반사적으로 거절의 말을 꺼
냈다.

"아버지께 가보려고 했는데요?"

하지만 바리수카 후작은 날 꼭 의사로 써먹으려고 결심한
모양이다.

"거기도 끝났다고 연락이 왔네. 백작은 뒷수습을 하고 당분
간 그곳을 지키겠다고 하더군. 그러니 자네는 걱정 말고 환자
를 돌보는 데 집중하게."

아버지도 무사히 해결하신 모양이다.

그건 다행이지만, 후작의 지시를 피할 핑계가 사라져 인상
을 찡그리던 난 문득 후작이 가리킨 환자들 중 기사의 모습을
발견하고 회심의 미소를 지었다.

"저들이 제 도움을 받지 않을 텐데요?"

하지만 후작은 그에 대한 대비도 이미 해놨던 모양이다.

"자네가 맡은 이들만 해줘도 큰 도움이 될 거네."

'나원… 마법사들은 다들 이렇게 말발이 센 겨?

결국 그의 지시를 피할 핑계가 없다 생각한 나는 고개를 끄덕이고 말았다. 다시는 마법사들을 상대로 말발 대결을 하지 않겠다고 결심하면서 말이다.

생각해 보면 후작의 지시는 지극히 당연한 거였다. 원래 용병과 특전대 대원들 치료는 내 담당이었으니까. 제3자 입장에서 보면 후작의 지시를 피하려고 이 핑계 저 핑계를 대려 한 내가 무지 나쁜 놈일 거다.

'아아… 하도 나쁜 놈 소리를 들었더니만 나쁜 놈 타이틀에 어울리는 놈이 되어가고 있어. 뭐, 이렇게 된 거 돈이나 벌어야겠다.'

하지만 이번에도 생각보다 돈은 많이 벌지 못했다. 내가 별 활약은 안 했지만, 실피드와 초록색 머리 여성이 활약할 수 있도록 마나를 많이 제공해 준데다 성벽 아래에서 충동적으로 신성 마법을 크게 발현한 덕분에 남은 기운이 얼마 없었던 것이다. 그래서 기운을 아끼고 아껴 응급처치하는 수준에서만 치료를 끝냈기에 돈을 벌지 못했다. 치료비를 엄청 비싸게 불렀다는 걸 알게 된 후 기사들은 몰라도 용병들에게는 미안한 마음이 들어 응급처치 정도는 무료로 해준다고 선언을 해버렸기 때문이다.

그래서 돈은 하나도 벌지 못하고, 환자는 많아서 기운이 다 떨어지고 나서도 쥐어짜 가지고 치료를 끝내고 나니, 아침과

정오의 중간쯤 되는 시간이 되어 있었다. 컬린 성에서 SOS를 받고 달려간 것이 어제저녁이었으니 밤을 꼴딱 새버린 셈이었다.

'아… 괜히 응급처치는 무료 서비스라고 했어. 그냥 싸게 쬐끔 받는 걸로 할걸……'

식당에 가서 아침을 먹기는 귀찮아서―같이 식사할 사람도 없고―그냥 내가 빵 사이에 고기와 야채만 대충 끼워 가지고 온 걸 숙소에서 우적거리며 투덜거리고 있는데 갑자기 허공에서 바람이 불기 시작했다.

누가 일으킨 현상인지는 대충 짐작하고 있었기에 나는 얼른 씹던 걸 삼키고 입 주위를 닦으며 주변을 정리했다. 어른이 오시는데 칠칠치 못한 태도를 하고 있는 건 예의가 아니지 않는가 말이다.

그렇게 대충 정리를 끝내고 나자 타이밍 좋게 실피드가 스르르~ 모습을 드러냈다. 한데, 실피드 뒤로 화르륵~ 하고 허공에서 불꽃이 생기더니 이프리트가 나타나고, 흙먼지가 뭉친다 싶더니 노아스까지 나타나더니, 마지막에는 마나의 파동과 함께 해인이 옆에 있어야 할 블랜차드 후작의 모습까지 나타나는 거다.

생각지도 못한 존재들의 모습에 인사하는 것도 잊어버리고 당혹스러운 시선으로 바라보고 있는데, 실피드가 이런 내 정신을 일깨워 줬다.

"뭘 그렇게 놀라?"

"예? 아니… 아, 어쨌든 어서 오십… 아니, 오랜만에 뵙… 아니, 이거 참, 뭐라고 인사를 해야 할지……?"

"오호호~ 그렇게 당황해할 건 없는데."

"갑자기 불쑥 찾아와서 미안하구나."

"아니, 아닙니다. 그냥 어떻게 인사해야 할지 몰라 좀 당황했을 뿐입니다. 아, 안녕하십니까, 블랜차드 후작님."

노아스와 이프리트가 다정하게 대해주자 나는 마주 웃어주다가 후작에게는 미처 인사를 못했다는 생각에 얼른 인사를 하면서 당혹스러운 시선으로 그를 바라봤다. 정령왕들이야 실피드랑 같이 놀러(?) 온 거라고 쳐도, 블랜차드 후작은 여기에 어떻게 끼어 있는 건지 의아스러웠던 것이다.

그런데 내 시선을 받은 후작은 길게 한숨을 내쉬며 내 시선을 피하고 대신 노아스가 호호호~ 웃으면서 말했다.

"사실은 너에게 부탁이 있어서 왔어."

"부탁이요? 뭐, 제가 들어드릴 수 있는 거라면 뭐든지 말씀만 하십시오."

'해인이의 부모와 같은 분들인데 들어줄 수 있는 거라면야~'

내가 즉각적으로 그리 대답해서인지 두 정령왕의 얼굴에 만족스러운 기색이 스친다.

"호호호~ 무척 마음에 드는데? 뭐, 별건 아니고… 너 우리랑도 계약할래?"

"계약이요? 제가 실피드님과 한 그런 계약?"

고개를 갸웃거리며 묻는 말에 노아스가 아무렇지도 않게 고개를 끄덕인다.

내가 아직 이 세계의 상식에 대해 알지 못하니 덤덤히 있었지만—정령왕들이 덤덤히 있었으니 별거 아닌 줄 알고—아마 이 세계 사람들이 들으면 기겁할 말이었다. 계약자가 아니라 정령왕들이 계약을 하자고 한 경우는 나밖에 없을 테니 말이다.

"우리라니… 그럼 노아스님 말고도?"

퍼뜩 떠오른 생각에 묻자 노아스가 생긋 웃으며 대답하고, 이프리트도 맞다는 듯 고개를 끄덕여 보인다.

"응, 이프리트도."

'헐～ 세 정령왕과 계약한 존재가 또 있을라나?'

물론, 내가 좋아서 하자는 게 아닌 건 뻔했다. 아마 두 정령왕도 해인이를 힘껏 돕고 싶은데 계약자가 없어 마나를 마음껏 사용하지 못하니 날 떠올린 거겠지. 그 증거로 노아스는 날 보고 생글생글 웃고 있었지만, 이프리트는 좀 미안한지 은근히 시선을 피하고 있었던 것이다. 남도 아니고 해인이를 위하는 일이고, 그렇다 해도 별로 어려운 일이 아닌데 미안해하는 모습에 역시 이프리트～ 란 생각이 들었다. 해서 나는 좀 더 좋은 기분으로 받아들이겠다는 말을 꺼낼 수 있었다. 그런데 한 가지 걸리는 점이 있었다.

"계약하는 거야 어렵지 않습니다만, 제가 세 분이 원하는 만큼 마나를 대드리지 못할 텐데 그래도 괜찮으시겠습니까? 솔직히 저 이번 전투 때 기운이 좀 달렸거든요."

내 말에 노아스의 얼굴이 활짝 펴졌다.

"괜찮아, 괜찮아. 우리가 그럴 줄 알고 그에 대한 대비책까지 다 마련해 왔어. 그리고 그래도 마나가 부족하면 우리가 적당히 조절해서 가져다 쓸게."

노아스가 그리 말하면서 생긋 웃어 보이기에 나도 따라 하하~ 웃을 수밖에 없었다.

"뭐어, 그러시다면 기꺼이."

내가 고개를 끄덕이자 노아스의 미소가 커졌고, 이프리트도 내 쪽을 바라보았다.

"정말이지?"

"고맙군."

이프리트의 감사 인사에 나는 호탕하게 웃어 보였다.

"아하하… 고마우실 것까지야. 제가 어려우면 저도 도와주실 거 아닙니까?"

사실, 기꺼이 부탁을 들어주는 것의 주된 이유는 이들이 해인이의 부모 같은 존재이기 때문이라는 것도 있지만, 이들의 부탁을 들어주면 내가 어려울 때 이들이 도와줄 거라는 계산도 약간은 깔려 있었다.

"당연하지."

"그건 걱정 마라."

노아스와 이프리트의 긍정에 나는 다시 한 번 웃어 보이다가 문득 떠오른 생각에 난처한 표정으로 입을 열었다.

"아, 그런데 지금은 계약하지 못하겠는데요? 제가 아까까지 병자들을 치료하는 바람에 기운이 몽땅 떨어졌거든요."

한데 노아스가 손을 휘휘 젓는 것이다.

"걱정 마. 걱정 마. 그런 것도 다 대비를 해왔으니까."

'그, 그런 것도?

지금 당장 계약하려고 만반의 준비를 다 해온 모양이다.

'실피드와 엘라임이 되게 부러웠나 보구만?

"뭐 해? 네 차례잖아?"

노아스의 재촉에 뒤에서 내내 못마땅한 시선으로 보고 있던 블랜차드 후작이 다시금 한숨을 내쉬며 미적미적 앞으로 나서자 나는 어리둥절해졌다.

'엥? 만반의 준비가 블랜차드 후작이야?

아직 뭐가 어떻게 된 건지 이해가 안 가 의아한 시선으로 후작을 바라보고 있는데 내 앞까지 도착한 후작이 다짜고짜 하는 말이,

"옷을 벗어라."

라는 거였다.

"네에~?"

기겁하면서도 내가 잘못 들은 건 아닌지 의심스러워 그를 바라봤더니, 블랜차드 후작이 짜증스럽다는 얼굴로 다시 말하는 거다.

"못 들었어? 옷을 벗으라고."

세상에나, 내가 잘못 들은 게 아니었다.

"오, 옷은 왜요?"

너무 당황스러워 말도 제대로 안 나왔다.

　아무리 잘생긴 남정네라 해도, 아니, 내가 은근히 두려워하는 존재라 해도 다짜고짜 옷을 벗으라는 지시를 들을 수는 없는 일 아닌가.

　해서 나도 모르게 옷깃을 움켜쥐며 뒤로 주춤주춤 물러났더니만, 그걸 오만상을 찌푸린 채 바라보고 있던 후작이 순식간에 다가와 다짜고짜 손을 뻗어 내 어깨 부분의 옷을 움켜쥐고 그대로 당기는 것이었다. 아버지가 처음 사준 옷인데다 옷 디자인이 괜찮아 꽤나 마음에 들어하는 셔츠였건만, 후작의 손짓에 그대로 쫘아악~ 하고 찢어져 버렸다.

　"으아악~!!"

　반사적으로 가슴을 가리며 비명을 질렀더니 적반하장도 유분수지 오히려 후작이 버럭 화를 내는 거다.

　"왜 비명은 지르고 그래? 누가 너 덮친대?"

　"제가 지금 비명을 지르지 않게 생겼습니까? 왜 남의 옷은 갑자기 찢으시는 겁니까? 이거 내가 되게 아끼는 건데……."

　"그럼 네 그 폼은 뭔데? 누가 보면 내가 널 덮치는 줄 알겠다!"

　후작은 되게 불쾌하다는 표정으로 가슴 위로 올라온 내 양손을 바라보았다.

　'어머, 여자일 때의 버릇이… 아니, 남자는 가슴을 가리면 안 된다는 법이라도 있어?'

　그에 화들짝 놀라 손을 내리려 했던 나는, 순간 내가 왜 그래야 하냐는 생각이 들어 태도를 고수했다. 지금 큰소리칠 사람이 누구인데.

"지금 덮쳤지 않습니까? 그냥 말로 하면 되지, 왜 남의 옷은 찢고 그러십니까?"

"말로 했는데 네가 안 들었잖아. 안 들은 게 누군데?"

"그냥 옷 벗으라고 명령하는 걸 누가 듣습니까? 차근히, 육하원칙은 아니라 해도 최소한 왜 그런지 이유는 설명해 줘야 하는 거 아닙니까?"

"보면 다 알 일을 뭐 하러 설명하라는 거냐? 잔소리 말고 손이나 내려라. 너 때문에 내가 여기 끌려온 동안 해인이에게 뭔 일 생기면 네가 책임질 거냐?"

"엣? 아차……."

후작이 해인이 곁에 있는 존재라는 게 상기되자마자 한창 화르르 불타오르던 전투 의욕(?)이 순식간에 꺼져 버렸다. 에티엔이 떠올랐기 때문이다. 에티엔은 적당히 해주겠다고 말했지만, 그 '적당히' 라는 기준에 믿음이 가지 않으니 안심하고 있을 수가 없었던 것이다.

"뭘 하려는 건지는 모르겠지만, 빨리하고 돌아가시죠?"

"허……."

왠지 나의 맨 가슴팍에 용건(?)이 있는 것 같아 기꺼이 팔을 내려주며 말했더니 후작이 어이없었나 보다.

그리고는 나에게 한 소리 하려는 듯 그가 입술을 씰룩이는데, 그가 채 입을 열기도 전에 옆에서 재촉이 날아왔다.

"뭐야? 하라잖아? 왜 가만히 있어?"

"맞아. 여기 있는 동안 해인이에게 무슨 일 생기면 어쩐대?"

실피드와 노아스였다.

둘의 말에 후작은 두 정령왕을 째려봤지만, 결국 뭐라 말은 못하고 다시 나에게로 시선을 돌렸다.

"그럼 움직이지 말고 가만히 있어라. 조금 따끔하더라도 알아서 참고."

감정이 부글부글 끓어오르는 걸 억지로 억누르는 듯한 목소리였다.

그에 쬐끔은 찔끔해서 고개를 끄덕이긴 했는데, 글쎄 나에게 다가온 후작이 다짜고짜 내 가슴에 칼을 가져다 대는 것이었다.

기겁했지만, 방금 전에 가만있는다고 한데다 날 죽이려는 건 아닐 테니 뭐 하는 건지 일단 지켜보자는 생각이었는데 칼로 내 심장 윗부분의 피부를 찢더니 거기다 웬 퍼런 돌맹이 같은 걸 집어넣는 게 아닌가?

"뭐, 뭐 하시는 겁니까?"

그건 도저히 가만있을 수가 없어 외치자 오히려 후작이 이런 내 반응에 버럭 화를 내는 거다.

"가만있으랬지?"

'이이~ 천왕 시키 같으니라구~!!'

"아니, 지금 제가 가만히 있게 생겼……."

너무 기가 막혀 후작이고 뭐고 화를 내려는데, 놀랍게도 이 프리트가 날 제지하고 나서는 거였다.

"괜찮다. 너에게 해를 끼치는 게 아니니 그냥 가만히 있으렴."

후작이 그랬다면 귓등으로도 안 들었을 텐데, 이프리트가 나서니 화를 낼 수가 없었다. 하지만 아무리 그래도 아무것도 묻지 않고 가만히 있을 수는 없는 거 아닌가.

"저기… 그래도 무슨 일인지는 설명이라도 해주셨으면……."

그래서 조심스레 입을 열었더니 이번에는 실피드가 대답해 줬다.

"별거 아니야. 그냥 네 몸에다 마나 증폭 마법진을 집어넣으려고."

"마나 증폭 마법진이오?"

"그래. 아까 네가 말했다시피 너의 현재 능력으로는 우리 셋을 감당하기 힘들잖냐. 해서 그걸 좀 보강하기 위하여 네 기운을 증폭시킬 장치를 하려는 거지."

"어어… 괜찮겠습니까? 제 몸에는 천왕이 만들어놓은 결계가 있는데."

뭐, 좀 껄끄럽긴 하지만 도움이 된다는 장치를, 그것도 정령왕들이 보증(?)을 서준다니 착용을 할 마음은 있는데, 이게 하필이면 내 가슴 부위를 장소로 잡은 게 문제다. 내 심장에는 천왕이 만들어놓은 결계가 있는데, 혹시 그것과 부딪쳐서 뭔가 부작용이 생기는 건 아닌지 걱정이 되었던 것이다.

하지만 이런 나와는 달리 내 앞의 존재들은 태평했다.

“걱정 마, 걱정 마. 우리가 다 알아서 한다니까. 정확히 말하면 천왕이 만든 결계 위에다 마법진을 덧씌우고 있는 거야.”

실피드가 그리 말하니 안심은 되지만, 아직 걸리는 게 하나 더 있었다.

“그런데… 제가 지금 본모습이 아니거든요? 그래도 괜찮습니까?”

“걱정 말라니까. 그 정도에 망가지면 저놈은 도마뱀이 아니라 닭대가리다.”

아직 후작의 진정한 정체를 몰랐던 난 실피드의 말을 제대로 이해하지 못하고 단지 도마뱀이 후작의 별명인가 보다… 라고 오해해 버렸다. 뭐, 엄밀히 말하자면 별명은 별명이었지만. 결국 후작은 내 몸속에 돌멩이를 다섯 개나 집어넣은 다음에야 내 가슴으로부터 칼을 뗐다. 내 주먹 반만 한 걸 다섯 개나 넣기에 묵직한 무게를 느낄 것 같았는데, 이게 무늬만 돌멩이었는지 들어 있다는 느낌도 없다.

‘거참, 신기하네…….’

그러니 정령왕들이 돌멩이를(?) 넣는 걸 허락했나 보다.

하지만 그게 끝이 아니었다.

“이제부터는 말도 하지 마. 마법진을 그려야 하니까.”

아버지도 마법진을 그릴 때는 최대한 집중해서 주의하고 주의한다는 걸 알고 있었기에 후작의 엄포에 나는 숨 쉬는 것조차 조심하면서 후작의 움직임을 지켜봤다.

후작은 맨 손가락을 내 가슴 위에 가져다 대고 움직였는데,

신기하게도 그의 손가락이 움직인 자리에는 연한 황금빛의 색이 남아 있는 거였다.

'헤에? 설마 손가락 모양의 황금색 펜인 건 아니겠지?

그런데 애(?)도 마족 에티엔과 한 계약의 증명과 같은 과인지 후작이 마법진을 다 그리자 내 심장 위의 피부에 황금빛으로 뚜렷하게 그려진 마법진이 서서히 사라지는 것이었다.

'음… 물어볼까? 아니다. 후작은 말 안 해줄 테니 나중에 실피드에게나 물어보자.'

나에게는 별로 호감이 없는 듯한 후작이니 내가 물어봐도 대답을 안 해줄 게 뻔했다. 지금도 마법진을 다 그리고 나서 뒤로 물러나는 폼이 얼른 돌아갔으면 하는 기색이 역력했던 것이다.

뭐, 기색을 드러내는 것에 그치지 않고 주변의 정령왕들을 둘러보며 간다고 말까지 했다.

"그럼 난 할 일을 끝냈으니 이만……."

한데 그가 채 말을 끝내기도 전에 노아스가 냉큼 끼어드는 것이었다.

"잠깐, 이왕 온 거 쟤 기운도 회복시켜 주라."

"뭣?"

노아스의 말에 후작의 인상이 험악해져 약간 떨어져 있던 내가 움찔할 정도였지만, 노아스는 속눈썹 하나 까딱 안 했다.

"우리랑 계약해야 하는데 기운이 없으면 곤란하잖아. 이왕 온 거 선심 좀 써."

“내가 왜?”

팔짱까지 끼며 틱틱대는 후작의 꼴을 보니 어지간히도 싫은 모양이다. 하기야, 처음 여기 나타났을 때부터 싫은 기색을 노골적으로 드러냈었지.

“해인이에게 말한다? 비스닉이 힘들어서 비실비실거리는데 본척만척했다고.”

노아스의 말에 후작의 눈썹이 꿈틀거리더니만 곧 포기한 시선으로 날 바라보며 툭 내뱉었다.

[회복!]

가볍게 툭 한 단어를 내뱉은 것 같지만, 나는 그 말속에 담긴 강력한 의지의 힘을 감지할 수 있었다. 그리고 누구라도 한 번 들으면 감히 거역하지 못할 정도의 강한 힘이 담긴 그 말에 주변의 마나가 복종하여 나에게 흘러들어 오는 것이 느껴졌다.

“저놈 바보 아니냐? 자기 정체를 감춘다고 하는 놈이 말이야.”

“비스닉이 못 알아채니까 맘대로 쓰는 거겠지.”

실피드와 이프리트의 대화를 이해하지 못해 그들을 돌아보니 마침 나에게 시선을 돌리다 나와 시선이 마주친 실피드가 ‘과연~’ 하는 표정으로 고개를 끄덕인다.

“그렇군.”

그들에게 ‘설명해 주세요오~’ 란 시선을 쏘아 보내려는 찰나,

“이제 됐지? 그럼 간다.”

또 무슨 연유로 붙잡히게 될까 두려웠던지 후작이 후다닥 작별 인사를 하고 그 자리에서 빛을 번쩍이며 사라져 버리는 것이었다.

무지 서두르는 후작의 모습에 픽~ 웃던 나는 문득 떠오른 생각에 황급히 정령왕들을 돌아봤다.

“자, 잠깐… 저분 기사 아니셨어요? 그런데 어떻게 마법을 쓰신 거죠? 그러고 보니… 마법진도 없이 그냥 가신 거잖아? 혹시 우리 아버지보다 더 대단한 마법사인 거 아닙니까?”

수상한 점 한 가지를 떠올리니 그 뒤를 이어 다른 수상한 점이 줄줄줄 떠올랐다.

비록 후작이 대단한 사람이긴 하지만, 아무리 그래도 사람인데 어떻게 정령왕들과 동등하게 말을 놓을 수 있는 것이며, 아버지보다 더 대단한 사람이고 정령왕들과 말을 놓을 정도의 친분이 있다면 그와 계약하면 될 것이지 왜 그는 냅두고 나를 계약자로 선택한 것인지 등등등…….

한데 이런 질문들은 꺼내기도 전에, 아니, 앞 질문에 대한 대답도 해줄 생각은 하지도 않은 채 노아스가 생글생글 웃으며 다가와 내 어깨에 자신의 양손을 터억~ 얹는 것이 아닌가?

“자아, 비스닉? 이제 기운도 다 회복되었지? 그럼 계약하자!”

“네?”

“자, 자, 시간 없어. 너 아까 나와 계약한다고 했잖아. 남자가 한입으로 두말하지는 않을 거지?"

"에에……?"

"아, 그다음엔 나도 부탁하지."

"아니, 그게……."

세상에 나처럼 반은 떠밀리다시피, 정신없이 계약하는 존재가 또 있을까?

하여간 그렇게 딴생각은 할 수 없을 정도로 휘몰아치다시피 두 정령왕과 계약이 끝나자마자 두 정령왕은 내가 뭔 말을 할 새도 없이 작별을 고하고 사라져 버리는 것이었다.

"우린 이만 간다."

"무슨 일 있으면 부르렴."

"저, 저기요?"

정령왕과 계약한 건 분명 대단한 일일 텐데, 어째서 장황한 수다에 떠밀려 불량 정수기를 사버린 주부의 심정이 드는 건지…….

그래, 좀 더 자세한 설명을 듣고자 실피드를 돌아봤더니, 실피드는 언제 간 건지 보이지도 않았다.

"뭐, 뭐야, 이거? 진짜 나… 사기당한 거 아니겠지?"

따지고 보면 분명 내 손해는 아닌 것 같은데 어째 찝찝한 기분이 가시질 않는다.

Chapter 26
영웅 노릇은 싫은데…

찝찝한 기분이 좀 걸리긴 했지만, 결국 이제 와 물릴 수는 없는 일이었기에 난 훌훌 털어버리고 자리에서 일어났다.

이렇게 기분이 꿀꿀할 때는 차라리 뭔가 일을 하는 게 좋은데, 이왕 몸의 기운도 회복되고 마나 증폭 마법진까지 새겨 넣은 거 일이나 하러 갈 생각이었다. 그렇지 않아도 아까는 기껏 일만 잔뜩 하고 돈은 하나도 벌지 못했으니 말이다.

그리하여 난 가벼운 스트레칭으로 몸의 긴장을 풀어주며 내 거처를 나섰다.

'뭐니 뭐니 해도 머니~'

그날 저녁이었다.

하루 종일 돈을 벌었음에도 전과 달리 낮아지지 않는 기운의 수치에 마나 증폭 마법진인지 뭔지의 효과를 톡톡히 본다는 생각에 희희낙락하며 숙소로 돌아왔다. 좀 더 돈을 벌 수도 있었지만, 이틀 밤을 연속으로 새며 사람들을 치료했는데도 쌩쌩한 모습을 보이면 나중에 지금보다 더욱더 부려 먹힐 수 있으니 미리 연막작전을 칠 셈이었다. 게다가 오늘 벌어들인 수입도 세어보고 말이다.

'우히히히~'

전보다 약간은 많아진 반짝이들 덕분에 웃음이 절로 흘러나왔다.

옆에 다른 사람도 없으니 마음 놓고 히죽히죽 웃으며 보석은 보석대로, 금화는 금화대로 분류하고 있는데 갑자기 유리창 두드리는 소리가 들리는 거다.

톡, 톡, 톡.

이렇게 날 찾는 건 에티엔밖에 없었기에 나는 곧 하던 일을 멈추고 인상을 북북 쓴 채 창을 열었다. 전에 예상치 못한 녀석의 연락 덕분에 아버지에게 무지막지하게 혼났던 일이 떠올랐기 때문이다.

과연, 창문을 열자 밖에서 기다리고 있던 검은 새가 포르릉~ 날아들어 오더니 펑~! 하고 연기를 터뜨렸다.

그에, 난 전의 일을 따지려고 단단히 벼르며 에티엔의 얼굴을 기다리고 있었는데, 어째 나타난 에티엔의 표정이 전과 달리 무지 심각해 보이는 거다.

[아무래도 일이 심상치 않게 돌아간다, 계약자.]

"왜?"

저놈이 내 심리를 알고 미리 선수 치는 건 아닌가 하는 의심이 들어 녀석을 노려보는데 뒤이어 나온 녀석의 말은 내가 들어도 정말 심상치가 않았다.

[마요가 나보고 대신전의 공격은 잠시 멈추고 돌아오라더군. 아무래도 무슨 일을 벌이려는 것 같아.]

이때까지는 난 별다른 생각이 없었다. 그가 꼭 필요한 일이 있을지도 모를 일 아닌가 말이다.

"당신이 필요했나 보죠. 당신 대신 다른 마족을 보낼 거 아닙니까?"

[그게 아니니까 그렇지. 나 대신 오는 녀석이 없을뿐더러 샤린도 불러들였다고 하더군.]

"샤린이 누군데요?"

[누구긴, 지금 너희를 공격하고 있는 여성 마족이지.]

"엇, 그럼 여기도 마족이 없는 겁니까?"

마족 여성이 자리를 비운다는 말에 아버지께 빨리 이 기쁜 소식을 전해 우리가 먼저 쳐들어가자고 해야지~ 라고 생각하고 있는데 에티엔이 말을 이었다.

[수상하지 않나? 갑자기 모든 공격을 중단하고 마족들을 불러들이다니 말이야. 그것도 본거지가 아닌 녹스 국의 슈비히텐베르그 성으로 모이라고 하더군.]

그 말을 듣고 보니 확실히 수상하긴 하다. 마요인지 뿌요인지 하는 놈이 음모를 꾸미는 거야 하루 이틀 일이 아니긴 하지만 이번에는 마족들까지 다들 불러 모은다니 뭔가 본격적이라는 느낌이 든다.

하지만 그래 봤자, 내가 무슨 007의 M도 아니니 뭘 어찌해야 할지 감도 안 잡힌다. 그저 아버지나 해인이에게 말해줘야겠다는 생각 정도?

한데, 이런 내 마음을 알았던지 에티엔이 부탁을 해왔다.

[그런고로, 네가 와서 훼방을 놔줘야겠어. 계약자로서 부탁하지. 와서 훼방을 놔줘. 될 수 있으면 크고 화려하게.]

"댁이 막아서면 어떻게 하라고요? 난 댁을 이길 자신 없어요."

그런데 그 말을 한순간 마나 증폭 마법진을 새긴 지금은 어쩌면… 하는 생각이 든다.

'나 혼자는 어려울지 모르겠지만, 정령왕들을 불러낸다면……?

거기까지 생각하고 있는데, 에티엔의 말이 다시 들려왔다.

[일단… 위에서 시킨다면 열심히 막을 생각이긴 한데… 아무래도 너무 열심히 막다 보면 주변을 미처 생각 못하게 되지 않겠어?]

의미심장하게 씨익 웃으며 하는 말을 해석해 보자면, 열심히 싸우는 척하면서 놈들이 음모를 꾸미는 곳을 초토화시키자는 말이었다.

'그렇게 하면 음모가 망쳐지기는 하겠군.'

"동료를 많이 데려가야겠네요."

[그래 주면 더 고맙고. 나는 지금부터 그곳까지 마법진으로 이동할 거야. 시간이 없을 테니 열심히 달려와 달라고. 잘 부탁하지, 계약자.]

"예이, 예이."

에티엔은 정중하게 인사하며 사라져 갔지만, 난 대충 손짓만으로 작별 인사를 대신한 채 누구와 같이 갈지 손으로 꼽아보기 시작했다.

'일단은 아버지와 해인이는 기본이고, 그러면 4대 정령왕하고 해인이의 호위기사들하고 후자악……'

하지만 거기까지 꼽아보던 나는 문득 '내가 지금 뭐 하고 있지?' 란 생각이 들었다.

아버지와 해인이가 무지 강력한 능력을 가지고 있기는 하지만, 강자이기 전에 내 혈연과도 같은 존재들이었다. 그런 존재들을 아무렇지도 않게 위험한 곳으로 데려갈 생각을 하다니 말이다.

만약 한국에서 깡패 소굴로 쳐들어갈 일이 있는데 아무리 웬수 같은 사이라 해도 내 동생이 간다고 하면 두들겨 패서라도 집 안에 가두어놓았을 거다. 동생이 합기도 3단에 가라데 2단에 검도 3단 등등의 종합 무술인이라 해도 말이다.

비록 여기도 전쟁터이긴 하지만, 거기는 완전 호랑이 굴에 뛰어드는 거고 여기는 집 안에서 달려드는 호랑이를 방어하는 거니 어디가 더 안전한지는 뻔한 거 아닌가?

'어휴, 내가 아직도 현실 감각을 못 찾았나 봐.'

스스로에 대한 한심함에 머리를 콩콩 두드리며 데리고 갈 동료 후보를 다시 떠올렸다.

'아버지하고 해인을 빼고 나면 해인이 호위기사들도 빠지겠고… 그럼 일단 네 정령왕 중에서 엘라임은 빠진다고 보고 세 정령왕 정도네. 해인이에게 부탁해서 그 후작은 데려가야겠어. 그자는 분명 에티엔 정도의 강자이니까.'

여기에다 대신전에 말해서 고위 신관하고 엘리트 성기사 몇몇을 데리고 가면 충분할 것 같았다.

그렇게 계산을 끝낸 나는 조용히 한 존재의 이름을 불렀다.

"실피드."

문과 창문이 닫힌 내 숙소 안에서 난데없이 바람이 살랑살랑 불기에 이제 실피드의 모습이 나타나겠거니… 하고 기다리고 있는데, 잠시 지나도 모습이 나타나지 않는 거다.

그래서 내가 부른 걸 못 들었나 싶어 다시 부르려는 찰나,

[왜 불러?]

모습은 보이지 않는데 목소리는 들리니 기겁할 만한 일이었지만, 이 세계에 와서 별 희한한 일은 다 겪어보았기에 그냥 살짝 놀라는 정도에서 그쳤다.

"어디 계세요?"

[천신의 대신전에 있다.]

목소리가 들려오는 곳을 쫓아 시선을 돌리니 내 머리 위쪽에 바람이 작게 소용돌이치고 있는 모습이 보였다. 그러니까

그 작은 바람의 소용돌이가 전화기 역할을 하고 있었던 거다.

"오옷, 그 멀리서도 대화가 가능하네요?"

[내가 누구라는 걸 잊은 거냐? 난 바람 그 자체. 바람이 갈 수 있는 곳은 어디든 갈 수 있는데 목소리를 전달하는 것쯤이야 아무것도 아니지.]

"오오~ 그렇군요. 아, 그럼 혹시 여러 사람에게 한꺼번에 말을 전달할 수 있습니까? 그러니까 예를 든다면… 제가 지금 여기서 우리 아버지와 해인이하고 대화를 할 수 있어요?"

[셋이 아니라 열이라도 같이 대화할 수 있다. 그렇게 해주랴?]

생각지 못했는데 횡재한 기분이다. 이런 능력이 있는 줄 알았으면 진즉에 부탁하는 건데 그랬다.

"예, 예. 저희 아버지랑 해인이… 만 하지 말고 해인이랑 같이 있는 분들과도 다 대화를 하고 싶은데요?"

[해인이랑 같이 있는? 우리 정령왕들?]

"거기에 후작님도 같이요."

[알았다. 잠시만 기다려라. 해인아, 비스닉이 부른다. 너희들도~ 계약자가 불러. 야, 너도 부른다.]

실피드의 능력은 핸드폰의 기능과 비스름했던 모양인지 그가 주변에 있는 존재들을 부르는 소리까지 다 들렸다.

그리고 그와 함께 머리 위의 작은 소용돌이 옆에 새로운 소용돌이가 일어나더니 이번에는 웬 초록색의 예쁘장한 새가 나타나는 것이다. 뭔가 싶어서 새를 바라보는데 그 자그마한 초록색 새의 부리가 열리더니 거기서 아버지의 목소리가 들려왔다.

[비스닉이냐?]

"으헥… 안 어울려."

종달새처럼 귀엽게 생긴 새의 부리에서 중년 남자의 목소리가 들리다니, 이런 걸 바로 엽기라고 하는 걸 거다.

[뭐?]

그러나 그걸 아버지께 그대로 말할 수는 없는 일.

나는 애써 초록색 새를 새 모양의 전화기라 여기며 입을 열었다.

"아, 아뇨. 아버지, 괜찮으세요?"

[넌 내가 괜찮을 거라 생각하냐? 무지무지 피곤해 곯아떨어지기 직전이다.]

그러고 보니 아버지의 목소리가 잔뜩 가라앉아 있다.

거기에 '별일 아닌데 부른 거면 가만 안 둬~! 라는 기색까지 깔려 있어 나는 얼른 본론을 꺼내려고 했다.

한데, 그보다도 먼저 해인의 목소리가 들리는 거다.

[오빠? 무슨 일이야?]

[으응? 이 목소리는… 혹시 엠브로스 백작?]

[어? 팔라디노 백작님도 계셨습니까?]

[아, 아니… 나는 지금…….]

[뭐냐? 지금 서로 어디 있는지 확인하자고 우릴 부른 거냐?]

서로 소개의 장이 되어버린 것 같은 분위기를 깨버린 건 엘

라임이었다. 누가 밴댕이 소갈딱지이자 팔불출 정령왕이 아니
랄까 봐 아버지와 해인이의 대화가 길어질 듯이 보이자 바로
끼어들어 파토를 내놓는다.

전에 해인이에게 달라붙으려는 해충들을 무지 싫어한다는
이야기는 들었는데, 설마 아버지도 그 해충들 중 한 사람으로
오해하는 건 아니겠지?

[에이 아버지이~]

해인이가 엘라임에게 뭐라 하려고 했지만, 그래 봤자 엘라
임이 사과할 존재도 아니고, 시간이 많은 것도 아니었기에 내
가 슬며시 끼어들었다.

"잠시만요, 사실 지금 시간이 촉박하거든요? 아까 제 계약
자에게서 연락이 왔는데……."

내가 막 에티엔에게서 받은 이야기를 꺼내려고 하는데 사방
에서 말들이 쏟아져 나왔다.

[뭣? 그 마족에게서 또 연락이 왔단 말이냐? 너 나 몰래 마족
과 계속 연락을 하고 있는 것이냐?]

[어? 오빠, 진짜 마족이랑 계약한 거야?]

[계약자! 내가 나랑 계약하기 전에 계약한 거라 가만히 있었
는데, 마족을 혼자 상대하는 건 어리석은 짓이라고!]

[옳은 말이다. 앞으로는 마족이랑 대화할 때는 꼭 우리를 부
르도록 해라.]

[뭐냐, 저 꼬맹이 녀석이 마족과 계약을 했다는 거야? 휘유~
죽으려고 용을 쓰는구나.]

갑자기 먼저 말하기 대회라도 열렸는지, 한꺼번에 말들이 쏟아지니 정신이 하나도 없어 누가 뭐라고 했는지도 알기 힘들 지경이었다.

"아니… 그러니까……."

이런 날 구해준 건 성격 드러운 엘라임.

[다들 시끄러워!! 저놈이 마족이랑 계약을 하던 천족이랑 계약을 하던 무슨 상관이야? 그리고 너! 빨랑 본론을 말해, 본론을! 얼른 얼른 할 말만 하고 끝내란 말이닷!]

뭐, 날 위한 건 아니었지만, 정신없는 상황을 단번에 정리할 수 있어서 고맙게 생각될 정도였는데, 아쉽게도 그게 끝이 아니었다.

[이 자식이! 내 계약자에게 함부로 하지 말라니까!]

[야, 엘라임, 너 너무한 거 아니냐?]

실피드와 노아스가 그래도 계약자라고 내 편을 들어주며 나서줬지만, 상황이 상황인지라 전적으로 고맙질 못했다. 게다가 그들의 말에도 엘라임은 눈 하나 까딱—물론 보지는 않았지만, 그럴 것 같다—하지 않았고 말이다.

[너무하긴 뭐가 너무해? 내가 뭐 틀린 말 했어?]

[누가 틀린 말을 했대? 그러니까 말을 왜 그렇게 하느냔 말이지. 엄연히 우리 계약자인데 존중을 해줘야 할 거 아니야?]

"그러니까… 시간이 촉박하거든요……?"

이제는 세 정령왕의 삼파전이 되어버린 분위기에 차마 끼어들지 못한 채 중얼거리는데 다행히 용케 내 목소리를 들은 듯 실피드가 나섰다.

[야, 그만해. 내 계약자가 시간이 촉박하다닷잖아. 그래, 말해 봐, 계약자. 우리를 이렇게 다 불러 모은 이유가 뭐야?]

엘라임과 투닥거리다가 불쑥 상황을 정리하자 같이 엘라임을 공격하던 노아스가 투덜거렸고, 이프리트가 그녀(?)를 다독이는 소리까지 다 들려왔다.

'헤에, 실피드 핸드폰 성능 정말 끝내주는군.'

그러한 우여곡절 끝에 사태가 좀 진정되는 것 같자 나는 아까 하다가 잘려서 꺼내지 못했던, 에티엔에게 들었던 이야기들을 늘어놓기 시작했다.

"해서, 제가 거기 가서 훼방을 놓으려는데 같이 가주십사 하고요."

그리고 에티엔의 부탁이자 내 계획을 마지막으로 말을 맺자 의외로 다른 이들을 제치고 블랜차드 후작이 제일 먼저 입을 열었다.

[슈비히텐베르그라… 이야기는 들었지. 수도에서의 전투 직전, 녹스 국이 전력을 다해 방어를 펼친 곳이라지. 수도에서 있었던 전투보다 더욱더 길고 치열했던 전투라고 들었어. 수없이 많은 이들의 피가 흐르고 한이 맺힌 곳이니 마족이 무슨 일을 벌이기에 딱인 장소군.]

후작의 말에 해인이도 퍼뜩 떠오르는 소식이 있었나 보다.

[아, 그러고 보니… 얼마 전에 숨은 신전 한 곳이 더 침략당했다던데, 혹시 그것도 연관이 있을까?]

"그러냐? 이야… 너나 내가 다 빠져서 그런가? 하여간 그럴지도 모르겠네. 어쨌든 나는 그것보다는 전투를 지휘하라고 내보냈던 마족들까지 다 불러들였다는 소리가 더 불안해. 그것만 아니면 혼자 가보려고 했는데……."

[실피드님께서 도와주시면 어떻습니까? 원래 적진을 몰래 정찰하는 능력은 정령을 따라갈 존재가 없지 않습니까?]

아버지의 말에 실피드가 어두운 어조로 말을 꺼냈다.

[저 녀석의 말을 듣자마자 이미 시도해 봤지만 상황이 안 좋아. 그 성 자체에다 결계를 쳤는데, 그게 얼마나 강력한지 중급 이하의 정령은 들어가지도 못한다고.]

[그럼 나도 갈래. 오빠 혼자만 가게 둘 수는 없어.]

실피드의 말에 해인이가 기다렸다는 듯이 나섰지만, 나 또한 준비해 둔 대답이 있었기에 즉각 거절했다.

"넌 안 돼. 마족이 물러나는 기회가 어디 흔한 줄 알아? 지금 기회를 놓치면 녹스 국은 수도 탈환을 언제 할지 기약도 못할걸?"

나는 거기서 잠시 말을 끊은 다음 다시 입을 열었다.

"아버지도요. 마르타 국도 이 기회를 놓칠 수 없을 겁니다."

하지만 해인이는 날 돕는 게 더 중요했던 모양이다.

[나는 상관없어. 어차피 여기는 대신전 지키기 도우미로 온 건데 뭘. 수도 탈환이야 이 나라 사람들이 알아서 할 일이고. 난 오빠랑 갈래.]

기특한 짜쓱.

그렇지만, 그래도 데리고 갈 수는 없었다.

"거기서 잘도 널 놔주겠다. 너 오면 다들 온다는 거 뻔히 아는데. 그래서 나는 후작님하고 정령왕님 두 분 정도만 날 도와달라고 하려 했지. 거기다 마족이 뭔가를 꾸민다니 대신전에서도 엘리트들을 지원해 줄 거 아냐?"

[윽…….]

내 말에 해인이가 입을 다무는 대신 노아스가 맞장구를 쳐 줬다.

[오~ 그건 그렇겠다. 사실 이건 그 녀석들 일이잖아? 대신전에 말하면 되겠네.]

"그렇죠, 그렇죠. 거기다가 이번에 뭘 알아내는 건 에티엔이 다 알아서 할 테니까 저는 딴 곳에 신경 쓸 것 없이 그냥 마음껏 능력껏 날뛰다가 오면 되는 거거든요. 대신전에서 지원해 주는 사람들이랑 후작님은 제가 좀 더 날뛰기 쉽게 옆에서 교란 작전이나 좀 해주시면 되구요. 저야 여차하면 크로비스를 불러내면 되니까."

[나쁘지 않은 작전이군.]

이번에는 이프리트까지 내 말에 찬성표를 던져 준다.

[앗싸, 그럼 내가 가야지~ 이번에는 내가 계약자랑 한바탕 해 볼래. 엘라임, 넌 해인이 옆에 있을 거지? 이프리트와 실피드는 어떻게 할래?]

노아스의 말에 실피드가 먼저 입을 열었다.

[나야 뭐 지켜보고 있다가 위험한 쪽에 먼저 가도록 하지.]

[그럼 나도 그렇게 할까? 노아스, 네가 먼저 나서도록 해. 위험하면 뒤에 내가 나서도록 하지.]

이프리트도 양보하자 노아스가 무척 좋아했다.

[홋~! 내가 나서면 너희들이 나설 틈도 없을 텐데? 뭐, 양보해 준다고 하니 기꺼이 받아주지. 계약자, 언제 출발할 거야?]

"거… 그냥 이름 불러주시면 참 감사할 텐데요. 어쨌든, 시간이 없으니 결정되는 대로 출발할 겁니다. 대신전에서 누굴 데려갈지 정하지 못하면 일단 저하고 후작님이라도 먼저 출발했으면 하는데요?"

나는 다 됐다고 생각하고 빨랑빨랑 가자는 뜻으로 말했건만, 여기서 후작 녀석이 초를 치는 것이었다.

[난 별로 생각이 없으니 마음대로 데리고 가지는 말지?]

그에 인상을 북북 쓰며 그를 설득하려는 찰나, 나보다도 해인이가 먼저 나서 버렸다.

[아, 그럼 내가 갈래요. 어차피 나나 리건 둘 중 한 사람만 남으면 될 테니 리건이 남겠다면 오빠, 내가 갈게.]

"에에? 해인이 너가 가면 정령왕들께서 다 갈 거 아니냐? 그럼 대신전 쪽 전력이 너무 떨어질 텐데……."

[괜찮아, 괜찮아. 리건은 강해서 울 아버지나 아저씨 도움이 없어도 혼자서 거뜬히 해낼 수 있거든.]

저 녀석을 빼놓고 가려고 했는데, 일이 왜 이렇게 돼버리는지.

'나원… 후작 녀석 그냥 지원 좀 해주지. 그렇지 않아도 따라가려는 녀석인데, 자기가 거절하면 냉큼 또 나설 줄 몰랐나?

후작 녀석 생각없다고 했다가 다시 생각이 바뀌었다고 할 수는 없었던지 더 이상 아무 말도 못했고, 내가 남으라고 몇 번이나 말했어도 끝까지 같이 가겠다고 빠득빠득 해인이가 우기는 바람에 결국 해인이가 동행하기로 했다. 원래는 그래도 안 데리고 가려고 했는데, 네 정령왕이 해인이는 자신들이 철저하게 보호하고 있으니 걱정 말라고 해서 허락하고 말았다.

아버지는 같이 가지 않으셨다.

[비스닉아, 난 마르타 국 귀족이다.]

“예이, 예이, 누가 뭐랍니까? 처음부터 아버지는 여기다 떨궈놓고 갈 생각이었어요.”

떨궈놓으려는 이유는 달랐지만 결과는 같은 거라 나는 무겁게 내뱉는 아버지의 어조에다 대고 가볍게 대꾸했다. 뼛속 깊이까지 마르타 국 귀족이신 아버지 입장에서는 이 기회를 정말 놓치실 수가 없었을 거고, 난 그 기분 충분히 이해했으니 말이다.

게다가 같이 가주지 못해 무척 미안해하시는 아버지의 마음도 충분히 느낄 수 있었던 터라 나는 오히려 기분이 좋을 정도였다.

그렇게 같이 갈 사람들이 모두 정해지자 나는 곧바로 천신의 대신전으로 이동해 갔다.

원래 내가 있는 스포티스우드 성을 벗어나려면 총사령관인 바리수카 후작에게 보고를 하고 허락을 받아야 했지만, 그건 아버지가 다 맡아서 해주신다고 하셨기에 나는 따로 보고할 필요도 없이 움직일 수 있었다.

녹스 국의 슈비히텐베르그 성과 가장 가까운 마법진은 역시 수도에 있는 마법진이었지만, 거기는 적에게 함락된 상황이라 사용할 수 없으니 일행은 그다음 가까운 마법진인 천신의 대신전에 모여 거기서 출발하기로 했다. 어차피 대신전에서 지원해 주는 신관과 성기사들도 만나야 했으니 말이다(대신전에 이야기하는 건 해인이가 맡기로 했다).

그런데 천신의 대신전에 도착해 보니 같이 못 갈 줄 알았던 블랜차드 후작은 자신만만한 미소를 지어 보이며 같이 갈 준비를 하고 있었고, 해인이는 무지 난처한 웃음을 흘리고 있는 거다.

"이게 어떻게 된 일이냐?"

"아하하… 그게… 후작님께서 힘 좀 쓰셨지."

난감한 웃음을 흘리며 해인이가 슬쩍 시선으로 가리킨 곳에는 낯선 얼굴의 두 사람이 버티고 서 있었다.

처음에는 갑옷을 입지 않은 성기사인 줄 알고 제대로 보지도 않았는데, 해인이의 시선에 자세히 살펴보니 그들이 들고 있는 검에 그리프가 들어간 문장이 새겨져 있는 게 보였다.

아직 이 세계의 문장이라는 것에 안목이 있는 게 아니었던 터라 단지 같은 조직에 소속된 사람들이라는 것만 겨우 눈치챌 수 있을 정도였는데, 해인이가 말해주길 벨레니 국 왕실 기사단의 문장이란다. 즉, 그들은 벨레니 국에서 엘리트 중의 엘리트 기사였던 것이다.

갑자기 나라의 소중한 전력이, 그것도 두 명이나 날아온 상황에 의아해 해인이를 바라보자 해인이가 웃으면서 보충 설명을 해줬다.

"후작님이 왕실 기사단 단장이거든. 단장의 권한으로 왕실 기사단 중에서도 로얄 기사를 두 명이나 포함하여 다섯을 불렀어. 후작님 대신 여길 지키라고."

후작이 기사단장이라니 그럴 권한이야 충분히 있을 것 같은데, 그 설명을 하는 해인이의 표정이 어째 별로 좋지 못하다.

"그런데 네 표정이 왜 그러냐?"

"거야… 부른 건 좋은데 나중에 뒷감당이 걱정되어서. 그렇지 않아도 여왕이 날 눈엣가시로 생각하는데, 이제는 씹어 먹으려 하게 생겼어."

여왕은 둘째 치고, 로얄 기사 중 한 사람이 먼저 그럴 것 같다.

한 기사는 해인이에게 호의의 시선을 보내고 있건만, 나머지 다른 한 사람은 해인이를 향해 살기 어린 시선을 보내오고 있었던 것이다.

"저놈은 누구냐?"

"있어, 파리똥 백작이라고… 예전에 일이 좀 있어서."

실실 웃으면서 대답하는 폼이, 저 파리똥인지 모기똥인지

하는 놈은—진짜 이름이 파리똥은 아니겠지만—해인이를 무지 미워하는데 해인이는 별로 그렇지 않은 모양이다.

'그렇다는 건 저 녀석이 해인에에게 뭔가 당한 일이 있다는 건데… 쯧쯧, 그렇게 노려봐 봤자 넌 해인이에게 손끝 하나 댈 수 없을 거다. 네 정령왕이 두 눈을 시퍼렇게 뜨고 있는 데…….'

왠지 파리똥 백작이 괘씸하기보다는 안되어 보인다.

그렇게 파리똥 백작에게 동정의 시선을 보낼 즈음, 우리에게 다가오는 한 무리의 기척이 느껴져 고개를 돌려보니 오랜만의 반가운 얼굴들이 보였다.

"오오~ 팔라디노 경, 정말 오랜만입니다. 대성기사가 되셨다는 이야기는 진작에 들었습니다."

제일 먼저 나에게 인사를 한 건 천신의 고위 신관인 파렐 신관이었고, 그 뒤로 트레버 신관과 케스피언, 하트만 성기사가 모습을 보였다. 이들은 천신의 대신전의 흉계(?)로 우리가 미끼 역할을 했을 때 우리와 같이 동행했던 이들이었다.

안 좋은 일로 동행을 하긴 했지만, 같이 고생고생했던 기억이 있어서 그런지 오랜만에 보니 반가웠는데, 대성기사 어쩌구저쩌구 하면서 친근하게 구는 게 무지 부담스러웠다. 그나마 케스피언과 하트만 성기사가 존경의 오라를 풀풀 풍기지 않아서 다행이었지, 그들까지 그랬으면 난 절대 견딜 수 없었을 거다.

그때 함께했던 이들 중 한 사람, 성기사 중 가장 나이가 어렸던 워튼 성기사가 빠졌는데 그는 그때에도 중상을 입어 오랜 시간 치료를 받아야 했건만, 얼마 전의 전투에서도 크게 다쳐 또 요양 중이라고 했다.

뭐, 워튼 성기사도 성기사지만 오랜만에 만난 두 신관과 두 성기사도 그다지 잘 지낸 것 같지는 않았다.

그렇지 않아도 삐삐 마른 파렐 고위 신관은 더욱더 말라 뼈다귀 위에 가죽만 붙여놓은 몰골에 다크써클이 짙게 달라붙은 퀭~한 눈동자를 하고 있어 좀비가 보면 '형님!' 이라고 부를 것 같았고, 나이에 어울리지 않게 볼살이 통통해 귀여운 느낌을 줬던 트레버 신관은 볼살이 쏘옥 들어가는 바람에 광대뼈가 도드라져 보여 나는 순간 저 사람이 광대뼈 성형 수술을 받은 건 아닌지 의심할 정도였다.

그나마 두 신관에 비하면 두 성기사가 나은 몰골이었지만, 그래도 어디 가면 오랜 시간 뼈 빠지게 고생한 사람으로 착각할 몰골이었다.

하기야 그게 당연한 걸지도.

여기서 살 피둥피둥, 기름 좌르르르~한 몰골을 한 사람이 있으면 그 사람은 100% 적국의 스파이일 거다.

이 네 사람이 천신의 대신전에서 나온 지원자 전원이었고, 그 뒤로 명신의 대신전에서 지원해 주는 이들이 다가왔다.

"이야, 정말 오랜만이지요?"

파렐 고위 신관보다도 더 친근하게 손까지 흔들며 제일 먼저 다가온 이는 프레이스 고위 신관이었다. 그 뒤로 저메인 고위 신관의 작고 땅딸막한 모습이 들어왔고, 저메인 신관의 체격으로는 도저히 가릴 수 없는 거구의 코헨 성기사도 뒤를 이었다. 나와 같이 가게 되니 두 대신전에서 신경을 써준 모양인지 이번에 지원 나온 이들 대부분이 아는 얼굴이었다.

명신전에서는 고위 신관 둘에 성기사 다섯 명을 붙여줬으니 도합 고위 신관 셋에 일반 신관—이라고 해도 거의 고위 신관에 근접하는 실력자. 이번 전쟁이 끝나면 고위 신관으로 승진한단다—그리고 엘리트 성기사 일곱 명이니 꽤나 막강한 전력이었다.

'쳐들어가서 뭔가를 가져오는 것도 아니고 소란만 피우면 되니 저 정도면 충분하지.'

거기다 예상외로 후작까지 끼어들었으니 양동 작전이 아니라 삼동 작전으로 나설 수 있을 것 같다.

그렇게, 적진에 쳐들어갈 특공대 인원이 다 모이고—정령왕들은 나중에 모습을 드러내기로 했다—며칠 정도 노숙할 준비에 녀석들과 한바탕할 준비가 모두 끝나자 해인이의 지휘로 출발 준비를 했다.

블랜차드 후작이 아닌 해인이가 이동 시의 리더라는 것에 어리둥절했는데—결코 해인이가 못 미더워서가 아니라 그냥 의아했다는 거다—해인이의 출발 준비라는 게 무지 황당했다.

"슬립!"

마중 나온 사람들을 몽땅 돌려보내고 대신전 바깥이 아닌 옥상으로 올라가 일행들을 모으더니 다짜고짜 마법으로 잠재

웠던 것이다. 자신과 나와 블랜차드 후작은 제외시킨 채 말이
다.

　"도대체 뭘 한 거야?"

　그 자리에서 쓰러져 쿨쿨 잠이 든 사람들을 둘러보며 황당
함을 감추지 못하자 해인이가 의미심장한 표정으로 웃어 보인
다.

　"뭐긴 뭐야? 출발 준비를 한 거지."

　"사람들을 다짜고짜 재우는 게?"

　"어쩔 수가 없어. 이 세계의 사람들은 비행 경험이 없기 때
문에 맨정신으로 태웠다간 후유증이 말도 못해. 예전에 한번
뼈저리게 경험해 봐서 알지. 재우는 게 장땡이야."

　그렇게 말하는 해인이의 등 뒤로 바람이 일면서 초록색의 새
가 나타났는데, 전에 봤던 쬐깐한 새가 아니라 엄청, 무지 엄~
청 나게 큰 새다. 등 뒤에 사람 대여섯 명은 충분히 태울 수 있
을 정도로 말이다.

　게다가 한 마리가 아니라 두 마리나 나타나는 모습에 나는
입을 떠억 벌렸다.

　"우와… 저 새 뭐냐?"

　"어? 슈리엘 처음 봐? 바람의 중급 정령인데?"

　"오~ 저 새가 바람의 정령이야? 이름이 슈리엘이구나. 어
어… 혹시 슈리엘보다 작은 정령도 있어? 전에 똑같이 생겼는
데 작은 새를 본 적이 있거든. 내 손바닥 반만 한 크기로."

　내 질문에 해인이가 웃었다.

“똑같이 생겼다면 슈리엘이야. 중급 정령은 크기를 자유자재로 늘릴 수 있거든.”

“오오… 그러냐? 아, 혹시… 초록색 머리 여성형의 정령도 있나? 진짜 사람이랑 똑같던데. 갑옷을 입은데다 창을 사용하더라.”

“창을 쓰는 초록색 머리 여성? 아아, 실레스틴인 것 같은데?”

해인이의 말에 나는 고개를 끄덕였다.

“역시… 전에 우리 성에 마족이 침입했을 때 갑자기 나타나서 날 도와주더라고. 혹시나 싶었는데, 역시 실피드가 보내주신 거였군. 그럼 혹시…….”

내친김에 컬린 성에서 봤던 거인까지 물어보려고 했는데, 해인이와 내가 대화를 하는 게 꼴불견이었던지 블랜차드 후작이 중간에 불쑥 끼어들었다.

“언제까지 여기서 떠들 거지? 나머지는 가면서 하지?”

그러면서 그가 손짓하는데, 그의 손길을 따라가 보니 아까 옥상 위에 그대로 쓰러져 잠들었던 대신전의 지원군은 언제 어느새 누가 옮겼는지 한 슈리엘의 등 뒤에 사이좋게 겹쳐져 있는 거였다.

“어, 다 했군. 우리도 타자.”

해인이가 내 팔을 툭 치며 말하자 나머지 슈리엘로부터 투명한 바람의 밧줄이 뻗어 나와 해인이, 나, 후작을 자신의 등 뒤에 태웠다.

우리가 탄 슈리엘의 등에도 해인이의 호위기사와 두 명의 신관이 사이좋게 포개어져 있었다.

'호, 이렇게 해서 일행을 태웠구만?'

난 내가 알아서 날아가도 됐지만 태워준다는데 사양할 생각도 없어서 얌전히 자리를 잡고 앉았다.

슈리엘의 등은 약간 단단하고 살짝 차가운 젤리 같아서 꼭 물 방석에 앉은 느낌이었다. 게다가 슈리엘이 천천히 상승하더니 쑤우우~ 하고 날아가기 시작하는데 거의 흔들림도 없고, 우리를 감싸고 있는 투명한 막 덕분인지 바람의 저항도 느껴지지 않았다. 단지 온몸을 묵직하게 내리누르는 힘과 빠르게 우리 뒤로 달려가는 풍경에 속도감 정도만 느껴질 뿐.

"휘유~ 이거 대단한걸? 비행기보다 더 좋은 것 같아."

"그치? 그치?"

내가 감탄할 줄 알았다는 듯 해인이가 만족스러운 표정으로 고개를 끄덕인다.

"그런데 나나 너야 비행해도 아무렇지 않은 게 당연하겠지만, 후작님은 어떻게 멀쩡하시냐?"

"아아, 리건도 비행 경험이 많거든."

블랜차드 후작은 내가 해인이 옆에 앉아 있는 게 마음에 안 드는 건지 냉기가 흐르는 표정으로 입만 꾸욱 다물고 있어서 대신 해인이가 대답해 준다.

"헤에……."

하기야, 인간이면서 정령왕들에게 말을 놓고, 기사면서 아버지보다 더 마법을 잘 쓰는 사람이었으니 비행 경험이 많다 해도 이상하지 않고 오히려 당연하게 여겨진다.

"아, 그러고 보니 궁금한 게 있는데, 왜 후작님은 정령왕들과 계약을 안 하신 거지? 솔직히 후작님이 나보다 강하시니 정령왕 한두 분 정도는 충분히 감당할 것 같은데."

어차피 후작이 나에게 대답해 줄 것 같지 않아 혹시나 하는 심정에 해인이에게 물었더니, 해인이는 뭔가를 알고 있는지 배시시 웃으며 대답해 주려고 했다.

"아하하~ 그건 말이지……."

한데 해인이가 막 설명하려는 찰나, 해인이의 말을 자르고 대신 설명해 주는 존재가 있었다.

"계약이라는 건 상호작용이기 때문이지. 어느 한쪽이 원하지 않으면 계약을 할 수가 없어."

위쪽에서 들리는 말소리에 반사적으로 고개를 돌려보니, 세상에나~ 실피드가 허공에 머리부터 어깨까지만 나타난 상태로 우리를 보고 있는 거다. 순간 벽에 박제된 머리인 줄 알고 심장이 덜컹~거렸다는.

'엽기군…….'

그런데 그런 모습을 자주 보였는지 해인이와 블랜차드 후작은 태연한 모습인 거다. 거기다 해인이는 실피드 말에 설명을 덧붙여 주기까지 했다.

"그러니까… 리건이 미운털이 박혀서 다들 리건과의 계약을 거절해 버리셨거든."

그 상황이 웃겼는지 해인이가 깔깔거리고 웃자 블랜차드 후 작이 출발한 뒤 처음으로 입을 열었다.

"흥, 누구 손해인지."

"아니… 왜 후작님을 미워하시는 건지……?"

저번에 나와 계약을 할 때도 투덜거리기는 했지만 도와준 데다 그동안 정령왕과 후작이 지내는 거 보니 사이가 좋다고 도 할 수 있을 것 같은데 웬 미운털?

이런 걸 물어도 되는지 몰라 조심스레 물었더니 다행히 별 것 아니었는지 실피드가 쿡쿡 웃으며 대답해 줬다.

"정확히는 우리 넷 전부가 아니라 엘라임 혼자 저놈을 죽어 라~ 미워하는 거야. 우리는 엘라임 등쌀에 계약을 못한 거고. 엘라임이 저놈과 계약을 하면 사생결단이라도 낼 태세였거 든."

"그, 그렇습니까? 아니, 그분은 왜?"

"팔불출이라 그래. 그놈 기준에 맞추려면 해인이와 데이트 라도 할 수 있으려면 우리 같은 '왕' 급의 존재는 돼야 할걸? 그런데 기준 미달인 저놈과 우리 정령왕 중 하나가 계약을 하 면 계약한 정령왕은 당연히 저놈 편을 들어줄 테니 엘라임이 그 꼴을 못 본다 이거지. 저놈이 해인이랑 데이트하려는 낌새 만 보여도 우리 네 정령왕이 모두 저놈에게 달려들어야 하니 까."

쫄쫄 설명해 주는 실피드의 얼굴을 보니 무지 재미있는 모 양이다.

'아니, 해인이와 후작 사이에 썸씽이 생길지 아닐지 어떻게 아신다고……?'

하지만 나도 한편으로는 내심 고개가 끄덕여지고 있었다. 그동안 본 바에 의하면 후작이 해인이에게 호감을 가지고 있는 건 확실했으니까. 해인이도 후작과 잘 지내고 있으니 팔불출 엘라임이라면 눈을 번뜩일 만했다.

"그래서 꿩 대신 닭이라고, 후작님 대신 제가 채택된 거였군요."

쬐께 서운한 심정으로 입맛을 쩝쩝 다시자 실피드가 호탕하게 웃었다.

"푸하하~ 너무 실망하지 마라. 난 처음부터 널 찍었으니. 저놈을 찍은 건 노아스였거든. 이프리트는 중립."

이프리트라도 날 찍어주지… 란 생각을 하다 난 문득 궁금한 점이 떠올랐다.

"계약이라니 갑자기 떠오른 건데… 정령과 계약을 하려면 정령과의 친화력이 높아야 한다고 하잖습니까? 제가 정령과 친화력이 높은가요?"

"친화력? 푸헐~ 내가 마음에 들면 땡이지, 친화력은 무슨."

"아니… 그러니까 제가 만약 처음부터 실피드가 아닌 하급이나 중급 정령과 계약을 맺었다면 가능했을까 하는…….."

나는 그래도 가능하다는 대답을 들을 줄 알았건만, 실피드에게서 들려온 대답은 가차없었다.

"택~두 없다. 넌 내가 먼저 찍어서 가능했던 거지, 너에게는 친화력이 손톱만큼도 없어서 네가 먼저 정령과 계약을 맺으려면 불가능했어.”

“그, 그랬습니까? 그것참…….”

뭐, 처음부터 정령에 대한 관심이 있었던 것도 아니고 지금은 정령왕과도 계약을 맺은 상황이긴 했지만, 그래도 왠지 아쉬워서 입맛을 다시자 해인이가 킥킥 웃었다.

슈리엘 비행기(?)는 진짜 빨랐다. 엽기적인 모습의 실피드랑 해인이랑 잡담하는 사이 두세 시간이 후딱 지나가 버렸는데 그러자 어느새 우리의 목적지를 저~ 멀리 시야 끝에 두게 되었던 것이다.

그리고 목적지를 본 일행은 누가 먼저랄 것도 없이 입을 다물고 심각한 표정을 짓게 되었다.

아직 해가 지지 않은 시각이었건만, 그곳만은 딴 차원인 듯 어두운 오라가 온 성을 뒤덮은데다 성 위에는 두터운 먹구름까지 껴 어두컴컴했다. 저기에 시커멓고 오래된 고성이 하나 절벽 위에 서 있고 까마귀가 까악~ 까악~ 하고 날아다니면 완전 공포영화의 한 장면이다.

단순히 그것뿐이라면 이곳에 있는 존재들이 눈썹 하나 까딱하지 않았겠지만, 멀~리 떨어져 있는 우리에게도 느껴지는 무지 강력한 사기가 문제였다. 얼핏 느낄 땐 마기와 비슷한 것 같지만, 가만히 음미(?)해 보면 확실히 마기와 달랐다.

“뭘 하려는 건진 모르겠지만, 뭔가를 거창하게 벌이려는 건 확실하군. 이렇게 짙은 사기는 내 평생 처음이야.”

블랜차드 후작이 무거운 어조로 중얼거리자 실피드가 뒤를 이었다.

“서두르자. 저렇게 짙은 사기라면 한시가 급할 거다.”

실피드의 말이 끝나자마자 우리를 태운 채 허공에 유유히 떠 있던 커다란 초록의 새가 지상으로 하강했다. 밥도 못 먹고 한바탕 뛰어야 할지도 모르는 게 아쉽긴 했지만, 상황이 상황이니 어쩔 수 없었다.

지상으로 내려온 뒤 해인의 마법에 의해 잠들었던 일행을 깨웠고, 그들은 잠에서 깨자마자 갑자기 바뀐 주변의 모습에 어리둥절하다가 곧바로 슈비히텐베르그 성에서 뿜어져 나온 사기에 얼굴을 굳혔다.

“일단 신관 분들과 성기사 분들, 나와 해인이, 팔라디노 경 이렇게 세 그룹으로 나눕니다.”

해인이는 이동 리더였고, 여기서의 작전 리더는 후작 담당이었기에 일행이 모두 정신을 차리고 자리를 잡자 진중한 어조로 입을 열었다.

“일행을 세 그룹으로 나누자는 의견은 나쁘지 않습니다만, 어찌 팔라디노 경은 혼자 두시는 겁니까? 저희 천신의 종들이 팔라디노 경을 지원하겠습니다.”

그런데 날 혼자 분리한다는 것이 걱정되었는지 파렐 고위 신관이 번쩍 손을 들며 이의를 제기하는 것이었다.

하지만 날 혼자 두는 것에 의아해할 일행들을 위해 미리 준비해 둔 변명거리가 있었다.

"저는 걱정 안 하셔도 됩니다, 파렐 신관님. 천족께서 저와 함께하실 테니까요."

"오오~ 그렇군요. 제가 미처 그 생각을 못했습니다."

다시 한 번 작렬하는 반짝이의 오로라에 나는 땀이 삐질삐질 흘러나오는 느낌이었다.

"대신전 지원팀은 정문을 공격하십시오. 명심할 것은 절대 무모한 진입은 하지 말라는 것입니다. 여러분의 임무는 큰 소란만 일으키는 것일 뿐이니까."

세 그룹 중 제일 걱정되는 것이 대신전 지원팀이었던지 블랜차드 후작이 다시 한 번 신신당부를 했다.

"알겠습니다."

하기사 해인이야 옆에 후작과 엘라임이 찰싹 붙어 있을 테니 무모한 공격은 하지 못할 거고, 나 또한 내 목숨까지 던져서 무언가를 해볼 생각 또한 없었으니 별로 걱정은 안 될 거다.

오로지 자신들이 모시는 신을 위해서라면 '이 목숨마저도~!' 라고 외치는 신관과 성기사들이 걱정될 뿐.

솔직히 나도 저들이 무모한 공격을 하지 않을까 걱정되었기에 크로비스를 불러내도 저들 쪽에 붙여줄 생각이었다. 난 여차하면 세 정령왕이 도와줄 테니 말이다.

"공격 시간은 내일 해가 뜰 무렵. 오늘 밤은 각 그룹대로 공격 지점 근처에서 노숙을 한 후 내일 아침 해가 완전히 뜨고 나면 동시에 공격합니다. 물러날 시점은 정오. 정오가 되면 무조건 후퇴하여 이 자리에서 모이십시오. 그럼, 무운을 빌겠습니다. 모두 무사히 다시 만날 수 있기를 바랍니다!"

후작의 말을 끝으로 일행은 사방으로 흩어졌다.

신관, 성기사 그룹은 짐을 짊어진 채 그대로 저 멀리의 성을 향해 두 다리로 뛰어가기 시작했고, 해인이네 그룹은 해인이가 불러낸 바람의 정령이 일행을 들어 올려 옮기기 시작했다.

나 또한 실피드가 불러준 초록색 새의 힘으로 허공을 날아올랐다. 세 공격 지점 중 내가 맡은 지점이 가장 멀었기에 서둘러야 했던 것이다. 뭐, 그냥 성 위로 해서 곧바로 쉬잉~ 날아가면 한 시간도 안 되어 도착할 테지만, 혹시 감시하고 있을지도 모를 놈들의 시선을 피하기 위하여 비잉~ 둘러 이동하기로 했기 때문이다.

덕분에 내가 공격 지점과 가까운 곳이면서 그들의 눈에 뜨이지 않는 지점을 찾아 자리를 잡았을 때는 해가 꼬물락꼬물락 지려고 할 즈음이었다.

해가 떠 있을 때도 사기의 농도가 짙었는데, 해가 지려고 하니 이게 더욱더 강해지는 느낌이라 슬금슬금 피어오르는 긴장감으로 인해 손바닥에 땀이 고일 지경이었다.

"이거이거… 지금이라도 공격해야 하는 거 아닌가 몰라요. 어째 당장에라도 뭔 일이 일어날 것만 같아 불안해지는데요?"

혼자였다면 그 불안감 때문에 초조함을 이기지 못하고 무슨 사고라도 쳤겠지만, 다행히 이런 내 심정을 알아준 것인지 노아스와 실피드가 내 곁으로 와줬기에 나는 냉정함을 유지할 수 있었다.

"그러게, 나도 이런 모습은 처음 보는 거라……."

"도대체 뭘 하려는 거지?"

"모르지. 내가 마족에 대해 잘 아는 것도 아니고……."

노아스가 그렇게 말하며 슬쩍 나에게 시선을 보내는데, 난들 알겠는가?

"저 보지 마세요. 제가 천마족이 된 지 얼마 안 된 거 아시잖아요."

이럴 줄 알았으면 아버지를 모셔올걸~ 하는 생각도 잠시 들었지만, 그건 말 그대로 잠시였다.

'역시 아버지를 안 데려오길 잘했지, 암… 해인이도 뭔 수를 쓰더라도 대신전에 떨궈놓고 오는 건데…….'

노숙에는 이미 익숙해져 있었기 때문에 나는 혼자서도 간단히 배를 채우고 해가 지자마자 노아스와 실피드에게 보초를 부탁한 뒤 내일을 위하여 잠을 청했다.

한데 얼마 자지 않았는데 날 누군가 깨우는 것이었다.

"비스닉, 일어나!"

'내일 일은 내일 생각하자!' 란 심정으로 잠에 들긴 했지만, 자면서도 몸은 긴장하고 있었던지 작은 자극에도 난 번쩍 눈을 뜨며 몸을 일으키고 있었다.

"네!"

일어나 보니 두 정령왕이 심각한 표정으로 날 보고 있다. 하

긴, 잘 자고 있는 사람을 중간에 깨운 거 보니 중요한 일이겠
지.

"무슨 일입니까?"

"성안에서 마기가 치솟기 시작했다. 그것도 아주 찐~한 놈
으로!"

"고위 마족이 단체로 마계에서 넘어오는 거 아냐?"

실피드와 노아스의 걱정 어린 목소리에 반사적으로 고개를
돌려보니, 과연 마기의 기운이 느껴졌다. 겉으로 흘러나오지
않은데다 성을 완전히 둘러싼 짙은 농도의 사기 덕분에 마기
의 농도가 극히 짙지 않았더라면 알아채지 못했을 거다. 하기
야, 난 집중에 집중을 하고 나서야 알아차릴 수 있었으니 말이
다.

마기의 순도가 전에 하나냥랑 싸웠던 고위 마족에게서 느꼈
던 것보다 더 진한 거 보니 노아스의 말대로 고위 마족이 단체
로 넘어오기라도 하는가 보다.

한데, 의아하게도 그 마기를 느끼자마자 갑자기 내 심장이
거기에 반응하듯 급격하게 뛰기 시작하며 손끝 발끝까지 짜릿
한 전류가 흐르는 느낌이다. 이건 설명하기 어렵지만… 그래
도 가장 비슷한 느낌을 찾아보자면, 그래, 마치 너무나 좋아하
던 스타를 만나러 가는 중 기대감과 흥분감과 기쁨으로 인하
여 심장이 미친 듯 두근거리는 느낌? 아니면 첫눈에 반한 이성
을 바라보는 느낌?

심장이 설렘으로 뛰기 시작하자 눈도 같이 반응했는지 원인

모를 기쁨과 반가움으로 눈시울이 뜨거워졌다.

"어? 야, 야, 왜 그래?"

사내 녀석이 뜬금없이 눈물을 또르륵 흘리니 실피드가 당혹해하는 건 당연했다.

"어, 어… 모르겠어요. 갑자기 왜 이러지?"

하지만 나도 영문을 알 수 없었기에 당혹스러운 건 마찬가지였다.

실피드의 말에 화들짝 놀라 얼른 눈물을 닦아내긴 했는데, 이놈의 눈물이 갑자기 반항을 하는 것인지 자꾸만 닦아도 닦아도 계속 흘러내리는 것이었다.

"너 오랫동안 이별했던 그리운 님이라도 만났니?"

노아스의 말을 듣고 보니 정말 그런 느낌이다. 너무나 그리웠고 소중했던 누군가를…….

"저기… 혹시 저놈들이 이 육체의 아버지라도 불러내는 건 아닐까요?"

한 번도 본 적이 없긴 하지만 천족이나 마족은 기운을 받아 태어난다니 육체적이나 아니면 기운으로 뭔가 찌릿~! 한 교류가 있을지도 모르잖는가.

"아무래도 안 되겠다. 실피드, 엘라임에게 연락해. 지금 당장 일을 내야겠어."

나와 성을 바라보던 노아스가 실피드에게 말하자 실피드도 얼른 고개를 끄덕였다.

"오케이! 아, 이놈은 어쩌지? 정말 그… 친부인지 뭔지 하는 마족을 불러내는 거라면……?”

“그러게. 비스닉, 넌 그냥 여기 있을래? 어차피 멀리 떨어져
도 네 기운을 끌어다 쓰는 데는 하등 문제될 게 없으니 우리끼
리 갈게.”

“그래라. 넌 여기 그냥 있고, 아, 그래. 천족이나 불러내서
한바탕하라고 하면 되잖냐.”

노아스도 실피드도 내 상태가 걱정되는지 극구 말렸지만, 나
는 내 몸을 움직여 본 뒤 심장과 눈은 따로 놀아도 딴 애들(?)은
내 뜻대로 움직여 준다는 걸 깨닫고 고개를 저었다.

“좀 운다고 너무 걱정하시는 거 아닙니까? 괜찮습니다. 정
걱정되시면 저에게 정령 하나 붙어놓고 제가 뭔가 이상하다
싶으면 뒤통수 한 대 내려쳐서 기절시킨 다음 여기로 끌고 오
라고 해주세요.”

내 말이 그럴듯했는지 실피드가 괜찮다는 표정으로 노아스
를 돌아보자 노아스가 고개를 끄덕였다.

“그럴까?”

“뭐, 괜찮겠네. 누가 붙일래? 내가 붙일까, 아니면 네가 붙일
래?”

“아무래도 몰래 숨어 있는 거면 땅속에 있는 애가 낫지 않
냐? 땅속에서 살피고 있다 여차하면 땅속으로 끌어들이라고
해.”

“그래. 그럼 내가 애 하나 붙여놓을게.”

오랜 시간 함께해 온 존재들이라 그런지 노아스와 실피드의

손발은 척척 맞는다.

"그럼 일어나자. 엘라임이 해인이 깨워서 이제 막 출발한단
다."

실피드가 날 바라보며 재촉하기에 얼른 몸을 일으키던 나는
잊고 있었던 한 팀을 떠올리며 물었다.

"앗, 대신전에서 나온 팀은 어쩌죠?"

"냅둬. 보아하니 그들은 성안으로 들어가지도 못할 것 같
아. 저 마기가 좀 더 강해지면 근처에 있는 것도 힘들걸? 게다
가 처음부터 그들은 성에 들어가지 말라고 했고, 정 안 되겠으
면 퍼렁 도마뱀한테 돌아가라는 메시지를 전하게 할 테니까
걱정 마."

노아스의 말에 나는 고개를 끄덕이고는 옆에 풀어놨던 검을
조심스레 챙기는데 노아스가 다시 한 번 날 제지했다.

"그거 놓고 가."

"예?"

아무리 날나리라 해도 명색이 기사인데 검을 어찌 놓고 가
나 싶었는데, 실피드도 심각한 얼굴로 노아스를 거들었다.

"너 그거 쓸 틈 없을 거야. 난 차라리 네가 본모습으로 갔으
면 하는데?"

본모습이라니. 그건 최후의 최후에 사용할 비장의 카드인
데.

원래 이런 전투에서는 일단 사람의 모습으로 검을 휘두르다
가 안 되겠으면 실피드와 노아스의 도움을 받고, 그래도 안 되

겠으면 후퇴를 심각하게 고려하다가, 정 후퇴도 여의치 않으면 그제야 본모습을 생각하지 않던가?

하지만 이런 말을 장난스럽게 꺼내기에는 실피드와 노아스의 시선이 너무나 진지했던 터라 나는 잠시 갈등하다 그들이 시키는 대로 검을 얌전히 배낭 안에 집어넣었다.

거기에 추가로 아버지가 만들어주신 팔찌까지 고이고이 챙겨 넣자—이제는 아버지가 주신 팔찌가 없어도 사람 모습을 유지할 수 있었지만, 선물받은 거라 계속 차고 다녔다—기다렸다는 듯이 실피드가 내 허리에 팔을 둘러왔다.

"가자. 저쪽은 이미 출발했다."

"앗, 잠깐 잠깐만요."

"왜 또? 뭐 더 벗어야 해?"

말이 어째 거시기하다는 느낌은 들었지만, 일단은 무시하고.

"천족을 불러내야죠. 저기 가면 싸우느라 정신없을 거 아니에요?"

"그런 건 좀 미리미리 해라."

'미리미리라고 해봤자 제가 잠에서 깬 지 아직 10분도 안 됐거덩요?'

속으로 투덜대면서도 입으로는 잽싸게 크로비스를 소환하자 나에게 불려 나온 크로비스는 암울한 상황에 곧장 허연 방패와 창을 꺼내 들더니 실피드의 지시대로 홀로 성을 향해 달려갔고, 우리는 그녀와 다른 방향에서 돌격했다.

성에 가까이 가면 가까이 갈수록 짙은 사기가 직접 몸에 부딪혀 왔는데, 그 느낌이란 사막의 모래폭풍 속으로 한 걸음 한 걸음 들어가는 느낌이었다. 온몸에서 당장 이곳을 벗어나라는 듯 거부 반응이 파바박 일어나 숨 쉬기도 힘들 정도였는데, 웃기게도 몸 안쪽 깊~숙한 곳에서는 내가 성에 조금씩 조금씩 다가갈수록 기쁨에 들뜨는 것이었다. 아무래도 그 진한 마기에 점점 더 가까이 다가가서 그런 모양이다.

'진짜 친부라도 나타나려나?

그러한 육체의 갈등 속에서 드디어 외성 벽에 도착하자 거의 허물어진 성벽에 한 짝은 완전히 파괴되어 있고, 한 짝만 간신히 형상을 유지하고 있는 성문이 보였다.

성문이 그런 상황이니 성벽 위에나 밑에나 보초들이 있을 리 만무했다.

'휘유~ 이거 완전히 공포 영화잖아?

왜, 이런 류의 영화에서도 악당의 본거지에 가면 들어갈 때 아무도 지키는 사람이 없지 않은가 말이다. 그러다 최후에 악당 보스의 방에 들어가면 대장이 방 가운데 의자에 앉아 있던지 서 있던지 하여간 폼을 잡고 있다가 영웅과 최후의 접전을 벌이다 죽고…….

"비스닉, 정신 차려!"

"핫!"

지금껏 봤었던 영화들의 마지막 부분을 되새김질하는데 너무 심취해 있었던 모양이다.

　　실피드의 일갈에 퍼뜩 정신을 차리니 실피드와 노아스가 걱정 어린 시선으로 날 돌아보고 있었다.

　　"견디기 힘들면 지금이라도 돌아가. 괜히 오기 부리면 오히려 짐만 된다."

　　"괜찮습니다. 잠시 딴생각을 한 것뿐입니다."

　　"딴생각을 할 정도면 아직 여유는 있다는 거네. 그래도 이런 데서 딴생각을 하면 쓰나?"

　　노아스의 말이 틀린 데가 없었기에 나는 얌전히 사과를 했다.

　　"죄송합니다."

　　외성 문을 지나 성안의 도시로 들어섰지만, 거기서도 인적은커녕 움직이는 존재가 한 명도 보이지 않는 거다.

　　'뭐냐? 병사들은 몰라도 하다못해 키메라나 좀비라도 있어야 하는 거 아니야? 이렇게 사기도 짙으니 키메라는 몰라도 좀비나 듀라인을 풀어놓으면 잘 돌아다닐 것 같은데.'

　　그러나 적의 본거지로 쳐들어가면서 이런 안일한 생각이나 한 것에 대한 대가일까?

　　실피드, 노아스의 뒤를 쫓아 빠르게 내성 쪽으로 달려가던 난 내성 벽과 도시 사이의 커다란 광장에 도착하자마자 제자리에서 굳어버렸다.

　　"이러언~ 미적 감각 꽝인 놈들……."

　　"이곳의 사기가 저것 때문이었군……."

　　내성 벽 앞의 넓은 광장에는 셀 수 없을 정도로 많은 시신들이 가득 쌓여 있었던 것이다. 도시 안에 사람이 없어서 다른 데로 쫓아낸 줄 알았는데, 여기다 데려다 놨던 모양이다.

'후우…….'

하긴, 자신의 목표를 이루기 위해 전쟁을 일으킨 놈이니 뭔들 못하겠는가. 그나마 단지 사기를 일으키기 위해 시신들을 모아둔 거지 자신의 미적 즐거움을 위하여 오체분시해 놓고 널어놓은 게 아니라 다행이다.

가라앉을 대로 가라앉은 기분에 길게 한숨을 내쉬며 얼굴을 쓸어내린 나는 가라앉은 어조로 입을 열었다.

"시체를… 무작정 쌓아놨다고 이렇게 짙은 사기가 생기나요?"

단순히 그런 것 같지는 않다. 시신이 많다고 사기가 짙어지면 공동묘지들은 어떻겠는가?

과연 내 예상이 맞았다.

"그냥 쌓아놓게 아니야. 보면 알겠지만, 저건 시체로 아예 마법진을 만들어놓았잖아. 보기에는 안 좋아도 효과는 확실히 좋구나."

"보아하니, 내성을 아예 둘러싼 채 만들어놨는데? 그러니 이 성 전체가 사기로 가득 차버린 거겠지. 도대체 뭘 하려는 걸까?"

실피드의 뒤를 이어 노아스가 설명을 덧붙여 준다.

"노아스… 저 마법진 파괴하고 시신들은 땅에 묻어주면 안 될까요?"

“계약자가 원한다면 기꺼이.”

내 부탁에 노아스가 명랑하게 대답하며 힘을 발휘하려는 찰나.

“기다려 봐.”

저쪽에서 낯익은 목소리가 날아와 노아스를 제지하는 것이었다.

자연스레 고개를 돌리니 거기에는 나처럼 시선을 광장 쪽으로 돌리지 않는 해인과 그녀의 일행들이 우리 쪽으로 다가오고 있었다.

그리고 노아스를 제지한 것은 블랜차드 후작.

“여긴 일단 그냥 놔두지?”

블랜차드 후작의 말에 나도 의아해했지만 해인이도 뜨악했다.

“이걸 어떻게 그냥 놔둬요? 놈들의 일을 방해하는 차원에서라도 빨리 처리하는 게 낫지 않아요?”

“이미 생겨 버린 사기는 저 시체 마법진을 없앤다고 사라지지 않아. 마법진을 없애면 오히려 사방으로 퍼져서 이 성 주변의 모든 것에 영향을 미칠 거다. 이 마법진은 사기를 강하게 만드는 역할을 하면서 사기가 퍼지지 않게 잡아주는 역할도 하고 있거든. 보기에 안 좋아도 마법진은 우선 이대로 뒀다가 신전 사람들을 싸그리 끌고 와서 사기를 정화시킨 후에 처리해야 해.”

“그건 나도 동감이야.”

후작의 말에 동감하고 나선 이는 크로비스였다.

"사기를 이대로 놔두는 건 정말 마음에 안 들지만, 저자의 말이 맞아. 게다가 이 사기가 저 성에서 나오는 마기를 막아주는 역할도 하는 것 같아."

크로비스가 내성을 가리키는 말에 나는 경악스러운 광경에 깜빡 잊고 있었던, 강렬한 마기를 다시금 떠올렸다.

'나원, 다시 생각하는 것만으로도 심장이 이리 뛰다니… 좋아하는 사람을 봐도 이 정도는 아닐 것 같은데……'

크로비스는 일행들의 시선이 내성으로 쏠리자 제일 먼저 앞서 내성 문을 향해 걸어갔고, 나머지 일행들은 자연스레 그 뒤를 쫓았다.

최대한 땅에 깔린(?) 시신들을 안 보려고 했지만, 두 번이나 시신에 발이 걸려 넘어진 뒤로는 어쩔 수 없이 바닥을 바라봤다.

정말 다양한 사람들의 시신이 그곳에 누워 있었다. 어린아이, 젊은 여성, 노인, 거기에 전쟁을 겪은 듯한 병사들에 기사들까지…….

무척 오래되어 미라화된 시신도 있는가 하면 검게 변색된 피가 완전히 마르지 않아 끈적함을 가진 시신도 있었고, 일부분만 있어 주인이 누구인지도 모르는 시신도 있었다.

'후우~ 그나마 비위가 많이 좋아져 식사를 못할 일은 없으니 다행이라고 해야 하나?'

힐끗 보니 해인이는 엘라임 품에 안겨 가고 있었다.

'부럽다. 실피드에게 부탁하면 나도 저렇게 해줄까?'

"이럴 줄 알았으면 처음부터 같이 쳐들어올걸 괜히 팀별로 나눴네."

너무 일행의 분위기가 바닥을 기어서 그런지 노아스가 슬쩍 명랑한 어조로 말을 꺼내자 의외로 크로비스가 그 말을 받는다.

"바깥에서 지키는 자가 아무도 없을 줄은 몰랐으니까요."

거기다 실피드와 이프리트도 한마디씩 던졌다.

"그럴걸 그랬지?"

"이미 지나간 일을 후회하면 뭐 하겠어? 앞으로 잘해야지."

광장을 지나서 내성 문을 지나쳐 안으로 들어가니 다행히 거기에는 아까와 같은 끔찍한 광경은 없어 나는 내심 안도의 한숨을 내쉬었다.

해인이도 더 이상 시신이 보이지 않자 엘라임의 품에서 벗어나 슬며시 내 곁으로 다가왔다.

"괜찮아?"

그 모습에 내가 말을 걸자 해인이가 힘없이 웃어 보인다.

"솔직히 별로 괜찮지 않아. 오빠는?"

"뭐… 그래도 식사를 못할 것 같지는 않다."

"후우… 마족이 이런 짓까지 할 줄은 몰랐어. 내가 잘못 생각한 걸까나?"

내가 마족에 대한 안 좋은 인식을 가지고 있을까 봐 걱정한 녀석이 그런 말을 하다니 충격이 꽤나 컸던 모양이다.

"전쟁까지 일으켰던 놈인데 좋은 놈일 리 있냐? 그래도 최소한 인체실험은 안 했잖아. 아니면 자신의 미적 즐거움을 위하여 배를 갈라 내장을 꺼내고 피를 뿌려놓은 것도 아니고. 솔직히 사람들끼리 전쟁해도 이 정도의 참혹함은 생길걸? 그러니 네 생각이 잘못되지는 않았어."

"그래? 다행이다."

안도한 표정으로 가슴을 쓸어내리는 해인이에게 나는 연장자로서의 충고는 잊지 않았다.

"그래도 경계를 늦추지 말아야 한다는 건 진리일 것 같은데?"

"알아, 알아."

해인이와 속닥속닥거리는 동안 일행은 어느새 넓은 정원과 안뜰을 지나 성의 현관문 앞까지 도달했고, 거기서 누가 뭐라 하지 않았는데도 일제히 걸음을 멈췄다. 다른 곳은 다들 오랫동안 버려지고 방치된 모습이었는데, 내성만은 계속 관리된 것처럼 깨끗했으니 수상함을 느꼈던 것이다.

게다가 내성 가까이 오자 확연하게 느껴지는 마기 때문에 더욱더 발걸음을 쉽게 옮길 수 없었다. 뭐, 내 육체는 내성 안의 마기를 느끼자 빨리 들어가 달라고 아우성을 치고 있었지만 말이다.

"어? 또 울어?"

"예?"

실피드의 말에 반사적으로 얼굴에 손을 올리니 축축하다.

아까 겨우 메웠던 눈물샘이 또다시 터졌나 보다. 그것도 왕창 터졌는지 닭똥 같은 눈물이 줄줄이 흘러내렸다.

"아, 정말… 눈물샘이 망가지기라도 했나? 왜 자꾸 이러지?"

주체를 할 수 없는 눈물에 투덜거리며 옷소매로 닦고 있던 중 문득 해인이의 호위기사 중 한 명이 눈에 들어왔는데, 그 또한 눈물이 그렁그렁한 것이 톡 건들이면 주르르 흘릴 것 같았다.

'저 기사… 듀비라고 했던가?

의아해 빤~히 바라봤더니 내 시선을 느낀 듯 화들짝 놀라며 눈을 꾹꾹 눌렀지만, 그래도 붉어진 눈시울은 감출 수 없었다.

"들어가죠."

크로비스가 계속 여기서 머물 수 없다는 듯 비장한 표정으로 말하고는 앞으로 나섰다.

그녀가 굳게 닫혀 있는 성문에 손을 대는 걸 지켜보는데 긴장으로 침 삼키는 것도 잊을 정도였다.

그런데 그 성의 현관문은 다른 곳과는 달리 잠겨 있기라도 했는지 쉽게 열리지 않는 거다. 크로비스가 밀고 당겼는데도 열리지 않아 후작까지 다가가 흔들어보더니 알겠다는 듯 고개를 끄덕였다.

"마법으로 잠겨 있군."

후작의 말에 크로비스는 냉큼 창을 꺼내 들었다.

"비키시오."

그녀의 태도에 후작이 뒤로 물러나자 크로비스 또한 한 걸음 물러나 굳게 닫힌 문 두 짝의 틈새를 향해 창을 휘둘렀다. 그러자 순간, 투확~! 하는 소리와 함께 문이 벌컥 열리더니 안에서부터 강력한 마기가 뻗어 나와 일행들을 감싸 문 안으로 끌어당기는 것이었다.

너무나 순식간에 일어난 일이라 아무도 뭘 어쩌지 못한 채 모두가 정신없이 휘말려 안으로 빨려 들어가자 문은 다시 덜컥! 하고 닫혀 버렸다.

"다들 무사한가?"

"해인님!"

"해인!"

"괜찮아?"

"비스닉, 괜찮은 거야?"

모두가 바닥에 내동댕이쳐진 후, 먼저 정신을 차린 이들이 동료의 안위를 확인하기 시작했고, 그중에는 계약자라고 날 챙겨주는 노아스도 있어서 상당히 기분이 좋았다.

그래서 싱글싱글 웃으며 몸을 일으키는데, 갑자기 심장이 두근, 두근, 두근, 하고 격렬하게 뛰는 것이었다.

'음?'

거기다 또다시 코끝이 찡~해지고 가슴이 뭉클~해지는 것이……

'이러언~'

내 육체의 반응에 얼른 정신을 차리고 주변을 살피니, 위층에서 정말 강렬한 마기가 느껴지고 있었다. 게다가 성내에도 그보다는 약하지만, 거의 고위급에 준할 정도의 마기가 흐르고 있는 것이었다.

"나가자. 지금 당장!!"

성안에 가득 찬 마기를 본 엘라임은 위험을 감지했던지 다짜고짜 몸을 돌려 해인이를 잡고 바깥으로 끌었다.

하기야 나도 육체 한쪽에서는 가슴이 두근거리고 있어도 다른 한쪽에서는 위험 경고가 삐용삐용~ 하고 울리고 있었다.

하지만 해인이가 어디 순순히 끌려갈 애던가?

"안 돼요, 아버지! 나만 어떻게 가요?"

"시끄러."

그런데 엘라임도 만만치 않은 존재였다. 해인이가 손길을 뿌리치려 했지만, 엘라임의 손길은 단단해 오히려 해인이가 질질 끌려가고 있었다.

"안 돼요. 못 가요. 오빠랑 같이 갈래요! 어떻게 오빠만 보내요!!"

결국 문 가까이까지 끌려간 해인은 안 되겠던지 문 근처에 있던 기둥을 부여잡고는 늘어지며 악을 쓰기 시작했다.

참, 기쁘고 감동할 상황이지만, 그와 함께 너무 웃겨서 웃음이 나올 것만 같았다.

웃음을 속으로 삼키느라 끅끅대면서 나는 슬며시 해인이의 뒤로 돌아가 뒤통수를 세게 후려쳤다.

이곳에 있는 이들 중 감히 해인이의 몸에 손을 댈 수 있는 자는 없었다(나 빼고).

일단 정령왕들은 해인이를 금이야 옥이야 귀하게 여기고 있고, 두 호위기사나 후작은 해인이를 아끼는 마음이 없더라도 어떻게 기사의 몸으로 연약한 레이디—일단 겉모습은—의 머리를 때릴 생각을 하겠는가?

하지만 난, 겉모습은 건장한 남정네라도 속은 여자라 별 양심의 가책 없이 때릴 수 있었다. 아, 뭐… 미안한 마음은 있었지만 말이다.

그리하여 내가 힘차게 날린 주먹을 부지불식간에 맞은 해인은 당연하겠지만 꼬르륵~거리며 쓰러져 버렸고, 그걸 예상하고 있던 나는 늦지 않게 팔을 뻗어 해인이가 땅에 쓰러지기 전에 붙잡을 수 있었다.

하지만 해인이를 붙잡자마자 나는 '얼음!' 이라고 외친 것처럼 굳어야 했다. 사방에서 날카로운 빛을 번쩍이며 날아온 세 개의 검에 목을 내줘야 했으며 엘라임의 살기를 정면으로 받아야 했으니 말이다.

"죽.고. 싶.지?"

엘라임은 얼마나 화가 났던지 여기가 어디라는 것도 잊어버리고 있는 대로 힘을 이끌어내는데… 차분히 가라앉아 있던 기다란 밝은 군청색의 머리가 사방으로 곤두서며 뻗치니 분노한 처녀귀신을 마주하는 것마냥 무서웠다.

하지만 나는 후들거리는 다리로도 꿋꿋하게 그를 바라볼 수 있었다. 이게 다 해인이를 위해서 한 일이었으니 말이다.

"애 깹니다. 조용히 하고 데려가세요."

내 말에 사방이 조용해졌다. 아니, 뭐, 원래부터 우리가 침입하는 거라 조용조용 움직이고 있어 크게 시끄럽지는 않았지만 분위기가 그렇다는 거다.

엘라임은 날 얼떨떨~한 표정으로 바라보더니 내가 해인이를 살짝 밀자―목에 있던 검은 진즉 치워져 마음대로 움직일 수 있었다―머뭇머뭇 해인이를 받아 들었다.

엘라임이 완전히 해인이를 안아 든 것을 확인한 나는 해인이를 잡고 있던 손을 떼고 뒤로 물러나며 침착한 어조로 입을 열었다.

"데리고 가세요, 최대한 멀리. 이 녀석 깨어나도 여기는 못 오게끔."

"너는?"

그동안의 차가운 이미지를 어디다 잃어버렸는지 약간 멍청한 얼굴로 엘라임이 물어오기에 싱긋 웃어줬다. 속으로는 '호오, 엘라임에게 이런 면이~' 하고 무지 재미있어하며 말이다.

"뭘 새삼스레 물으십니까? 이왕 여기까지 들어온 거 한바탕 해 주고 가야죠. 그럼 나중에 나가서 뵙겠습니다."

마지막까지 쿨~하게 폼 잡으며 난 몸을 돌려 홀 안쪽으로 걸어 들어가기 시작했다.

'오옷~ 내가 생각해도 멋있었던 것 같아. 이런 게 바로 폼 생폼사 아니겠어?

내가 앞장서서 걸어가자 그 즉시 크로비스와 세 정령왕이 따라오는 게 느껴졌다.

그런데 후작은 안 따라오는 거다.

해인이의 호위기사야 해인이를 따라가는 건 당연하겠지만, 후작이라도 같이 와줬으면 싶었는데, 역시 후작의 기준은 해인인가 보다.

속으로 아쉬워하며 홀을 가로지르는 사이 쾅~!! 하는 굉음이 울린다. 엘라임이 다시 한 번 문을 열기 위해 힘을 쓴 모양이다. 그 후 거센 바람이 한바탕 불어 들어온 거 보니 문을 여는 건 성공했나 보다.

'문을 열었으면 잘 나갔겠지?

넓은 홀을 가로지르니 위층으로 올라가는 계단이 보였다.

자연스레 그 계단으로 한 발을 올리는 순간,

쉬이이익~!!

기합 소리를 내지르지는 않았지만, 기척을 아예 다 드러내 놓고 달려드는 폼이 기습할 생각은 없었던 모양이다.

그에 내가 피하려고 몸을 움직이려는데, 나보다도 먼저 내 옆의 존재들이 움직였다.

실피드는 일행 앞에 바람의 장벽을 만들어 공격을 막았고, 그 뒤에 크로비스가 빛의 창을 들고 바람의 장벽을 뛰어넘어 우리를 공격한 자에게 달려들었던 것이다.

게다가 노아스와 이프리트까지 내 앞을 막아서 주니 난 입이 저절로 헤벌쭉~ 벌어질 지경이었다. 그동안은 아버지 덕분에 모든 전투에 있어 앞장서서 싸워야 했던 입장이라—물론 그렇다고 시키는 대로 잘 나서지도 않았지만 말이다—얼마나 서러웠는지 모른다.

'오오~ 능력있는 존재들이랑 다니니 좋구나~ 일부러 나서지 않아도 되고……'

바람의 장벽을 뛰어넘어 계단 위로 쳐 올라갔던 크로비스가 적과의 부딪침에서 밀려 뒤로 나가떨어지는 걸 노아스가 받아드는 사이, 실피드가 계단 위로 바람의 칼날들을 날려 보냈다. 허나, 적은 그 정도쯤은 가뿐히 부서뜨리며 계단 아래로 내려왔다.

"헤에?"

낯익은 얼굴을 보니 반갑다고 해야 할까?

우리를 처음으로 맞이한 적은 얼마 전에 스포티스우드 성으로 쳐들어왔던 검은 머리의 여성 마족이었던 것이다.

크로비스에게 머리 하나를 잘렸음에도 불구하고 지금은 인간의 모습을 하고 있어서 그런지 겉으로 보기에는 멀쩡해 보였다. 아니, 어디서 산삼이라도 구해 먹었는지 오히려 전보다 더 강하게 느껴진다. 전에 스포티스우드 성에서 싸울 때는 온전한 상태에서도 크로비스에게 밀리는 감이 있었는데, 지금은 한 손으로 크로비스를 내칠 정도였으니 말이다.

"이런 날이 오기를 기다렸지. 네년을 내 손으로 찢을 날을 말이야!!"

힘은 펄펄 솟는 것 같은데, 머리 하나가 잘려서 그런지 애가 완전 미… 아니, 맛이 간 사람 같다. 눈을 희번덕거리며 정말 황홀한 듯 웃는데, 아까 엘라임을 봤을 때와는 다른 의미로 온몸에 소름이 쫘아악~ 끼친다.

'헉… 맛이 간 사람은 힘이 무지 세진다고 하던데, 혹시 쟤가 그 케이스?'

크로비스도 뭔가 다르다는 걸 느꼈는지 진중한 자세로 여성 마족을 바라봤다.

그렇게 한쪽은 맛이 간 표정으로 웃으며, 한쪽은 긴장한 표정으로 서로를 빤~히 바라보기를 수십 초, 문득 여성 마족의 새빨간 입꼬리가 더욱더 치켜 올라가는 순간, 그게 신호라도 된 양 여성 마족과 크로비스가 바닥을 박찼다.

그때까지만 해도 난 세 정령왕과 계단 한쪽 구석탱이에 몸을 피한 채 구경하고 있었는데 마족 여성은 크로비스에게 집중하고 있느라 우리 쪽은 신경 쓰지도 않는 듯했다.

크로비스는 비록 날개를 꺼내지 않았지만, 전력을 다하는 듯한 분위기였다.

스팟~! 픽~! 픽~! 타탁~!!

공중에서 만난 두 여인네는 살벌한 손속을 순식간에 나누더니 각자 뒤로 떨어져 나갔다.

걸린 시간은 대략 4, 5초 정도? 그런데 그사이에 주고받은 공격은 10여 번에나 달했다.

그 10여 번의 공수에 크로비스는 낭패를 봤는지 땅에 무사히 착지는 했지만 고통스러운 얼굴로 비틀거리며 창으로 몸을 지탱했고, 마족 여성은 아무렇지도 않게 가벼운 몸놀림으로 우리 넷이—그러니까 세 정령왕과 나—있는 위쪽의, 계단을 꺾느라 만든 여유 공간에 떨어져 내렸다.

그런데 그때, 언제 어느새 이동을 했는지 소리 소문 없이 노아스가 마족 여성의 뒤에 나타나더니만 한 손으로 그녀의 목을 잡고 그대로 옆으로 꺾어버리는 것이었다.

'헉… 엽기다……'

그동안 사람 좋은 옆집 누님 정도로 여겼던 노아스도 서늘한 눈빛을 하니 무섭게 느껴졌다.

하지만 더 엽기인 건 마족 여성이었다.

노아스의 손에 나뭇가지 부러지듯 단숨에 옆으로 목이 꺾이며 무너져 내려 수월하게 처리한 줄 알았건만, 이게 웬일? 죽은 것처럼 보였던 마족 여성이 그 상태로 갑자기 킥킥킥~ 하고 웃어대는 것이었다.

정말 호러물이 따로 없었다.

거기다 갑자기 팔을 뒤로하여 노아스의 다리를 터억 잡는데, 내 다리를 잡힌 것만 같아 내가 소스라치게 놀랐다.

하지만 과연 노아스도 정령왕이었다.

그렇게 마족 여성이 호러물처럼 노는데도 불구하고 눈 하나 깜짝 안 하고 잡히지 않은 다른 다리를 들어 무릎으로 마족 여성의 머리를 쳐버렸던 것이다.

'누님, 나이스 킥!!'

게다가 크로비스도 벼르고 있었던지 노아스가 마족 여성의 머리를 차는 틈에 몸을 날려 마족 여성의 몸에 창을 꽂으려 했다.

그것까지 꽂히면 마족 여성은 이번에야말로 진짜 갈 듯싶었건만…….

턱~!

크로비스가 멀리서 몸을 날려 내리꽂는 창이었음에도 불구하고 그 창은 허망하게도 마족 여성의 한 손에 손쉽게 잡혀 버렸다.

노아스에 의해 목뼈가 완전히 부러지는 바람에 마족 여성의 머리는 살가죽으로만 목에 이어진 채 가슴 부근에서 데롱거리고 있었는데, 그 상태로 창이 날아오는 걸 알고 잡아채다니 대단하다고 해야 할지 엽기라고 해야 할지.

거기다 힘은 세 가지고 크로비스가 마족 여성의 손에서 창을 떼어내려고 힘을 줘도 조금씩만 흔들릴 뿐 죽어라 떨어지지 않는 거다.

대신 마족 여성의 늘어진 목만 좌우로 흔들려 더욱더 엽기성을 발휘했다. 그렇지 않아도 마족 여성은 긴 생머리를 지니고 있었는데, 머리가 목의 가죽에 매달려 흔들릴 때마다 머리카락까지 같이 요동치고 있었으니 말이다.

결국 크로비스는 안 되겠다 싶었던지 창을 놓고 대신 방패를 두 손으로 잡은 채 마족 여성을 향해 휘둘렀다.

그리고 노아스도 크로비스를 도우려는지 다시 한 번 팔을 휘둘렀는데, 그 순간 마족 여성이 땅바닥을 데구루루 굴러 두 존재의 공격권에서 벗어나더니 자리에서 벌떡 일어났다. 여전히 머리는 데룽데룽거리고 있었지만, 움직이는 데는 지장이 없었던 모양이다.

'헉스… 듀라인인지 뭔지 하는 놈들보다 더 엽기야.'

그래도 머리가 덜렁거리는 건 불편했던지 노아스, 크로비스와의 거리를 벌리자 자신의 두 손으로 데룽거리는 머리를 붙잡고 제대로 목 위에다 올려놓으려 했다.

하지만 마족 여인이 그 작업(?)을 제대로 끝마치기도 전에 노아스와 크로비스가 짠 것처럼 동시에 그녀를 향해 몸을 날렸기에, 마족 여인은 다시 한 번 머리를 덜렁덜렁거리며 자리를 피해야 했다.

"아~ 정말… 더 이상 못 봐주겠네. 내 눈을 괴롭게 만들다니, 넌 이제 죽~었어."

그 모습에 노아스는 인상을 찡그리며 마족 여성에게 주먹을 쥐어 보이는 거였다.

"할 수 있었으면 진즉에 하지 그랬냐?"

"냅둬. 나도 오랜만에 놀아보고 싶었다고."

구경만 하고 있던 실피드가 한마디 하자 노아스가 돌아보지도 않으며 투덜댔다.

하지만 투덜대는 와중에도 노아스는 계속 움직이고 있었다.

마족 여성에게 한 소리 하느라 서 있던 그 자리에서 바람에 먼지 날리듯 순식간에 사라지더니 곧바로 마족 여성의 뒤에 나타나 팔을 휘둘렀던 것이다. 그때의 노아스 팔은 희고 가느다란 팔이 아니라 기다란 대검의 형태를 띠고 있었고, 덕분에 마족 여성은 변변치 않게 반항 한 번 못해보고 그대로 허리가 싹뚝 분리되어 버렸다.

"오옷!!"

'이번에야말로 정말 갔겠다.'

마족 여성이 아무리 한 단계 레벨 업 되었어도 역시 노아스에게는 못 당하는 모양이었다.

노아스가 마족 여성을 두 동강 낸 것만으로도 부족했는지 다시 한 번 그녀에게 대검으로 변한 팔을 휘두르려는 그 순간,

슈아아앙~!! 콰광~!!

계단 위쪽에서부터 빛줄기 하나가 내려와 정확히 노아스가 있던 자리에 꽂혔다.

"너 혼자 힘들다니까."

나른한 음성과 함께 모습을 드러낸 이는 에티엔이었다.

그의 등장으로 인하여 크로비스와 노아스가 잠시 주춤한 사이 두 동강난 마족 여성의 몸에서 마기가 폭발하듯 퍼져 나왔다.

'헥? 아직도 안 죽었어? 어쩐지 두 동강났는데도 피가 한 방울도 안 나온다 했다.'

한데 그녀의 몸에서 터져 나온 마기가 전에 봤던 것에 비하면 훨씬, 훠어어얼~씬 강력해 가까이 있던 노아스와 크로비

스는 물론 좀 더 떨어져 있던 우리까지 움찔할 정도였다.

서서히 본래의 모습으로 돌아와 몸을 일으키는 마족 여성, 아니, 머리 두 개를 가진 도마뱀 녀석의 등을 확인해 봐도 분명 날개는 한 쌍뿐인데, 그놈의 몸에서 뿜어져 나오는 마기는 무지무지 엄청났다. 나 따위는 발끝에도 못 미칠 거라고 느껴질 정도였으니 말이다.

'그래서 몸이 두 동강났는데도 안 죽을 수 있었던 건가?

"어떻게 단시간에 저렇게 강해진 거죠?"

"어쩌면 이곳에 흐르는 마기 때문인지도 모르지."

나와 실피드가 놀란 말을 주고받는 사이 크로비스는 안 되겠다 싶었던지 등 뒤의 날개 두 쌍을 모조리 꺼내고 천기를 더욱더 강하게 일으켰다.

한데, 이 성안에 흐르는 마기의 영향 때문인지 크로비스가 날개를 몽땅 꺼냈음에도 불구하고 어째 머리 둘 달린 도마뱀보다 약해 보인다.

'휘유, 연유야 어찌 되었든 세 정령왕이랑 다 계약 맺길 무지 잘했네. 나랑 크로비스랑 실피드뿐이었다면 정말 위험할 뻔했잖아?

머리 둘 달린 도마뱀의 몸에서 뻗어 나오는 마기가 생각보다 훨씬 강한데다 아군까지 등장한 바람에 노아스와 크로비스가 함부로 덤비지 못하고 잠시 상황을 지켜보는 사이, 에티엔은 긴장된 분위기에 아랑곳없이 나른한 어조로 머리 둘 달린 도마뱀에게 말을 걸었다.

"아직도 혼자 할 생각?"

그의 말에 도마뱀의 두 머리 중 하나가 에티엔을 향해 고개를 돌리며 살벌한 시선을 보내더니 결국 체념한 표정으로 대꾸했다.

[저 씹어 먹을 천족만은 나에게 넘겨.]

그러자 에티엔이 과장되이 놀란 표정을 한다.

"으응? 나보고 나머지를 다 맡으라고? 난 그렇게 대단한 존재가 아니야. 겨우 두엇 맡을 수 있을까? 그러는 사이 나머지 존재들이 위로 올라가면 어쩌려구?"

그냥 들으면 벅차다고 뒤로 물러나려는 것 같지만, 어째 그 말이 내 귀를 콕콕 찌른다.

내가 괜히 예민한 건지는 모르겠지만, 그래도 어딘가 께름직~한 것이…….

'뭐, 뭐야. 설마 지금 나보고 위로 쳐들어가라는 건 아니겠지? 야, 내가 소동만 일으켜 주면 알아내는 건 네놈이 한다며?

하지만 지금 벌어지는 전투가 큰 소동이냐고 묻는다면… 음… 할 말이 없긴 하다.

적은 하나고—에티엔은 일단 적에서 제외하고—아군은 딱 둘만 싸우는데다, 최종적으로 난 싸우지도 않고 구경만 하고 있으니 말이다.

'쳇, 어쩔 수 없나?

"아무래도 제가 올라가 봐야 할 것 같아요. 엄호 좀 부탁드릴게요."

실피드와 이프리트에게 작게 속삭이자 그 둘이 진지한 표정으로 고개를 끄덕인다.

"그래. 전투 구경도 재미있지만, 여기서 언제까지고 어영부영할 수는 없지."

"조심하거라. 위험하다 싶으면 재빨리 본래의 모습으로 돌아가도록 해."

"넵."

[흥, 어차피 네놈이 알아서 하려고 일부러 나온 거 아닌가? 그러니 맘대로 해.]

마족네 팀도 대충 상황이 정리되었는지—뭐, 정리할 것도 없었지만…—머리 둘 달린 도마뱀이 에티엔에게 그리 말하고는 다짜고짜 크로비스에게 달려들었다.

그에 크로비스가 일단 허공으로 떠올라 머리 둘 달린 도마뱀의 공세를 피하는 틈에 노아스가 도마뱀의 옆구리 쪽에 나타나 킥을 한 방 먹이려 했다.

허나 도마뱀 녀석이 본신으로 돌아오니 눈치와 스피드 또한 빨라졌는지 잽싸게 팔뚝을 내밀어 노아스의 다리를 막아내는 것이었다.

그녀들의 삼파전을 잠시 지켜보고 있던 나는 삼파전이 허공에서 이루어지는 타이밍에 맞춰 잽싸게 계단 위를 달려 올라갔다.

이 성에 들어오기 전에 대략 살펴본 바에 의하면 이 성은 본체가 5층 정도로 계단 또한 위로 쭈우욱~ 이어져 있었지만,

나는 2층에서 계단을 버리고(?) 복도로 꺾어졌다. 2층의 안쪽에서 내 심장을 콩닥거리게 하는 마기의 근원이 느껴졌기 때문이었다.

한데, 내가 복도 쪽으로 채 몇 발자국 떼기도 전에 복도 쪽에 서 있던 굵은 기둥 뒤에서 에티엔이 나타나 달려들었다.

"늦었어."

그가 들고 있는 검을 휘두르기에 나도 반사적으로 천신기를 검 모양으로 형상화해 막아서자 그가 검을 내 천신기에 부딪치며 속삭였다.

"소동만 일으켜 달라고 했으면서."

그에 나도 작은 목소리로 투덜거리자 에티엔이 뒤로 살짝 물러났다 다시 달려들어 검을 횡으로 휘두르며 빠르게 속삭였다.

"나에 대해 뭔가 눈치를 챘는지 날 들여보내 주질 않아. 여기서 지키라고 하더군."

내 천신기에 공격이 막히자—어차피 날 제압할 정도로 강력한 공격은 아니었다—거기서 잠시 물러났던 에티엔은 다시금 부딪쳐 오며 말을 이었다.

"그러니 네가 나 대신 쳐들어가 줘. 난 네 뒤를 따라가도록 하지."

'헉스……'

나보고 적의 대장과 마주하라니, 정말 너무했다.

나는 단지 적당히 소동만 일으키고 몸을 빼내려고 했는데,

적의 중앙부까지 쳐들어가게 되면 '적당히' 란 불가능한 일이
될 거 아닌가 말이다.

'그냥 댁이 들어가면……? 이라는 말이 목구멍까지 치솟아
올랐지만 입 밖으로 나오질 못했다. 애는 안 들여보내 준다고
했으니까.

'미치겠네…….'

"내가 꼭 가야 하나?"

"그럼 그냥 놔둘 생각?"

지금 심정 같아서는 그냥 놔두자고 하고 싶었다. 솔직히 처
음부터 그놈들이 뭘 하던 별로 상관하고 싶은 마음은 없었으
니 말이다.

하지만 돌아가면 제일 먼저 맞이할 아버지 얼굴에, 며칠 전
저 머리 둘 달린 도마뱀 녀석이 와서 한바탕 휘저어 놨던 스포
티스우드 성의 사람들 모습에, 이곳 슈비히텐베르그 성 앞 광
장의 시신들에, 엘라임에게 안겨 밖으로 나간 해인이 모습까
지 주르르~ 떠오르자 나는 한숨을 폭~ 내쉴 수밖에 없었다.

"젠장… 정의의 용사 역할은 무지 싫은데……."

이를 빠득빠득 갈며 투덜거려 봐도 지금 내가 선택할 수 있
는 길은 하나밖에 없었다.

세상에 나처럼 불행한 정의의 용사가 또 있을까.

"입구만 열어주고 소동만 일으켜 주는 걸로 충분해."

에티엔이 위로할 생각인지 그리 말했지만, 위로는커녕 오히
려 분노만 키워줬다.

“됐거든? 당신이 그렇게 말하니 오히려 내가 앞장서서 뛰어야 하는 건 아닌지 불안해지잖아.”

나는 그렇게 말하며 다시금 찔러오는 그의 검을 막아 팅김과 동시에 나도 뒤쪽으로 물러났다.

“젠장할~ 하여간 도움이 안 돼요.”

그리고는 마지막으로 그에게 주먹을 내밀어 보이고는 몸을 돌려 두다다다~ 달리기 시작했다.

“거기 서!”

에티엔 녀석이 일부러인지 큰 소리로 외치는 게 들렸지만, 뒤를 돌아보지는 않았다.

대신 등 뒤에서부터 화끈한 열기가 느껴지는 거 보니 이프리트가 그의 진로를 슬며시 방해하고 나선 모양이다.

그러고 보니 에티엔 녀석과 검으로 투닥대는 시간이 좀 길었건만 두 정령왕이 나타나지 않았던 거 보니 아무래도 우리 대화를 옆에서 듣고 있었던 모양이다.

“내가 웬만하면 이런 말 안 하는데…….”

열심히 달려가는 내 옆에 어느새 나타난 실피드가 툭 말을 던져왔다.

“조심해. 아무래도 심상치 않아.”

“거… ‘심상치 않으니 넌 여기 있어. 내가 갔다 올게’ 라고 말해주면 더 기쁠 텐데요.”

진심 어린 어조로 말했지만, 돌아오는 건 실피드의 웃음이었다.

"자기 일은 자기가 해결해야지."

어디서 많~이 들었던 명언이 실피드의 입에서 흘러나오자 나는 입을 꾸욱~ 다물 수밖에 없었다.

'이걸 내 일로 만든 놈이 도대체 누구야?'

한숨만 푹푹 내쉬며 넓고 기~다란 복도를 내달려 결국은 막다른 곳에 있는 커다란 문 앞까지 도달했다. 내 가슴을 뛰게 만든 마기는 바로 그 문 뒤에서 느껴지고 있었다.

실피드와 내가 이곳에 도착할 동안 우리를 방해하는 존재는 아무도 없었다.

머리 둘 달린 도마뱀은 노아스와 크로비스에게 붙들려 있었고, 에티엔은 이프리트와 대결하면서 슬슬 이쪽으로 다가오는 중이었다.

이 성에는 현재 마족 외에는 아무도 없는 모양이다.

'그렇다는 건, 이곳에 적의 마족이 몽땅 모여 있다는 거겠지?'

"노아스님 말이에요."

잠시 숨을 고르기 위하여 문 앞에 멈춰 서는 사이 내가 말을 걸자 실피드가 의아한 표정으로 돌아봤다.

"노아스가 왜?"

"그 도마뱀 녀석을 못 죽이실까요? 아까 보니 한 손에 놓고 휘두르시던데, 빨랑 처리하고 와주셨으면 좋겠어서요."

적의 본거지에 들어가는데 아군이 많으면 많을수록 좋은 거 아니겠는가. 특히나 제일 위험한 곳에 가는데.

내 말에 실피드가 픽 웃었다.

"그놈도 지금 난감하단다."

"예?"

"그 자식이 몸에다 무슨 장치를 해놨지 머리통을 잘라도 허리를 잘라도 안 죽는다는데?"

"헉스……."

하긴, 아까 노아스가 목을 똑 부러뜨리고 허리를 동강 내도 살아 있기는 했다.

나는 처음에 더 강해져서 그런가 싶었는데, 생각해 보니 내가 기운이 강해졌어도 그런 부상을 입었다면 절대 살아남지 못할 것 같다.

"불사의 주술이라는 거지."

"헉스~!!"

이번엔 더 놀라서 돌아보자, 거기에는 생각지도 못한 존재가 떠억하니 서 있었다.

"후, 후작님? 아까 해인이와 같이 나가지 않으셨습니까?"

"나갔었지. 그런데 해인이 녀석이 깨어나더니 나보고 가보라고 하잖아."

어깨를 으쓱이며 별거 아닌 것처럼 말하는 후작을 나는 쬐게 감탄하면서 바라봤다. 아무리 그가 강해도 여긴 무지 위험한 곳인데 해인이가 가란다고 오다니, 해인이를 무지 좋아하는가 보다~라는 오해 때문이었다. 뭐, 블랜차드 후작이 해인이에게 마음이 있는 건 확실했으니까 아예 틀린 건 아니었을 거다.

그와 함께 해인이에 대한 은근한 부러움과 나에 대한 처량함이 들었다.

'나에게는 언제 저런 존재가 생기려나……'

나중에 알고 보니, 이건 예전에 블랜차드 후작이 해인이에게 목숨을 위협하지 않는 선에서 원하는 것 한 가지를 들어준다고 한 약속을 사용한 것이었다. 그것도 드래곤으로서 한 약속을(이곳도 꽤 위험한 곳인데 나처럼 여차하면 몸을 뺄 수 있을 거라 여겼던 모양이다).

"그런데 해인이가 벌써 깼어요? 세게 쳤는데……."

안 봐주고 있는 힘껏… 까지는 아니지만 그래도 꽤 세게 쳐서 최소한 한 시간 정도는 기절해 있을 줄 알았는데 벌써 일어나서 후작까지 보내다니, 내가 생각보다 살살 때렸나 보다.

한데 내 말에 후작이 피식 웃었다.

"해인이가 어디 보통 애냐? 단순히 뒤통수를 한 대 맞은 것뿐이니 금방 회복되는 건 당연하다."

블랜차드 후작의 말에 실피드가 동감한다는 듯 고개를 끄덕였다.

'에에… 더 세게 때려야 했나 보네.'

"어쨌든, 이만 들어가야 하지 않나? 언제까지 여기 서 있을 거지?"

'쳇……'

냉랭한 후작의 말에 나는 속으로 혀를 찼다. 들어가기 전 잠시 숨을 고른답시고 발걸음을 멈춘 거지만, 솔직히 들어가기 싫어서 미적대고 있었던 것이다.

하지만 그의 말대로 언제까지 여기 서 있을 수는 없는 법.

나는 한 번 크게 심호흡을 하고 문에 손을 댔다.

한데 내가 미처 문을 열기도 전에 갑자기 쾅~!! 하는 굉음과 함께 문이 열리는… 정도가 아니라 아예 문짝이 떨어져 날아갔다.

문앞에 서 있던 나는 그대로 문짝에 치어 같이 날아갈 뻔했지만, 간발의 차이로 실피드가 날 잡아당겨 줘서 문짝 끄트머리에 한번 부딪치는 걸로 끝내고 실피드의 품에 안길(?) 수 있었다.

그 와중에 후작이 걱정돼서 시선을 돌리니, 후작은 이미 알아채고 건너편 벽 쪽으로 피신한 상태였다.

그걸 보고 다행이라 생각하고, 문짝에 부딪친 옆구리를 살펴볼 여유 같은 건 없었다. 날아간 문의 안쪽에서부터 내 심장을 두근거리게 만들었던 예의 그 마기가 퍼져 나왔으니까.

그 마기를 직접 접하고 보니 심장의 두근거림이 잔잔해진다. 그렇다고 환희를 잃어버린 건 아니고, 마치 뭐랄까… 절실한 크리스찬이 예수님이 입으셨던 옷을 보게 되는 기분이랄까? 지금 당장에라도 무릎을 꿇고 머리를 조아려야 할 것만 같았다.

아니, 나는 정말 그랬을지도 몰랐다. 안쪽에서 기분 나쁜 웃음소리가 들리지 않았다면 말이다.

“우후후후~ 어서들 오게나.”

‘도망가는 중에 서라는 말을 들으면 당연히 안 듣겠지만, 적진에 쳐들어갔을 때 들어오란 소리를 들으면 어떻게 해야 하는 거야?’

당황한 내가 그런 고민을 하고 있는데 블랜차드 후작과 실피드는 아무 거리낌 없이 척척 들어가는 거였다.

“어어? 그렇게 막 들어가도 돼요?”

난 그렇게 물어놓고 아차, 싶었다가 후작의 한심하다는 눈빛에 혀까지 깨물고 싶어졌다.

아니, 그래도 후작도 너무하다. 사람이 살다가 실수할 수도 있지, 그렇다고 노골적으로 한심하다는 눈빛을 보낼 건 또 뭔가 말이다.

“그럼, 계속 거기 서 있을래?”

물론 나도 계속 서 있을 수는 없다는 건 아는데, 싸우러 온 주제에 적이 들어오라고 했다고 냉큼 들어가는 것도 웃기는 거 아닌가?

‘아니, 대단한 건가?’

어차피 싸우러 왔으니—정확히는 훼방 놓으려고 온 거지만⋯—언젠가는 적과 마주쳐야 하는 법이었다. 한데 계획보다 일찍, 그것도 본의 아니게 적에게 들켰다고 해서 겁을 먹고 주춤거리는 게 바보겠지.

‘쳇⋯ 가끔은 대단한 존재들 옆에 있는 게 안 좋을 때도 있군.’

속으로 혀를 차며 잽싸게 발걸음을 놀리니 앞서 들어간 후 작과 실피드의 속닥거리는 소리가 들려왔다.

"이프리트와 노아스는 여전히?"

"그래. 둘 다 빠져나오기 힘든가 보다."

이프리트야 에티엔에게 붙잡혀 있으니까 그런가 보다 하겠지만, 노아스 쪽은 설마 아직도 처리 못했나 싶다.

"노아스는 아직도 그놈 잡고 고전분투하고 있대요?"

슬며시 둘 사이에 끼어들며 묻자 실피드가 한숨을 내쉰다.

"어쩔 수 없대. 열받아서 몸을 16동강 내고 바닥에 파묻었는데 그래도 살아난다고 하더라."

"불사의 주술은 그래서 무서운 거야. 조금만 더 해보라고 그래. 생명력이 떨어지면 그때 완전히 죽을 거니까."

후작의 설명에 실피드가 고개를 끄덕이는 거 보니 그 말을 노아스에게 전달하는 모양이다.

목을 베도 살아난다고 해서 대단한 주술이라고 여겼건만, 대단한 게 아니라 끔찍한 것 같다. 보는 이도 그렇지만 그걸 당한 이도 말이다.

'그놈… 대장에게 정말 잘못 보이긴 잘못 보인 모양이네. 전에 스포티스우드 성에서 전투했을 때 뭔가 약점을 잡혔다 생각했는데 불사의 주술까지 새겼다니…….'

왠지 머리 둘 달린 도마뱀에게 슬며시 동정심이 치솟아올랐지만, 지금 내가 그놈을 동정하고 있을 정도로 한가한 상황이 아니었기에 얼른 머리를 흔들어 생각을 털고 정신을 차렸다.

우리가 들어간 곳은 파티장으로 사용되는 듯한 거대한 홀이었다. 높이는 대략 5, 6m 정도로 높고 넓이도 넓어서 거대한 괴물 녀석들이 서 있기에 충분했다.

그래서 그런지 홀 가운데 서 있는 놈들이 다들 괴물들인 거다.

'헥? 아니, 왜 다들 본래의 모습으로 돌아가 있는 거야?

거대한 괴물 네 녀석이 홀 가운데 모여 있었는데, 한 녀석이 가운데, 그리고 나머지 세 녀석이 가운데 녀석과 일정한 간격을 둔 상태로 삼각형을 이루고 서 있었다. 놈들은 무슨 의식이라도 치르고 있었는지 네 녀석이 서 있는 홀 바닥에는 강렬한 붉은 빛을 찬란하게 발하고 있는 거대한 마법진이 그려져 있었는데, 삼각형을 이루고 서 있는 세 녀석에게서는 예의 그 강렬한 마기가 느껴졌다.

한데, 가만 살펴보니 세 녀석에게서 느껴지는 마기가 중앙에 서 있는 놈에게로 집중되고 있는 것이다.

'허…….'

의아한 것은 삼각형 모양으로 서서 마기를 집중해 주고 있는 세 놈은 무척 괴로운 신음을 흘리며 간신히 버티고 있는 기색이 역력한데, 가운데 서 있는 놈은 세 존재가 보내주는 마기를 다 받으면서 전~혀 아무렇지도 않은 기색으로, 아니, 오히려 웃으면서 우리에게 태연하게 말까지 하는 거다.

괴물 모습으로 웃어봤자 못 볼 꼴이었지만 말이다.

삼각형의 형태로 서 있는 세 녀석은 3m 정도 되는 키에 각각 한 쌍의 피막 날개만 가지고 있었는데, 가운데 녀석은 4m 정도의 키에 두 쌍의 피막 날개를 가지고 있는 거 보니 그놈이 대장 맞는 것 같다.

"저놈 맞지?"

"맞는 것 같은데?"

실피드와 후작의 뒤를 이어 나도 한마디 하려고 했건만, 내가 뭐라 하기도 전에 후작이 내 어깨를 타악~! 쳤다.

"가라!!"

'이 무슨……?

난데없는 지시에 어이가 없었는데, 더 어이가 없는 건 그 지시에 두말 않고 반사적으로 천신기를 꺼내 든 채 악당 보스에게 달려가는 나였다.

'뭐, 뭐야? 내가 왜?

내가 언제부터 후작의 말을 이리 잘 들었다고 단숨에 달려가는지 황당했지만, 곧 그의 지시를 받아서라기보다 원래 달려들 생각이라 그런 거라고 생각해 버렸다. 안 그럼 내가 완전 바보가 되는 꼴이니까.

하여간 내가 천신기를 들고 땅을 박차자 옆에서 후작도 자신의 검에 잔뜩 기를 주입한 채로 같이 달렸고, 그런 우리의 양옆을 실피드가 보낸 새하얀 빛의 창들이 쌩~ 하니 스쳐 지나가 한발 앞서 악당 보스를 노렸다.

하지만 영화든 소설에서든 악당 보스가 어디 그리 쉽게 당하던가?

악당 보스 녀석이 팔을 들어 손바닥을 우리를 향하게 펴 보이자 그들 주변에 흐르던 강한 마기가 순식간에 그의 앞으로 모이고 뭉쳐 강력한 방어막을 형성, 실피드가 보냈던 바람의 창은 물론이거니와 그 뒤를 이은 나의 천신기 공격과 후작의 검기 공격도 거뜬히 막아내는 것이었다.

있는 힘껏 내려친 공격이었기에 반탄력 또한 엄청나게 강해 난 손부터 어깨까지 저릿저릿할 정도였는데, 이렇게 강한 공격을 연속 3타나 받았던 마기의 방어벽은 흠 하나 없이 멀쩡했다.

"역시 강력하군."

"아무래도 적당히 가지고는 안 되겠지? 비스닉, 너도 본래대로 돌아가라."

실피드의 말에 나는 주저 않고 고개를 끄덕였다.

후작과 실피드의 말이 아니라도 나 또한 놈이 지금까지 만났던 그 어느 적과도 비교가 안 될 정도로 강력하다는 걸 느끼고 있었던 것이다.

악당 보스가 달리 악당 보스이겠는가?

곧바로 윗옷을 벗고 등 뒤의 날개를 뻗으며 몸을 본래대로 되돌리자 마치 둑이 무너져 갇혀 있던 물이 쏟아져 나오기라도 하듯, 그동안 몸속에 조용히 잠자고 있던 힘들이 한꺼번에 들고일어나 온몸을 돌아다니기 시작했다.

한데, 전보다 힘이 넘치게 되었으면 이제 한번 해볼 만하다는 자신감이 생겨야 할 텐데, 어째 적의 보스가 더더욱 거대해

보이는 것이 내가 이대로 돌격하는 건 바위 위에 계란이 맨 몸
을 던지는 거라는 느낌이 팍팍 든다.

덕분에 쬐까 움츠러들어 버렸는데, 이런 날 눈치챘는지 후
작이 픽~! 웃으며 말을 건넸다.

"쫄았냐?"

"누, 누가요?"

나도 참 바보지. 언제 내가 자존심을 챙겼다고 이 위험한 상
황에 자존심을 내세운단 말인가?

반사적으로 말을 해놓고서 속으로 '아이고 바보, 아이고 바
보~!!' 하면서 자책하기 시작하는데, 후작이 강한 어조로 또
다시 지시를 내리는 거다.

"그럼 다시 가라! 온 힘을 다해서!!"

'젠장, 젠장, 젠자아앙~!!'

스스로도 불가능할 거라는 걸 알고 있는데도 후작의 지시에
천기와 마기를 몽땅 끌어올려 길게 뺀 손톱에다 주입하고 온
몸을 던지는 난 뭔지 모르겠다.

나중에 알고 보니 이건 후작의 암계였다. 날 당황시켜 정신
을 흐트러뜨리게 만들고 그 틈새로 가벼운 암시를 걸어 자기
마음대로 날 움직였던 것이다.

원래 이건 고위족뿐만이 아니라 중급만 되어도 걸리지 않는
수준 낮은 정신 계열 마법인데, 후작의 능력이 뛰어난데다 내
가 이런 쪽으로는 전혀 경험이 없었던 터라 맹하게 그대로 걸
려 버렸던 것이다.

스스로 의아해하면서도 그가 시키는 대로 열심히 뛰어다녔으니, 후작이 뒤에서 얼마나 웃었겠는가?

정말… 난 엄청난 바보였다.

실피드가 아까보다 더 강력한 바람의 창을 첫 타로 날리고, 후작이 이번에는 검기가 아닌 검강으로 둘러싸인 검을 던지고—그게 바로 무협지에서 말하는 이기어검이라는 걸 거다—마지막으로 내가 온몸을 던졌지만, 악당 보스는 꿈쩍도 하지 않았다.

난 손톱과 팔뚝, 어깨가 산산이 부서지며 튕겨 나왔는데도 말이다.

'저, 저, 저 소 대가리가~!(악당 보스의 머리는 안면이 쑤욱 튀어나온 데다 머리에 뿔까지 있어 황소의 머리와 비스름했던 것이다)'

내가 온몸을 던져 달려들어 중상까지 입었는데도 놈의 털끝 하나 건드리지 못하자 은근히 자존심이 상하면서 오기가 발동하기 시작했다. 이것도 후작의 암시였는지 모르겠지만, 하여간 그 오기 덕분에 난 손톱, 팔뚝, 어깨 골절을 입었음에도 불구하고 그 즉시 튕기듯 자리에서 일어나 다시 달려들려고 했다.

그런데 이런 날 막은 건 실피드였다.

"그만해."

"하지만, 실피드."

"안 되는 걸 뻔히 알면서 오기로 덤벼드는 것만큼 바보 같은

짓도 없다.”

“그럼 어쩝니까?”

“안 되면 다른 방법을 써야지.”

그리 말하며 실피드가 턱으로 후작을 가리키기에 돌아보니 후작이 오만가지 인상을 쓰면서 실피드를 노려보고 있는 것이다.

하지만 실피드는 눈 하나 깜짝하기는커녕 오히려 후작에게 타박까지 놓는 거다.

“안 할 거면 이대로 돌아가던가.”

“헉, 실피드… 후작님을 돌아가라고 하면 어째요?”

덕분에 나만 가슴이 덜컹거렸다.

이러니저러니 해도 실피드 못지않은 든든한 아군이었는데 돌아가라고 하다니, 순간 실피드가 제정신인가 하는 생각까지 드는 것이었다.

후작이 성격 좋은 사람이 아닌데다, 여기에 온 것도 자기가 좋아서 온 게 아니었으니—아직 후작이 오게 된 연유를 몰랐던 터라—난 후작이 깔끔하게 돌아가 버릴까 봐 엄청 조마조마했다.

그래서 해인이를 들먹여야 하나 말아야 하나 고민하는데, 의외로 후작은 내가 고민을 끝내기도 전에 자신의 긴 머리를 쓸어 넘기며 길게 한숨을 내쉬는 것이었다.

“젠장. 알았다, 알았어. 하면 될 거 아니냐? 폴리모프!!”

그 말이 끝나자마자 후작의 몸은 강렬한 빛을 동반한 마나에 휩싸이기 시작했고, 실피드는 그에 맞춰 영문을 몰라 어리 둥절해하는 날 잡고 다짜고짜 몸을 날렸다. 그것도 단순히 일정한 거리를 유지한 게 아니라 홀의 거대한 유리창을 깨고 밖으로 나와 허공으로 높이 솟아오르기까지 했다.

"시, 실피드? 아니, 왜 여기로……."

당혹감과 의아함에 질문을 던지려 했지만, 내가 채 질문을 끝맺기도 전이었다.

와르르르~

절벽 위에서 돌덩어리들이 굴러 떨어지는 듯한 소리에 아래를 내려다보니 제법 컸던 성의 윗부분이 무너져 내리고 있었다. 그리고 그 사이로 빛에 휩싸인 거대한 물체가 허공으로 둥둥 떠오르고 있는 거였다.

"저것 때문이지. 퍼렁 도마뱀."

내가 뭘 궁금해하는지 안다는 듯 실피드가 말해줬다.

'퍼, 퍼렁 도마뱀…….'

지금까지는 단순히 그게 후작의 별명인 줄 알았는데, 그게 아니었다. 후작은 진짜, 정말로 파란 도마뱀이었던 것이다. 물론 일반 도마뱀이 아니라 아주아주 거대하고 강하고 아름다운,

"드래곤……."

한 번도 본 적은 없었지만 한눈에 보자마자 알 수 있었다.

성의 윗부분을 모조리 박살 낸 채 허공으로 떠오른 거대한 푸른 드래곤은 주변을 감싼 짙은 사기가 놀라 흩어질 정도로

거대한 마나를 끌어올리더니 어느 순간 입을 벌리며 강렬한 빛을 성을 향해 쏘아 보냈다.

[크아아아~!]

아버지의 8클래스 마법도 무시무시하다고 생각했건만, 드래곤이 쏘아내는 빛줄기는 8클래스의 마법 따위와는 비교도 안 되었다. 이런 걸 바로 천외천이라고 하는가 보다. 얼마나 강렬했던지, 마치 핵폭탄이라도 떨어진 것마냥 한줄기의 섬광이 지나가고 폭발이 일고 먼지구름이 솟아올랐다. 드래곤이 마나를 끌어올리자마자 실피드가 날 데리고 하늘 높이 더 솟구쳐 올랐지만, 그곳까지 성에서 일어난 폭발의 여파가 느껴질 정도였다.

이 정도라면 아무리 대단한 악당 보스라 해도 충격을 받을 것 같았다.

하지만 다시금 모습을 드러낸 악당 보스는 그 대단한 공격 속에서도 멀쩡해 보이는 것이었다.

강한 바람이 불어와 짙고 커다란 먼지구름을 순식간에 사방으로 흐트러뜨리자 먼지구름에 가려 보이지 않았던 모습이 드러났다.

아까 드래곤에게 무너져 내렸던 커다란 성은 물론이거니와 그 성을 감싸고 있던 내성 벽, 그 내성 벽 바로 앞에 있던 커다란 광장까지 몽땅 사라져 버리고 그 자리에 마치 운석이라도 떨어진 것 같은 엄청 크고 깊은 구덩이만 남아 있었다.

그리고 그 구덩이 한가운데의 허공에는 커다란 검은 구가 떠 있었는데, 검은 구 안에는 붉은 마법진을 밟고 서 있는 네 괴물이 있었다.

"귀엽다 귀엽다 했더니 아주 귀엽게 노는구나. 응?"

네 괴물 중 가운데 있던 악당 보스가 우리와 눈을 마주치자 히죽 웃으며 입을 연다. 하지만 좋아서 웃는 게 아닌지 말은 그렇게 해도 두 눈에는 살기가 폭사되고 뽀드득뽀드득 이가 갈리고 있었다.

"귀여운 짓을 했으니 기꺼이 귀여워해 주지!"

도대체 뭐가 문제인지 모르겠다. 후작, 아니, 드래곤의 공격이 성공해서 그가 타격을 받은 것도 아니고, 오히려 그 와중에도 마법진은 계속 발동되어 그의 몸에 집중되는 마나의 크기만 훨씬 커진 것 같은데 말이다.

'아니, 의식이 끝나지 않았는데 자꾸 귀찮게 굴어서 짜증이 난 건가?

이유야 어쨌든, 화가 머리끝까지 난 악당 보스가 드디어 공격 태세에 들어갔다. 악당 보스와 그의 세 쫄따구를 둘러싸고 있는 구에서 마기가 폭발적으로 뻗어 나와 우리를 향해 날아오기 시작했던 것이다.

"위험!!"

실피드가 한 소리 외치며 강렬한 폭풍을 만들어내 마기와 충돌시켰지만, 마기는 약간 주춤거렸을 뿐 그대로 다시 뻗어오는 것이었다.

[크아아아~]

그러자 뒷타로 다시 한 번 드래곤의 빛이 작렬했다.

이번에는 효과가 있었다. 우리를 향해 뭉클거리며 뻗어오던 마기가 단번에 모세가 홍해 가르듯 악당 보스가 있는 곳까지 쫘악~! 갈라지며 사방으로 흩어졌으니까.

하지만 기껏 마기를 흐트러뜨린 게 소용없게시리, 뒤에서 지켜보고 있던 악당 보스가 손을 들자 사방으로 흩어졌던 마기가 뭉클거리며 모여들어 우리를 향해 다시 달려드는 것이었다.

그 모습에 나도 가만히 있을 수가 없어 천신기를 뽑아 들고 우리를 향해 달려드는 마기를 향해 검기를 날리려고 했다. 드래곤이나 실피드의 공격도 별 효과가 없지만, 그렇다고 두 손 놓고 있을 수는 없었으니까.

하지만 내가 미처 검기를 날리기 전에 먼저 나선 이가 있었다.

"룬 배니쉬!!"

사방이 마기와 사기로 인하여 어두침침한 가운데 새하얀 빛의 기가 퍼져 나가 마기와 부딪치자 마치 연필 낙서 위에 지우개가 스쳐 지나가듯 마기들이 싸악 사라졌다. 그러니까 단순히 마기를 흐트러뜨리는 게 아니라 아예 없애 버렸던 것이다.

"크로비스."

역시 고위 천족이라는 이름이 무색치 않게끔 드래곤의 공격으로 초토화된 성 속에서 무사히 몸을 피한 모양이다.

하지만 크로비스는 반가워하는 나와는 달리 무지 심각한 얼굴로 우리를 보자마자 빠르게 입을 열었다.

"큰일입니다. 사기가 퍼지기 시작했어요."

'아……'

하긴, 아까 드래곤의 공격으로 성 앞 광장의 마법진까지 날아가 버렸으니, 사기를 막아두고 있던 덮개가 없어진 셈이다.

"시간이 없어요. 더 퍼지기 전에 빨리 저놈들을 막아내고 마신의 조각을 회수해야 합니다. 이대로라면 사기뿐만이 아니라 저기서 흘러나오는 마기까지 같이 퍼질 겁니다."

"과연 저게 마신의 조각이었군."

크로비스의 말에 악당 보스 쪽을 바라보던 실퍼드가 고개를 끄덕인다.

"저도 처음 보는 겁니다만, 저리 강렬한 마기라면 그것밖에 없겠지요. 마신을 부활시키려는 줄로만 알았지, 마신의 조각을 흡수하려는 미친 짓을 할 줄은 몰랐어요."

[지금 그렇게 한가하게 저놈에 대해 토로할 때가 아닌 것 같은데?]

"나도 동감!"

드래곤의 핀잔에 어느새 나타난 노아스가 동의한다.

"하지만 어떻게 하죠? 아까 후자… 아니, 드래고……."

드래곤의 공격이라고 말하려고 했는데, 후작이라는 걸 뻔히 아니 그냥 드래곤이라고 할 수도 없고, 그렇다고 후작님이라고 할 수도 없어 어버버거리자 다행히도 드래곤이 순순히 가르쳐 줬다.

[후작은 인간 모습일 때고, 지금은 세르반느라고 불러라. 아, 그런데… 내가 인간일 때 세르반느라고 하면 가만 안 둔다.]

"네, 네. 어쨌든, 세르반느님의 공격도 안 먹히는데 어떻게 한단 말입니까?"

그 와중에도 악당 보스가 보내는 마기는 착실하게(?) 우리를 향해 날아오고 있었기에 실피드가 강력한 바람을, 크로비스가 신성 마법을 한 번씩 더 날린 상태였다.

"우선 사기가 더 이상 퍼지지 않게 막아야 합니다."

크로비스의 말에 나는 좀 당혹스러웠다. 사기도 사기지만, 지금 우선순위는 저 악당 보스가 아닌가 말이다.

나뿐만이 아니라 다른 존재들도 크로비스가 제정신인가 하는 시선으로 돌아보자 크로비스가 재빨리 부연 설명을 덧붙였다.

"아무리 온전하지 못해도 저건 마신의 일부분, 창조물 주제에 창조신의 일부를 몸에 흡수하는 일이 성공할 리 없습니다. 그러니 우리가 걱정해야 할 건 저놈이 실패한 후에 폭주할 마기를 제어하는 일입니다. 저놈이 실패하기 전에 우리가 저놈을 제압하고 마신의 조각을 회수하는 게 제일 좋습니다만……"

말끝을 흐리는 걸 보니 크로비스도 현재 우리의 힘 가지고는 저 악당 보스를 제압하는 게 불가능하다는 걸 잘 아는 모양이다.

"그럼, 저놈이 폭주할 때까지 저놈의 공격을 잘 버티고 있으면 된다는 거야?"

"지금은 그게 최선이라 생각합니다. 가능하면 놈을 자극시켜 폭주의 시간을 앞당기면 더 좋구요."

노아스의 말에 크로비스가 고개를 끄덕였다.

[뭐, 마족에 대한 건 천족이 제일 잘 알 테니…….]

세르반느가 크로비스의 말에 찬성하자 두 정령왕도 고개를 끄덕였다.

"하긴, 다른 방법도 없겠다."

"빨리 저놈이 실패했으면 좋겠군."

"그럼 노아스님은 외성 밖으로 나가셔서 사기가 퍼지지 않도록 막아주십시오. 괜찮으시다면 엘라임님께도 도움을 청했으면 합니다만……."

크로비스는 감히 자신이 지시를 내리는 것이 송구한지 무지 조심스러운 시선으로 바라보았지만, 노아스는 흔쾌히 고개를 끄덕였다.

"좋아. 엘라임에게 도움을 청하는 것도 걱정 마. 해인이에게 이른다고 하면 만사형통이야."

노아스가 든든하게 대답하고 사라지는 사이 세르반느가 다시 한 번 마법을 날려 마기를 흐트러뜨렸다.

"에에… 그럼 우리는 계속 이 상태로 있으면 된다는 겁니까?"

내 말에 크로비스가 결연한 표정으로 대답했다.

"공격 시도도 포함해서 말이지."

　성공 확률이 극히 낮다는 걸 뻔히 알면서도 달려들 생각을 하다니, 기사단장이라 하더니만 임전무퇴 정신으로 단단히 무장하고 있는 것 같다.

　하지만 그놈의 공격을 시도해 보기도 전에 또다시 강렬한 마기가 우리를 향해 날아왔기에 일행은 분분히 그 자리를 피해야 했다.

　제일 먼저 우리를 향해 날아오는 마기를 알아챈 건 실피드였다.

　"위험!!"

　실피드의 외침에 나는 반사적으로 악당 보스 쪽을 바라봤는데—마기가 계속 그쪽에서 날아왔으니까—실피드가 형성한 강력한 바람은 우리의 정면 쪽이 아니라 아래쪽을 향해 날아가는 것이었다.

　황급히 아래로 시선을 돌리니 어느새 우리 아래쪽에 마기가 진득하니 깔려 있었다. 주변에 짙은 사기가 흐르는데다 앞에 너무나 강대한 마기가 버티고 있고, 우리 앞으로 공격용 마기(?)가 계속해서 날아오고 있었기에 은밀하게 사기와 섞여 우리 아래쪽에 조용히 깔리고 있던 마기는 미처 눈치채지 못했던 것이다.

　그나마 기운에 가장 예리한 감각을 가진 정령왕 실피드라서 늦지 않게 알아차릴 수 있었지만, 그렇다 해도 이미 넓게 퍼져 있는 마기의 공격 범위에서 벗어나는 건 힘든 일이었다.

　"룬 배니쉬!"

　크로비스가 다시 한 번 신성 마법을 발현했지만, 워낙 광범

위하게 깔려 있는 마기라 효과가 크지 못했다. 많은 양의 마기가 사라지긴 했지만 두텁고 넓게 깔린 마기의 윗부분만 살짝 제거한 형식이 되어버려 마기는 전과 달리 약간 주춤한 기색을 보인 뒤 다시 더욱더 강렬한 기운을 풍기며 우리를 향해 달려들었다.

[프리즈매틱 스피어!]

그에 세르반느가 마법 시동어를 외치자 강렬한 빛의 구가 일행의 주변에 둘러쳐지며 마기로부터 일행을 보호했다.

하지만 아무도 그에 대해 고마워하질 않았다. 마기로부터 일단 몸을 보호하기는 했지만 방어막 주변이 마기로 감싸져버렸기 때문이다. 뭐, 세르반느가 빛의 구를 불러내지 않았다 해도 마기로부터 완벽히 피하기는 어려웠을 테지만 말이다.

마기가 세르반느가 만들어낸 빛의 구를 완전히 감싸자 서서히 죄어들어 오기 시작했고, 잠시 후에는 방어막에서 뿌드득 뿌드득 소리가 들려왔다.

"진즉에 신성 마법을 더 배워둘걸 그랬어요."

크로비스가 신성 마법을 몇 번이나 펼치는 동안 아무것도 안 하고 실피드의 곁에 얌전히 있기만 한 스스로가 꽤나 한심해 푸념조로 말했다. 크로비스를 돕고 싶어도 아는 신성 마법이라고는 치유와 회복 주문뿐이었으니 어쩔 수가 없었다 해도 말이다.

"그나저나 이제 어쩔 거냐? 방어막도 한계인 듯한데?"

실피드가 주변을 둘러보며 던진 질문에 크로비스가 날 돌아보더니 이를 악물었다.

"방어벽이 무너짐과 동시에 제가 한 번 더 신성 마법을 펼치겠습니다. 이번에는 더욱더 강력한 마법을 펼칠 테니 조금은 시간을 벌 수 있을 겁니다. 그때 다시 한 번 세르반느가 방어벽을 펼치면……."

"계속 그러자고? 얘가 그때까지 버티겠냐?"

실피드가 날 가리키며 묻자 크로비스가 난처한 눈빛으로 되물었다.

"지금 상황에서는 어쩔 수 없지 않겠습니까? 그러면서 최대한 이동하면 마기 안에서 벗어날 수 있을지도……."

[별로 좋은 생각은 아닌 것 같군.]

나도 마기의 영향력 안에서 벗어날 수 있을 것 같지 않다. 아마 지금도 마기는 더욱더 범위를 넓히고 있을 테니까.

"더 좋은 의견이 있으면 기꺼이 듣겠습니다만?"

하지만 크로비스의 쌀쌀한 말에 아무도 입을 열지 못했다.

하기야 마족 전문가라 할 수 있는 크로비스도 뾰족한 수가 없는데 이들이라고 별수있겠는가.

그런데 세르반느와 실피드를 힐끔거리던 나는 실피드가 뭔가 다른 계획을 생각하고 있음을 알아챘다. 내가 실피드의 표정을 보고 딱 알아챈 건 아니고, 실피드와 눈이 마주치자 실피드가 씨익 웃으며 윙크를 보내왔던 것이다.

떡대아저씨한테 윙크를 받으니 느낌이 별로였지만, 난 웃어줄 수밖에 없었다. 속으로 투덜대면서 말이다.

'쩝, 정령왕들은 외모를 마음대로 바꿀 수 있다던데, 나중에 실피드에게 조용히 건의를 해볼까? 이왕이면 내 눈요기도 하면 좋잖아?'

그사이, 세르반느와 크로비스는 타이밍을 재고 있었다. 계획이 좋고 나쁘고를 떠나서 세르반느가 친 빛의 방어막이 마기의 압력을 견디지 못하고 드디어 쩍쩍 갈라지기 시작했던 터라 머뭇거리고 있을 시간이 없었던 것이다.

[한계다.]

"준비하겠습니다. 셋을 세주십시오."

그리 대답한 크로비스는 곧 나를 돌아봤다.

"조심해. 강력한 신성 마법을 쓸 거기 때문에 지금까지와는 비교할 수 없는 많은 천기가 빠져나갈 거다."

크로비스의 말에 나는 고개를 끄덕이고 만약을 대비하여 실피드에게 몸을 전적으로 의지했다.

[하나, 둘, 셋!]

챙강~!!

세르반느가 셋을 셈과 동시에 빛의 구가 산산조각 나버렸고, 그때를 맞춰 크로비스가 시동어를 외쳤다.

"카오틱 디스팅레이트!!"

청백색의 강력한 섬광이 땅에서부터 하늘로 솟아올랐다.

주변을 감싼 마기의 범위가 너무 넓어 주변 마기를 공략하는 대신 원인을 직접 노렸는지 악당 보스의 발밑에서 솟아올랐기 때문에 악당 보스를 감싸고 있던 검은 구가 섬광에 뒤덮여 보이지 않았고, 빛의 기둥 주위로 마기가 요동치며 흩어졌다.

하지만 그 멋진 광경을 난 제대로 감상할 수 없었다.

크로비스가 미리 주의를 줬긴 하지만, 생각보다 엄청 많은 양의 천기가 한꺼번에 빠져나가 머리가 띵~! 하고 온몸이 흐느적거려 앞을 볼 여력 같은 건 없었기 때문이다. 날개를 펄럭거릴 힘도 없어 실피드가 잡아주지 않았다면 곧바로 땅으로 추락했을 거다.

"헉, 헉, 헉……."

한계치를 넘은 천기를 한꺼번에 잃은 후유증은 상당히 안 좋았다. 육체가 견디기 힘들다고 아우성을 쳐대는데다 온몸에 식은땀이 흘렀고, 마치 마라톤 완주라도 한 것처럼 호흡이 가빠오기 시작했다.

"괜찮냐?"

"헉, 헉… 안, 헉… 괜찮… 아요… 헉……."

그만큼 지금 크로비스가 사용한 마법이 강력한 거라는 소리일 테지.

덕분에 이번 건 확실히 악당 보스에게 먹혀 들어갔다. 아까 성을 완전히 부숴 버린 세르반느의 공격에 화를 내도 이성은 유지했던 악당 보스를 아예 이성을 잃고 분노로 날뛰게 만들었으니 말이다.

"이, 이… 버러지 같은 천족 녀석이 감히~!!"

덕분에 상황이 전보다 더욱 급박하게 변했다. 녀석이 온 힘을 발휘하기로 했는지 섬광이 사라지고 나자 검은 구를 중심

으로 이전과는 비교도 안 될 정도로 거대한 양의 마기가 폭발
적으로 뻗어 나오더니 마치 해일처럼 우리를 향해 몰아쳐 왔
던 것이다.

[방어!!]

얼마나 다급했던지 세르반느가 용언으로—이건 실피드가 나
중에 가르쳐 준 것—방어막을 쳤고, 그건 늦지 않게 마기를 막
아냈지만 커다란 타격까지는 어찌할 수 없었는지 세르반느가
그 거대한 몸을 휘청거리며 신음을 흘렸다.

[크윽…….]

"야, 괜찮냐?"

실피드가 걱정을 담아 묻자 세르반느가 힘없이 대답했다.

[안 괜찮다. 견디기 힘들어. 이게 바로 마신의 힘이란 말인가?]

"조금만 더 버텨봐."

[얼마나?]

"가능한 오래 버텨주면 좋지."

세르반느와 실피드의 대화에 슬며시 끼어든 목소리에 나는
환하게 웃었다.

"이프리트!"

기운이 없어 다 죽어가는 목소리가 나왔지만, 이프리트에게
는 들렸는지 그가 날 바라보며 부드럽게 웃어 보였다.

"많이 힘들어 보이는구나. 조금만 더 참아라."

'엥?'

위로하는 그의 어조에 나는 어리둥절해졌다.

물론 그가 위대한 존재이긴 하지만, 여기서 힘을 발휘하려면 내 기운을 끌어다 써야 했다. 한데 지금 내 상태로는 기운을 충분히 공급해 주지 못하고, 이프리트도 그걸 모르는 게 아닐 텐데 뭘 믿고 저리 자신만만한가 싶었던 것이다.

그러나 내가 의문을 표하기도 전에 날 안고 있던 실피드가 불쑥 물었다.

"비스닉, 날 믿지?"

"예? 뭘 새삼스레 물으십니까? 당연히 믿죠."

남은 지금 기운이 하나도 없어서 힘들구만, 이럴 때 뜬금없이 뭔 소린가 싶었다.

하지만 어른이 물어보시는데 대답을 아니 할 수 없어 힘겹게 했더니, 실피드가 또 엉뚱한 소리를 한다.

"그래? 그럼 아파도 날 믿고 좀 참아라."

"예?"

이건 또 뭔 소린가 싶어서 되물었지만, 실피드는 대답하는 대신 내 어깨에 손을 올리더니 자신의 기운을 주입하는 것이었다.

'이건 또 무슨?'

오늘따라 자꾸 영문 모를 일들만 하는 실피드의 태도에 어리둥절해졌지만, 물어봐도 대답 안 해줄 것 같아 그냥 지켜보기로 했다. 뭐, 실피드가 나에게 해가 되는 일은 안 할 테니 말이다.

한데, 잠시 후에는 다른 쪽 어깨로부터도 따뜻한 기운이 몰려 들어오는 거다.

이프리트였다.

두 기운은 서로 어울려 잠시 내 상체 부위를 맴돌다가 심장
쪽으로 흘러가 심장을 감싼다 싶은 순간,

"으아아아악~!!"

생으로 갈비뼈가 벌려지고 심장이 쪼개지는 느낌이 이럴까?

너무나 강렬한 통증에 나는 나도 모르게 비명을 질러대고
있었다.

전에 아버지가 내 등에 꽂힌 천신기를 뽑았을 때보다 더더
욱 고통스러운 것 같다.

하지만 내가 아무리 비명을 질러대도 실피드와 이프리트는
기운을 멈추지 않았다.

"안 돼!! 뭐 하시는 겁니까?"

오히려 크로비스가 날 위해 고함을 질러주는 소리가 들렸다.

그래도 두 기운은 멈추지 않고 끝끝내 내 갈비뼈를 가르고
심장을 쪼갠다 싶은 순간,

파아아악~!!

극렬한 고통을 뒤덮고 심장 속에서부터 엄청난 기운이 터져
나오기 시작했다. 그 자그마한 곳에 어떻게 그런 기운이 뭉쳐
지고 구겨져 있었는지 놀라울 정도로 엄청나게 거대한 그 기
운은 마치 토네이도처럼 내 몸 구석구석을 쓸어가기 시작했
고, 그와 함께 온몸에서 뿌드득~ 뿌드득~ 거리는 소리가 들
려왔다. 가뭄으로 마른땅 위에 오랜만에 단비가 쏟아져 내려
땅이 기뻐하듯, 내 몸 구석구석이 강대한 기운을 기뻐하며 받
아들이고 있는 것이었다.

폭풍 같은 기운이 몸을 한바탕 휩쓸고 난 뒤 제자리를 찾듯 육체 구석구석으로 퍼지고 나서야 나는 정신을 차리고 눈을 뜰 수 있었다.

그리고 보이는 건 절망 어린 표정의 크로비스와 의기양양한 실피드, 잘됐다는 듯 고개를 주억거리고 있는 이프리트와 힘든 표정 속에서도 신기하다는 듯 날 보고 있는 세르반느였다.

"기분이 어떠냐?"

히죽 웃으며 물어보는 실피드가 무지 얄미웠지만, 난 픽! 웃을 수밖에 없었다.

"꼭 그렇게 하셔야 했습니까? 미리 말해줬으면 좋았잖아요."

"말했으면 저놈이 막았겠지."

실피드가 그리 말하며 가리키는 건 크로비스였다.

크로비스는 절망 어린 표정으로 나와 실피드와 이프리트를 번갈아 바라보더니 부들부들 떨며 외쳤다.

"어떻게, 어떻게 감히~!! 감히 천왕님의 결계를 당신들이~!!"

아무래도 아까 크로비스가 고함을 질렀던 건 나를 위한 게 아니라 천왕의 결계가 함부로 손상되는 걸 막기 위해 그랬던 모양이다.

크로비스도 결국 천족이었으니.

"시끄러. 지금 다 죽게 생겼는데 그게 문제야?"

귀를 휘휘 파며 얄밉게 대꾸하는 실피드.

[그래, 다 죽게 생겼는데 보고만 있을 생각? 나 지금 한계거든?]

세르반느의 말에 실피드가 씨익 웃었다.

"걱정 마, 걱정 마. 내 계약자가 고위족이야. 어이, 골 때리는 천족. 내 계약자가 고위족이 된 기념으로 아까 그 신성 마법이나 한 방 때리지?"

"닥치시오!! 아무리 당신이 정령왕이라 해도 이런 법은 없소! 어찌 감히 천왕님의 결계에 손을 댄단 말이오!! 이건 절대 묵과할 수 없소!!"

"너 이 상황에 참 여유롭구나? 묵과할 수 없음 말아라. 누가 뭐라니? 네놈이 안 나선다면 내가 나서지 뭐."

실피드가 어깨를 풀고 목을 좌우로 꺾으며 앞으로 나서려 하자 나는 실피드를 불렀다.

"실피드, 잠시만요."

"응? 왜?"

"왠지… 제가 해볼 수 있을 것 같거든요?"

아까 크로비스가 했던 마법… 딱 한 번 본 게 전부이지만 왠지 할 수 있을 것 같다. 온몸에 넘쳐흐르는 힘이 가능하다고 외치고 있었으니까.

'이게 바로 고위족의 힘?'

중급의 힘과는 정말 비교도 안 된다. 그래도 비교하자면, 달과 태양계 정도의 차이? 아니, 태양계와 은하계의 차이? 은연중에 두려워했던 세르반느도 지금은 만만하게 보일 정도였다.

나는 그 힘을 잠시 음미하고 있다가 천기만 불러내어 주변을 감싼 후 조용히 입을 열었다.

"카오틱 디스팅레이트!"

쿠과과광~!!

혹시나 몰라 천기를 잔뜩 집어넣었더니 아까보다 훨씬 강력한 섬광이 마기의 한가운데를 강타했다.

"오오~ 좋은데?"

"하지만 큰 효과는 없군."

실피드가 신성 마법의 강력함이 마음에 든다는 듯 탄성을 터뜨렸지만, 그 뒤에 이프리트가 아쉽다는 어조로 말을 내뱉었다.

뭐, 워낙에 주변에 깔린 마기가 강하고 많아서 한꺼번에 싹 소멸할 거라고는 생각지 않았지만, 일행의 주변에서 잠시 사라졌다가 다시 슬금슬금 모여드는 마기를 보자니 한 번 본 신성 마법을 성공시켰다는 기쁨은커녕 한숨만 나온다.

세르반느가 잠시 한숨 돌릴 수 있었다는 정도가 소득이라면 소득이랄까?

"네 이놈!!"

크로비스는 뭐가 마음에 안 드는지 아득함에 한숨만 내쉬는 나를 향해 호통을 치며 달려들려고 하다가 실피드에게 막혔다.

"시끄러. 마음에 안 들면 네가 나가서 저놈을 해결해라. 네 놈이 해결 못하니까 우리가 어쩔 수 없이 천왕의 봉인 결계를 파괴한 거 아니야?"

[또 온다!]

실피드의 말에 크로비스가 뭐라 하기도 전에 이번에는 세르반느가 외쳤다.

"제가 나섭니다!"

방어막 치는 거야 이 육체에 안착하기도 전에 많이 해봤던 거라 나는 별 어려움 없이 천기와 마기가 합쳐진 회색 방어막을 일행 주변에 만들어냈다. 세르반느의 덩치가 워낙 커서 방어막도 엄청 커졌지만, 힘이 넘쳐흘러서 그런지 쉽게 샥! 하고 만들어지는 거였다. 뭐, 그다음에 온 충격은 꽤 커서 나도 휘청거리며 인상을 북북 써야 했지만 말이다.

그런 날 부축해 주며 실피드가 한숨을 흘렸다.

"아무래도… 고위족이 되어서도 힘든 것 같군."

"상대는 마신의 조각이잖아. 그래도 가능하겠는데?"

이프리트의 뒷말이 이해가 안 되어 물어볼까 말까 하는데 실피드의 대답이 들려왔다.

"저게 방해만 하지 않으면 말이지, 확 저쪽에다 던져 버릴까?"

실피드의 이번 말은 무서웠던지 붉으락푸르락하던 크로비스가 멈칫거렸다. 그 모습에 이프리트가 훗~ 웃더니 입을 열었다.

"아서라. 저 천족도 비스닉의 기운을 빌어 쓰는 녀석인 것을."

"하긴……."

이프리트의 말에 실피드가 긍정하자 크로비스가 내색은 안 했지만 몸을 바로 하는 폼이 안심한 모양이다.

"그럼 저놈은 일단 여기에 두는 걸로 하고 힘 좀 써볼까나?"

왠지 뭔가 본격적으로 나서려는 것 같은 실피드의 말에 나는 어리둥절해졌다.

"뭐 하시게요?"

"음? 아니, 여기 계속 죽치고 앉아 있을 수도 없으니 뭐라도 해보려고. 이래 봬도 우리가 '왕' 아니냐?"

실피드는 평소처럼 웃어 보였지만 어딘가 분위기가 달랐다.

"저도 갑니다."

그걸 느꼈는지 크로비스도 나섰다.

"괜히 짐만 되지 말고 그냥 여기 있지?"

"무슨 소리를 하시는 겁니까? 원래 이건 제 임무입니다."

"우리를 방해하는 게 임무가 아니고?"

"그건 정령왕께서 천왕의 결계를 함부로 훼손했기 때문이 아닙니까?"

하늘을 우러러 절대 자신이 잘못한 점이 하나 없다는 당당한 크로비스를 향해 실피드가 비웃음을 날리려는 찰나 이프리트가 다급한 표정으로 외쳤다.

"위험!"

하지만 그의 경고에 뭘 어찌해 볼 겨를도 없이 강력한 힘이 방어벽을 강타하는 바람에 난 나도 모르게 비틀거렸고, 그사이 다시금 날아온 이차 충격에는 그만 견디지 못하고 방어벽을 허물어뜨리고 말았다.

"룬 배니쉬!!"

크로비스가 침착하게 신성 마법을 터뜨려 흰 빛의 파동이 주변을 퍼져 나갔지만, 그보다 더 강력한 검은 기의 파동이 몰아쳐와 흰 빛의 파동을 뒤엎고 우리를 향해 쇄도해 들어왔다.

[방… 큭…….]

그에 세르반느가 황급히 나섰지만, 마기가 한발 빨리 닥쳐와 채 형성되지 못한 방어막을 부수고 세르반느의 몸에 직격됐는데, 마기의 힘이 얼마나 강했던지 그 커다란 세르반느가 뒤로 날려갈 정도였다.

한데, 거기서 끝이 아니었다. 세르반느를 직격했던 마기가 순식간에 세르반느를 뒤덮더니만, 그대로 세르반느의 몸을 얽어매어 악당 보스 쪽으로 끌고 가는 것이었다.

"이런!"

그 모습에 크로비스가 즉시 빛의 창을 들고 세르반느에게 날아가 그를 감싸고 있는 마기를 흩어놓으려고 했다.

하지만 또 다른 마기 한줄기가 뒤에서 크로비스를 덮쳐와 꼼짝달싹 못하게 잡히는 바람에 오히려 세르반느와 같이 끌려가는 신세가 되고 말았다.

"헉! 카오틱……."

그 모습에 내가 당장 신성 마법을 사용하려고 했는데, 실피드가 날 막았다.

"기다려. 우리가 나서마."

"그래. 넌 여기서 네 몸이나 보호하고 있어."

거기에 이프리트까지 나서서 날 막으니 나는 주춤할 수밖에 없었다.

"네 스스로를 잘 지키거라. 넌 우리 힘의 근원이니 네가 없으면 우리도 사라질 수밖에 없다는 거 명심하고.”

이프리트의 다정하면서도 엄한 말에 나는 나도 모르게 고개를 끄덕였고, 그 모습에 실피드와 이프리트가 만족스러운 표정으로 사라졌다.

한데 그 둘만 믿고 아무것도 안 한 채 지켜보기만 하고 있었건만, 이 두 정령왕은 크로비스와 세르반느가 악당 보스의 검은 구가 있는 곳까지 끌려갔는데도 어디로 갔는지 나타날 생각을 안 하는 거다. 악당 보스가 꼼짝도 못하고 끌려오는 세르반느와 크로비스를 바라보며 기분 나쁘게 웃는 폼이 당장에라도 뭔 짓을 할 것 같아 마음은 조급한데 정령왕들이 사라지기 전에 하고 간 말 때문에 나는 발만 동동 굴렀다.

다급한 상황이니 두 정령왕의 말을 무시하고 나설 것인가, 그냥 끝까지 정령왕들을 믿고 기다릴 것인가 갈등하는 사이 크로비스와 세르반느는 결국 악당 보스 코앞까지 끌려갔다.

“누구를 먼저 손봐줄까? 아니, 귀찮으니까 그냥 같이 해줘야겠군. 우선은… 그래, 날개부터.”

악당 보스가 두 손을 들어 올리자 세르반느와 크로비스 주위에 각각 두 줄기의 마기가 뻗어 나와 그들의 날개를 움켜쥐는 것이었다.

“헉!!”

그 모습에 나는 갈등이고 믿음이고 나발이고 다 내팽개치고 악당 보스를 향해 신성 마법을 날리려고 했다.

한데, 이런 나보다도 먼저 그에게 달려드는 존재가 있었으니.

바람처럼 날아와 악당 보스를 감싸고 있는 검은 구를 뚫고 들어가는 거 보니 대단한 존재임이 틀림없었다.

그 대단한 실력자는 내친김에 악당 보스에게 달려들어 검을 휘두… 르는 게 아니라 악당 보스의 뒤쪽에 서 있는, 삼각형의 한 꼭지점에 해당하는 괴물 녀석을 향해 달려드는 것이었다. '장수를 잡으려면 말을 쏴라' 라는 병법을 실천할 모양이었다.

하지만 아쉽게도 삼각형의 괴물 녀석들도 나름대로 자신들을 방어하고 있었던지 대단한 실력자의 대검은 괴물 녀석의 몸통에 닿기 직전 투명한 막에 부딪쳐 밝은 불똥과 함께 뒤로 튕겨 나왔다.

'아쉽다.'

대단한 실력자는 자신의 공격이 실패로 돌아가자 얼른 악당 보스의 보호막 바깥으로 몸을 피하려 했건만, 타이밍이 쬐끔 늦어 악당 보스로부터 뻗어 나온 마기의 창에 그대로 복부를 꿰뚫리고 말았다.

복부를 꿰뚫리는 게 상당히 아팠는지 내가 있는 곳에서도 대단한 실력자가 온몸을 퍼덕거리는 게 보였다.

대단한 실력자의 몸에는 두텁고 널따란 짙은 보라빛의 각질이 마치 갑옷의 비늘처럼 촘촘히 박혀 있었는데, 그 단단해 보이는 각질도 악당 보스의 힘 앞에서는 아무런 소용이 없었나 보다.

"크흐흐흐~ 네가 언제쯤에나 본색을 드러낼지 궁금했었지. 그런데 하필이면 지금이라니, 네놈도 상당히 머리가 나쁘구나, 에티엔."

'에티엔, 너였냐?'

이프리트가 내 옆에 나타나기에 에티엔이 뭔가 계획하고 있다는 건 짐작하고 있었다. 헌데, 기껏 기습을 했는데도 악당 보스에게 타격을 주기는커녕 되려 잡혀서 복부가 꿰뚫리는 모습에 나는 입맛을 쩝쩝 다셨다. 에티엔이 날 성 2층에 보낼 때 자신의 정체를 눈치 채인 것 같다고 말은 했지만, 에티엔이 보통이 넘는 녀석이라 조금은 기대하고 있었기에 아쉬움이 더 컸다.

복부를 마기에 꿰뚫렸을 때는 꿈틀거리기라도 했던 에티엔이 잠시 후에는 꼼짝도 못하고 있기에 시력을 높여 살펴보니 그의 뒤쪽에 또 다른 마기의 사슬이 그가 움직이지 못하게 칭칭 감고 있는 거다.

에티엔은 그 상태로 악당 보스의 진짜(?) 코앞까지 끌려갔다.

"크하하하~ 에티엔아, 에티엔아. 네놈이 나에게 와서 무릎을 꿇었을 때부터 난 네놈이 언젠가 이렇게 뒤통수를 칠 거라 예상하고 있었다는 걸 너는 아느냐? 크크크, 네놈이 마왕의 숨겨진 검이라는 걸 난 알고 있었지."

'오오~ 에티엔, 너 007이었구나?'

"네놈을 마왕의 앞에서 갈기갈기 찢어주고 싶긴 하지만, 난 위험 요소는 애초에 없애자는 주의란 말이지."

'야, 나 같으면 그렇게 말하기도 전에 처리하겠다. 넌 역시 전형적인 악당 보스의 틀에서 벗어나지 못하는구나? 그렇게 주절대는 거 보니.'

그러고 보니 내가 즐겨보던 CSI에서 악당은 자신이 한 일을 자랑하고 싶어 입이 근질근질하다고 이야기했더랬다. 영화에서 악당 보스들이 영웅을 막다른 골목에까지 몰아넣은 뒤에 자신이 한 일을 떠벌떠벌 떠들어대는 게 '스토리 설명' & '영웅이 숨 돌릴 틈을 주기 위한 작가의 배려'가 아니라 원래 악당들의 심리가 그런 모양이었다.

'하긴, 악당은 자신이 저지른 일에 대한 결과를 보고 싶어 해서 꼭 범죄 현장으로 돌아온다지? 하지만 그러다가 뒤통수 맞지.'

나의 이런 생각은 틀리지 않았다. 하고 싶은 말을 다 한 악당 보스 녀석이 에티엔의 머리통을 향해 손을 날리는 바로 그 순간,

푸화확~!!

악당 보스의 발밑에서 불 기둥이 솟구쳐 올랐다. 그것도 검은 구 바깥이 아니라 검은 구 안에서 에티엔과 악당 보스의 사이에서 솟아올라 둘을 갈라놓았다.

악당 보스를 감싼 불기둥은 그냥 불기둥이 아니었다. 불기둥을 형성하는 그 불이 얼마나 온도가 높았는지 일반 붉은색의 불꽃이 아니라 처음에는 새하얀빛을 띠다가 점점 파란빛으로 바뀌었으니 말이다. 즉, 엄청난 고온의 불꽃이라는 소리.

그 엄청난 고온의 불꽃에는 악당 보스도 타격을 입는 모양인지 에티엔을 얽매고 있던 마기가 떨어져 나갔다.

그걸 기다렸다는 듯 이차로 악당 보스 주변에 광풍이 휘몰아쳤다. 그것도 그냥 광풍이 아니라 날카로운 빛을 머금은데

다 악당 보스를 태웠던 그 엄청난 고온의 불꽃을 고스란히 몸에 품은 광풍이었다.

생각지 못한, 강렬한 이 연타의 공격 덕분에 내 몸은 다시 휘청거릴 정도로 많은 기운을 빼앗겼지만 확실히 효과는 있었다. 물론… 정말 아쉽게도 악당 보스를 처리한 건 아니었지만, 그들이 타격을 입고 움츠러드는 바람에 악당 보스가 움직이는 마기가 흐트러졌다.

일행들은 그 틈을 놓치지 않았다. 에티엔은 악당 보스의 결박을 뿌리치고 검은 구에서 탈출했으며, 밖에서 악당 보스에게 얽매여 있던 크로비스는 한숨 돌리고 신성 마법을 터뜨렸다.

"프레임 브레스!!"

악당 보스와 그들이 있는 사이에 거대한 하얀빛의 십자가가 생겼다. 그것도 신성력으로 이루어졌으며 강력한 불꽃을 동반한 십자가였다.

덕분에 다시 한 번 내 몸에서 대량의 천기가 빠져나갔지만, 그래도 아직까지는 버틸 만했다.

악당 보스는 세 번이나 강력한 공격을 직통으로 받자 이번에는 정말 타격을 입은 모양인지 놈의 주변을 감싸고 있던 마기가 불안한 파동을 보이기 시작했다.

그때를 놓치지 않고 세르반느가 한 번 더 공격을 감행했다.

[파워 워드 킬!!]

보아하니 이번 공격 대상은 악당 보스가 아니라 삼각형의 한 축을 담당하는 괴물이었던 모양이다. 아까 에티엔이 노렸

던 놈 말고, 그놈의 오른쪽에 있던 녀석이 세르반느의 마법에
크윽~ 하고 신음을 흘리며 비틀거렸던 것이다.

세르반느도 공격을 하면서 같이 타격을 입었는지 그 커다란
몸을 후들거렸기에, 난 그대로 떨어지는 건 아닌지 걱정스러
운 시선으로 바라보고 있는데, 누가 내 어깨를 툭 쳤다.

[이봐]

"으헉."

깜짝 놀라 뒤를 돌아보니 거기에는 낭패한 몰골의 에티엔이
떠 있는 거다(내가 허공에 떠 있는 관계로 서 있을 수는 없었다).

"에티엔, 몸은 괜찮은 겨?"

척 보아도 안 괜찮은 것 같았지만 예의상 그렇게 물어봐 준
건데, 이 에티엔 녀석 몸 상태가 안 좋으니 예의 따위는 저 멀리
날려 버린 건지 내 질문엔 대답도 안 하고 지 할 말만 쏟아냈다.

[곧 저놈은 폭주할 거야. 그 상태 그대로 두면 이곳에 있는
모든 존재는 물론, 녹스 국 절반이 날아갈 거다. 그걸 막기 위
해서 네가 할 일이 있어.]

에티엔의 말하는 폼을 보아하니, 아무래도 에티엔과 이프리
트가 미리 계획을 세워놓은 것 같다. 이프리트에게 말하는 건 곧
실피드에게 말하는 것과 같으니 이프리트와 실피드가 같이 행
동을 하는 건 뻔했고, 세르반느도 당연히 이들에게 맞춰줄 테고.

'뭐냐, 이거… 나만 왕따시키고 저희들끼리 계획을 세운 것
같네?'

하지만 나만 왕따당한 건 아니었다. 지금까지의 행동들을

생각해 보면 크로비스도 따돌려진 것 같으니까.

'아무리 그래도 그렇지. 크로비스는 몰라도 난 계약자잖아.'

내가 속으로 투덜대는 와중에도 에티엔의 말을 열심히 머릿속에 저장하는 사이 악당 보스의 보호막 안에서 다시 한 번 실피드와 이프리트의 합작품이 터져 나왔다.

'허… 역시 왕은 왕이구나. 세르반느도 못하는 일을 해내다니.'

실피드와 이프리트의 합작품은 확실히 악당 보스에게 타격을 주고 있었다.

게다가 세르반느의 마법 공격에 아까 한 번 타격을 입었던 녀석이 다시 한 번 더 타격을 받자 마기가 더욱더 불안정하게 요동쳤다.

에티엔의 말이 아니라 해도 그걸 보니 정말 위험해 보였다.

그렇지 않아도 엄청 위대한 마기가 압축된 상태로 악당 보스에게 집중되고 있었는데, 집중된 것이 한꺼번에 터진다면… 에티엔의 말대로 녹스 국 절반이 날아가는 건 둘째 치고 나와 해인이와 세르반느가 무지 위험할 것 같다. 정령왕들은 여차하면 정령계로 튀면 되니까.

마기가 눈에 띌 정도로 꿀럭꿀럭거리고, 그와 함께 주변의 사기들도 같이 요동치며 폭발의 전초전이라는 걸 보여주자 나는 더 이상 기다릴 것도 없겠다 싶어 입을 열었다.

[어둠 중의 어둠 속에 있는 자, 암흑 중의 암흑을 지키는 자, 나 여기서 그대에게 바라오니 이 땅에 당신의 힘을 보이소서!]

어째 크로비스를 부를 때와 비스름한 주문이라 나는 단순히 고위 마족 소환 주문인 줄 알았다. 에티엔도 어쩔 수 없는 상황에 고위 마족 하나 더 부른다고 무슨 소용이 있겠나 싶었지만, 에티엔이 꼭 필요한 일이라고 하고 정령왕들도 허락했다고 해서 순순히 주문을 외웠던 것이다.

그런데 주문이 끝나자마자 보이는 광경은 어째 단순히 고위 마족이 소환되는 모습이 아닌 것 같다.

예전에 하나냐가 폼 잡느라고 보였던 그 빛의 기둥 정도가 아니었다.

우리가 있는 곳의 하늘에 검은 줄 하나가 쭈우욱~ 그어진다 싶었는데 그게 서서히 벌어지며 거대한 구멍을 만드는 것이었다. 지름이 대략 300m 정도 되는 그 넓고 넓은 구멍이 드러나자 느껴지는 익숙한 마기의 기운에 나는 눈을 둥그렇게 떴다.

'저기, 저기… 혹시 마계? 아니, 갑자기 왜 마계와의 게이트가……?

그때를 맞춰 악당 보스를 둘러싸고 응집되었던 마기는 불안정한 상태를 제어하지 못하고 결국 폭주해 버렸다.

온 땅을 뒤흔드는 강력한 파동이 1차로 사방에 퍼지자 나도 모르게 온몸이 얼어붙어 손 하나 까딱할 수 없었다. 산맥 하나는 손쉽게 허물어 버리고 땅을 갈라 버릴 것 같은 거대한 힘의 파동이 느껴지니 피하고 자시고 할 여력도 없이 그냥 무조건 '죽었다!' 싶었던 것이다.

오로지 할 수 있는 것이라고는 차마 눈 뜨고 죽기 무서워 눈을 질끈 감는 것뿐이었다.

쉬아악~!

그리고 곧바로 온몸을 강타한 강한 바람과 마기. 거기에 저항하지 못하고 뒤로 나가떨어진 난 바닥까지 추락하고 말았지만, 그 순간 뭔가 아니다, 싶은 생각이 들었다. 처음에 느꼈던 그 강한 파동을 생각하면 그다음에 올 충격은 무지무지 커서 내가 맞는 순간 피떡이 될 거라고 여겼는데, 그런 예상에 비한다면 이건 간지러운 수준이었던 것이다.

의아함에 슬며시 눈을 떴더니, 놀랍게도 하늘에 생긴 거대한 마계 게이트에서 강력한 흡수력을 발휘, 사방으로 퍼져 나갔어야 할 마기를 빨아들이고 있었다. 덕분에 마기와 함께 같이 사방으로 퍼져 나갔을 폭발력이라든지 충격파라든지 등등이 대부분 마계 게이트 쪽으로 방향을 틀었기에 주변에는 최대한으로 낮춰진 힘들의 파편만이 퍼졌던 것이다.

'후우… 다행이네. 조금이라도 늦게 주문을 외웠으면 정말 큰일 날 뻔했어. 그런데 원래 마계 게이트를 열면 이런 현상이 일어나나? 하긴, 그러니 에티엔이 주문을 가르쳐 준 거고 정령왕들도 허락한 거겠지.'

샤아아~!!

마치 숲 속을 부드러운 바람이 스쳐 지나가는 것 같은 소리와 함께 성 전체를 감싸고 있던 사기가 거의 사라진 순간, 갑자기 악당 보스가 있는 쪽에서 번쩍~! 하고 강력한 빛과 함께 강력한 천기와 명기가 느껴졌다. 지금까지 우리 일행을 괴롭혔던 마기 못지않게 강력한 기운이라 의아해졌지만, 난 그 부근에 있는 크로비스가 뭔가 했겠거니~ 하고 넘어가 버렸다.

솔직히 마계 게이트로부터 뻗어 나온 거대한 검은 손을 보고 놀라느라 딴생각할 여력이 없긴 했다.

갑자기 나타난 검은 손은 얼마나 거대했던지 악당 보스와 그 주변의 세 마족 녀석들을 감싸고 있는 검은 구를 한 손에 쥐고도 여유가 있을 정도였다.

'어어어? 저걸 그냥 잡아? 저럴 수도 있는 거야?

마치 어린애가 땅에 떨어진 유리 구슬을 잡아 올리는 것마냥, 무작정 검은 구를 움켜쥔 검은 손은 그대로 천천히 다시 게이트 안으로 들어가기 시작하는 거다.

당혹스럽고 얼떨떨한 심정으로 거대한 검은 손이 게이트 안으로 사라져 가는 것을 물끄러미 바라보고 있는데 갑자기 등골이 쭈뼛 섰다.

그리고,

퍼억~! 슈욱~! 쫘당탕~!!

"크으윽……."

Chapter 27
드디어 끝……?

Aza
아사랴 Riah

퍼억~! 슈욱~!! 꽈당탕~!!

"크으윽……."

갑작스러운 강력한 펀치에 저항도 못해보고 그대로 맞아 날려가다 땅에 곤두박질치며 나는 속으로 이를 갈았다.

'이 베라먹을 천왕 시키…….'

다짜고짜 나에게 이런 짓을 할 놈이 그놈밖에 더 있겠는가?

"오빠!"

멀리서 해인이의 목소리가 들려왔다. 사기가 사라져 가니 어떻게 된 일인가 하고 성—이었던 곳—에 들어와 본 모양이다.

그런 해인이에게 또 이런 모습을 보여주게 되다니 무지 쪽

팔린다.

하지만 그런 쪽팔림을 제대로 느낄 여력도 없이 난 또다시 얻어맞고 날려가야 했다. 천왕 놈이 몸을 일으키고 있는 나에게 달려들어 내 머리통을 발로 차버렸던 것이다.

[이이~ 쓸모없는 새끼! 도대체 무슨 짓을 한 건지 알기나 하는 거냐?]

얼마나 강하게 찼는지 본래 모습으로 돌아온 내가 허공에 붕 떠 한 바퀴 돈 다음 다시 바닥에 털푸덕~ 하고 떨어질 정도였다.

"무슨 짓이에요!!"

해인이가 달려와 땅에 떨어진 날 부축하려 했지만, 어느새 나타난 크로비스에게 저지되었다.

"내 딸한테서 떨어지지 못해!!"

당연하다 싶을 정도로 엘라임이 나타나 크로비스에게서 해인을 떼어놓자 천왕 시키가 그런 둘을 비웃어주며 다시 한 번 내 옆구리를 걸어찼다.

"큭……."

도대체 이번엔 뭐가 문제냐고 묻고 싶었지만, 하필이면 옆구리를 걸어차여 숨을 쉬는 것도 힘들었던 터라 한마디도 입에서 꺼낼 수 없었다.

그런데 이런 나 대신 나서준 이들이 있으니.

"너 이 자식, 도대체 이게 무슨 짓이야!!"

'오옷, 실피드. 파이팅입니다요!'

힘겹게 뜬 눈에 보이는 건 엄청 분노한 실피드였다.

그리고 그 뒤에 이프리트와 노아스가 있었고, 더 뒤에는 다시 후작의 모습으로 돌아온 세르반느 모습도 보였다.

하지만 천왕은 정령왕들이 우르르 몰려와 있어도 눈 하나 깜짝하지 않고 오히려 당당하게 따져 묻는 거였다.

[나야말로 묻고 싶소만, 바람의 정령왕? 당신이 무슨 권리로 내 봉인 결계를 함부로 깨뜨린 것이오?]

"일을 해결하기 위해선 어쩔 수 없는 일이었어!"

[어쩔 수 없다라… 변명치고는 너무 조악하다고 생각하지 않소?]

"너 이……."

[뭐, 그건 나중에 따지도록 하지. 지금은 천족의 일이니 나서지 말아줬으면 좋겠군, 바람의 정령왕이여!]

실피드가 천왕의 말에 제대로 대응을 못하는 거 보니, 천왕의 결계를 마음대로 깬 게 잘못이긴 잘못이었나 보다.

천왕 시키는 실피드가 말을 못하고 주춤거리는 걸 무지 만족스러운 표정으로 보다가 나에게 시선을 돌리더니 손을 뻗어 아직 일어나지 못하고 있는 내 목덜미를 잡고 끌어 올렸다.

본체 모습인 내가 천왕보다는 키가 훨씬 컸기에 그가 날 끌어 올렸어도 다리는 땅에 질질 끌리고 있었는데, 천왕은 아랑곳하지 않고 자신의 눈높이까지만 올리더니 다짜고짜 다른 손을 휘두르는 것이었다.

짜악~! 짜악~!

"무슨 짓이야!!"

"너 해보자는 거야!!"

"오빠!!"

뺨을 맞은 건 난데 실피드와 노아스, 해인이가 자신들이 맞은 양 펄펄 뛴다.

덕분에 직접 맞은 나는 그들의 모습에 감동하느라 분노도 일지 않았다.

[이건 천족의 일이라고 했소만?]

"천족이고 나발이고, 당신 정말 가만 안 둬! 아버지, 이거 놔요오~!!"

"비스닉은 우리 계약자야!"

"맞아. 계약자 일이 우리 일이라는 거 몰라?"

실피드나 노아스에게는 고마운 마음뿐인데 해인이에게는 좀 미안한 마음이 든다. 그래도 내가 연장자인데, 해인이에게 든든한 존재가 되기는커녕 계속 이렇게 걱정만 시키고 있으니 말이다.

[엄밀히 따지자면… 정령왕과의 계약 관계보다 천왕과 천족 간의 관계가 한 단계 높지. 안 그런가? 천왕은 천족의 목숨을 한 손에 쥐고 있으니까.]

"이 자식이! 그래서 우리 눈앞에서 우리 계약자를 패는 게 잘한 거냐? 이게 우리를 무시하는 게 아니고 뭐야?"

실피드가 펄펄 뛰었지만 천왕은 여전히 태연자약했다.

[그것참 미안하게 되었소. 하지만 이 버러지 같은 놈은 천계

에 들어올 수 없어 부득이 하게 중간계에서 훈계할 수밖에 없소이다만? 중간계의 어디에서 하든 그대 정령왕들의 눈을 피할 수 없지 않소?]

"너 뭐 하자는 거니? 왜 애를 이렇게 때려!"

노아스가 분노한 기색으로 대들었지만, 천왕을 흔들기에는 부족했나 보다.

[다시 한 번 말하지만, 이건 천족의 일. 그대들이 상관할 바가 아니오.]

"…그럼 내가 묻지. 왜 때리냐?"

얼마나 인정사정없이 힘껏 때렸는지 뺨이 퉁퉁 부어 발음도 제대로 안 나올 지경이었다.

천왕 자식이 날 미워한 건 하루 이틀 일이 아니었지만, 다짜고짜 와서 이리 난리를 부리니 뭔가 있긴 있는 것 같았다.

천왕 녀석도 본인이 물으니 대답해 줘야 할 의무감을 느낀 모양인지 순순히 입을 열었다.

그렇다고 좋게 좋게 말해준 건 아니었지만.

[하, 네가 지금 뭘 잘못했는지 모른단 말이냐? 감히 네가 마왕을 소환해 놓고?]

'마왕? 웬 마왕? 어? 그럼 아까 그 주문이……?'

다시 한 번 천왕에게 복부를 얻어맞아 날려가면서도 태평하게 그런 생각을 할 수 있는 내가 대단하다.

하지만 뭐… 천왕에게 이리 당한 게 어디 한두 번이어야지.

'근데 마왕은 나타나지도 않았잖아?'

천왕이 더 때리려는지 저벅저벅 다가오는 소리가 들려오기에 몸을 긴장시키며 곧 다가올 충격을 대비했다.

이렇게 말하니 내가 꼭 매 맞는 배우자가 된 것 같아 상당히 기분 나빴지만, 내가 놈보다 훨씬 약하니 어쩔 수가 없었다.

거기다 정령왕들도 어쩌지 못하니 말릴 존재도 없고.

[그만하지?]

'어? 있네?'

낯선 음성에 고개를 드니 거기에는 처음 보는 인물이 서 있었다. 밝은 보라색 머리를 늘어뜨린 그는 이곳에 있는 어느 누구 못지않게 뛰어난 미모를 가진 남정네였다.

검은색의 갑옷을 걸치고 검은색 망토를 두른 그는 차가운 눈길로 천왕을 바라보고 있었는데, 천왕은 그를 보자마자 길길이 날뛰기 시작했다.

[이, 이, 이~ 네가 감히 여기가 어디라고 온 것이냐!!]

[좀 전에 직접 말해놓고도 잊다니 한심한 놈이군. 말하지 않았나? 소환당해 온 거야.]

[네놈! 그렇다고 뻔뻔스레 내 앞에 얼굴을 내밀어!!]

[그럼 수줍게 내밀어줄까?]

무지 냉정한 얼굴로 그렇게 말하자 천왕에 대한 분노 게이지가 만땅이었던 나를 비롯한 주변의 존재들이 푸핫! 하고 웃음을 터뜨렸다.

"대단해요, 대단해. 그런데 실례지만 누구세요?"

천왕을 말로써 제압하다니, 호감이 순식간에 상승되었는지 해인이가 생글생글 웃으며 말을 건네자 보라색 머리 남정네가 순순히 대답해 줬다.

　[일단 마왕이라는 직책을 가지고 있지.]

　"에에에~? 당신이 마왕?"

　뜻밖이었는지 해인이가 놀란 표정으로 그를 바라보자 마왕이 차가운 표정에서 입꼬리만 슬쩍 들어 올려 보였다.

　[만나서 반갑군, 정령왕의 분신.]

　"아, 예, 예. 절 알고 계시다니 놀랍네요."

　[자네의 존재는 유명하거든.]

　"아하하… 뭐… 음, 그런데 이 세계를 정복하기 위해 오신 건가요?"

　해인이가 입으로는 웃으면서도 슬쩍 경계의 시선으로 그를 바라보며 조심스레 묻자 대답이 양쪽에서 터져 나왔다.

　[무슨 그런 당연한 말을!]

　[아니, 그럴 생각 없어.]

　천왕과 마왕이 동시에 대답한 것이다.

　상반된 대답에 해인이와 슬쩍 다가온 노아스의 부축을 받은 내가 어리둥절해서 바라보는데 천왕이 마왕을 향해 코웃음을 날렸다.

　[거짓말하지 마! 네놈들의 생각이야 뻔하지. 이 세계를 정복하고 천계도 정복해서 이 모든 세상을 너희 마족들의 세상으로 만들려는 거 아니냐?]

　[아닌데?]

[웃기지 마라. 네놈들 말은 믿을 수 없어.]

[하, 언제는 믿었던가?]

나 왠지… 마왕이 너무 마음에 든다. 천왕이 정의의 편이고 마왕이 악의 근원일 텐데 말이다.

덕분에 시신 마법진 일로 나빠졌던 마족 전체에 대한 인식이 다시금 '마족마다 다르다' 쪽으로 기울기 시작했다.

[뭐, 그건 그거고… 네놈과 계속 입씨름하는 것도 지겨우니 본론을 말하지.]

본론이라는 마왕의 말에 천왕이 경계 어린 시선으로 그를 바라봤다.

[무슨 수작이냐?]

[정말 원치 않았지만, 네놈과 거래를 했으면 해. 뭐, 네놈에게도 나쁜 이야기는 아닐 거다.]

[훗, 지금까지 들은 중 가장 어이없는 말이군. 내가 네놈과 거래를 할 거라 생각하나?]

천왕은 들을 것도 없다는 듯 콧방귀를 뀌었지만 마왕은 자신만만한 표정이었다. 꼭 천왕이 이 거래를 받아들일 거라 생각하는 것처럼 말이다.

[거래 조건이 마신의 조각인데?]

[마신의 조각?]

천왕뿐만이 아니라 나도 놀랐다. 마신의 조각이 왜 이 거래에서 나온단 말인가?

냉정한 표정의 마왕이 무슨 생각인지 슬쩍 입술 끝을 올리더니 고개를 끄덕였다.

　[그래. 거래의 대가로 내가 가진 마신의 조각을 걸겠다.]

　[뭐? 거, 거짓말… 어떻게 네놈이 나에게 마신의 조각을 넘겨준다는 말이냐?]

　음, 그건 나도 천왕의 말에 동감이다. 마족들은 그동안 마신을 부활시키고자 끊임없이 싸움을 걸어왔다던데, 어떻게 자신의 손에 들어온 마신의 조각을 다시 내놓는단 말인가.

　[못 믿겠음 이 거래는 없었던 일로 하지. 그럼 난 이만…….]

　우리가 불신의 눈빛을 보내자 마왕이 가차없이 몸을 돌려 사라지려고 했다.

　그러자 천왕이 오히려 놀라 그를 붙잡는 거였다.

　[자, 잠깐. 거래 내용이 뭐냐?]

　'저 마왕… 아무래도 엄청난 고단수인 것 같은데?'

　어쩌면 천왕은 마왕이 자신을 슬쩍 도발해서 거래에 응하게 하려는 수작을 알고 있을지도 몰랐다. 하지만 대가가 마신의 조각이니 도발이라는 걸 잘 알면서도 물어볼 수밖에 없을 거다.

　어쨌든, 난 천왕의 편도 아니었고 마왕의 거래 내용도 궁금했으니 그냥 얌전히 입을 다물고 구경하는 상황이었다.

　[내가 원하는 조건은 두 가지다. 조건 하나에 마신의 조각 하나.]

　[알았으니 조건이나 말해봐.]

　천왕의 재촉에 마왕의 시선이 나를 향하더니 슬쩍 웃는다.

‘엥? 왜?’

어째 불안한 기분이 드는 가운데 마왕의 입이 열렸다.

[첫째, 이 아이에 대한 권한이 나에게도 있음을 인정할 것. 둘째, 이 아이에 대한 폭력을 중지할 것.]

‘뭐, 뭣이라?’

생각지도 못한 마왕의 조건에 나는 입을 떠억 벌렸다.

그리고 나와 마찬가지로 입을 떠억 벌린 천왕은 잠시 후에야 정신을 차리고 마왕을 향해 고함을 빽! 질렀다.

[뭐가 어쩌고 저째? 지금 그걸 말이라고 하는 건가?]

천왕의 분노에도 마왕은 여전히 태연했다.

[뭐가 말이 안 된다는 거지? 어차피 저 아이에게는 마족의 피도 흐르고 있어. 반쪽짜리 천족의 피로 네가 권리를 주장한다면 나에게도 권리가 있는 거 아닌가?]

마왕의 말이 틀린 건 아니지만, 거래로 삼기에는 내 쪽의 무게가 너무 가볍다. 폭력을 쓰지 않는 대가로 마신의 조각을 넘긴다니, 수상해도 너무 수상하지 않는가. 그러니 천왕이 응하지 않고 마왕을 노려보는 것도 당연했다.

[무슨 수작이냐?]

하지만 마왕이 자신의 꿍꿍이를 그대로 말해줄 리 없었다.

[내가 내 족속을 챙기려는 것일 뿐.]

[그 말을 믿을 것 같나?]

[믿든 말든 그건 그대의 자유. 어쩔 거지? 뭐, 나야 아무래도 상관없어. 난 내가 내놓을 수 있는 최대의 패를 내놓으며 노력

했으니 거래가 성공하면 좋고, 실패해도 죽속을 버렸다는 오
명은 쓰지 않겠지.]

　[윽…….]

　태평한 마왕의 말에 천왕의 안색이 무섭게 굳어졌다. 대가
가 너무 유혹적이지만, 마왕이 괜히 천왕에게 좋은 일을 할 리
가 없으니 경계하는 건 당연했다.

　그런데 왜 하필 거기에 걸린 게 나에 대한 조건인지 모르겠
다.

　'혹시 이걸 빌미로 앞으로 더더욱 천왕에게 갈굼을 당하는
거 아니야?'

　은근히 피어오르는 걱정 때문에 내가 조마조마하고 있는 동
안, 한참 동안 심사숙고하던 천왕은 결국 뒤로 물러났다. 아무
리 대가가 크다 하더라도 모르는 건 안 하는 게 좋겠다고 생각
한 모양이다.

　[안 한다. 마신의 조각을 얻을 거면 내 힘으로 하겠다.]

　단호한 천왕의 말에 마왕은 아무래도 좋다는 듯 어깨를 으
쓱하며 뒤로 물러났다.

　[뭐, 그렇다면 할 수 없지.]

　그런데 그때, 하늘로부터 시커먼 그림자가 나타나 마왕의
곁으로 떨어져 내리는 거다.

　'어? 에티엔?'

　아까 나에게 마왕 소환 주문을 가르쳐 준 후 어디론가 사라
져 보이지 않더니만, 갑자기 나타나 마왕에게 부복을 했다.

[죽여주십시오. 임무를 완수하지 못했습니다.]

'하아~? 웬 임무?'

어리둥절해서 그들을 보는 가운데, 하늘에서 또 다른 그림자가 떨어져 내렸다. 이번에는 천왕의 곁으로 말이다.

'허? 하나냐?'

오랜만에 보는 하나냐였지만, 반가움보다 의아함이 앞섰다. 그 또한 에티엔마냥 천왕에게 부복하며 가라앉은 어조로 말을 꺼냈기 때문이다.

[죄송합니다. 실패하였습니다.]

'둘이 짰냐?'

한 천족과 한 마족의 모습이 나타나자 천왕과 마왕은 입을 꾸욱 다문 채 불꽃 튀는 눈싸움을 하더니 한참 후에야 천왕이 먼저 입을 열었다.

[하나도?]

[하나… 수거했습니다. 죄송합니다.]

[하나? 두 개나 빼앗긴 건가?]

천왕이 그리 되물으며 마왕을 째려보자 마왕 또한 시선은 천왕에게로 향한 채 에티엔에게 물었다.

[어떻지?]

그에 에티엔이 고개를 더욱더 숙이며 대답했다.

[하나입니다.]

에티엔의 대답에 천왕과 마왕의 눈썹이 동시에 꿈틀거렸다.

[하나… 라고? 그럼 나머지 하나는 어딜 간 거야?]

천왕이 의아하다는 듯 중얼거리는데, 난 도대체 뭔 소린지 모르겠다.

천족이 하나 마족이 하나, 그리고 하나가 어딜 갔다니 뭔가가 세 개가 있다는 소리인…….

'잠깐, 혹시 마신의 조각을 말하는 겨? 그거… 악당 보스랑 다 같이 마계 게이트 안으로 들어간 거 아니야?

머리가 점점 복잡해지기 시작한다.

힐끔 보니 해인이도 머리 아픈지 인상을 찡그리고 있었는데, 정령왕들은 태평한 표정들이었다.

'자신들과는 상관없는 일이라고 생각해서 그런가?

한데 그게 아니었다.

"아, 혹시 지금 이거 말하는 거야?"

노아스가 장난스럽게 말해 주변의 이목을 집중시키더니 손가락 두 개를 가볍게 부딪쳐 딱~! 소리를 냈다. 그러자 바닥에 동그란 구멍이 생기더니 거기에서 흙기둥이 서서히 솟아올랐는데, 그 흙기둥의 위에는 찬란한 빛을 발하는 농구공 크기의 반투명한 유리구슬이 놓여 있는 거다.

그걸 본 하나냐, 크로비스, 에티엔은 놀란 표정으로 헛바람을 삼켰고, 마왕마저도 침중한 표정으로 신음 소리를 흘려냈다.

[으음.]

[당신이 가지고 있었던 건가?]

천왕이 놀라움을 드러내며 묻자 노아스가 배시시 웃어 보였다.

"예뻐서 챙겨놨는데, 중요한 건가 봐?"

은은한 진주색과 밝은 회색이 골고루 뒤섞여 반짝반짝거리는 게 확실히 예쁘기는 예뻤지만, 그 구슬에서 풍기는 강력한 천기와 명기가 함부로 손대지 못하게 만들고 있었다.

"혹시 이게 마신의 조각이에요?"

해인이도 처음 보는지 엘라임의 옆구리를 쿡쿡 찌르며 묻자 엘라임이 기꺼이 고개를 끄덕여 줬다.

[땅의 정령왕이여, 당신에게 진심으로 감사를 표하고 싶소. 당신에게 큰 빚을 졌소이다.]

천왕 녀석이 환하게 웃으며 노아스가 마신의 조각을 자신에게 넘기는 게 지극히 당연한 것처럼 말했다.

뭐, 솔직히 나도 그럴 거라 생각했다. 천왕 녀석이 무지무지 무지무지 못마땅하기는 했지만, 그렇다고 마왕에게 넘길 수는 없는 거 아닌가. 정령계로 가지고 갈 것도 아니고. 마왕도 그렇게 생각하니 입을 꾹 다물고 있는 거겠지.

한데 노아스가 천왕을 향해 낼름 혀를 내미는 것이었다.

"누가 너한테 준대?"

[뭣?]

"누가 너한테 준댔냐고. 네가 어디가 예쁘다고 주냐?"

[그게 무슨 소리요? 나에게 주지 않으면 어디다 준다고?]

당황한 천왕이 목소리를 높였지만, 노아스는 오히려 깔깔 웃었다.

"어디다 주긴? 내가 가지고 있으면 되지. 안 그래, 실피드?"

노아스가 실피드를 바라보자 실피드가 킥 웃는다.

"그러게. 땅에 흘린 건 먼저 줍는 게 임자 아닌가?"

[익······.]

두 정령왕의 태도에 천왕이 이를 가는데 갑자기 마왕이 불쑥 끼어들었다.

[그럼, 내 할 일은 끝난 것 같으니 난 이만 돌아가도록 하지.]

하긴, 자신과는 상관없는 일이 벌어지는데 계속 있을 필요가 없었다.

누구에게랄 것도 없이 작별을 고한 마왕은 인사를 받을 생각은 없었는지—할 존재도 없었지만—자신의 등 뒤에 생긴 시커먼 구멍에 몸을 던졌다. 한데 에티엔 녀석도 당연하다는 듯 마왕의 뒤를 따라가 버리는 거다.

'엇, 저 녀석··· 물어볼 게 많았는데······.'

이제 계약도 다 끝나 버려 다시 만날 기약도 없는데, 이렇게 헤어질 줄 알았으면 진작 궁금한 걸 물어볼 걸 그랬다.

아쉬움에 마왕과 에티엔이 사라진 곳을 바라보고 있는데 천왕의 살벌한 목소리가 들려왔다.

[이게 뭐 하자는 수작인지 모르겠군. 지금 정령계가 감히 천계에 도전을 한다는 뜻이오?]

"허? 우리가 언제 천족과 싸운다고 했어? 당신, 툭하면 도전 도전 하는데, 정말 우리랑 한판 붙어볼텨?"

"하자, 해. 천족이 싸움을 걸어오는 거면 얼마든지 받아주겠어."

천왕의 말에 실피드가 정색을 하고 나서고 노아스까지 거들자 천왕이 멈칫거렸다. 그리고는 잠시 심호흡을 해서 흥분을 가라앉힌 뒤 침착한 어조로 다시 입을 열었다.

[그럼 왜 그걸 당신이 가진다는 건지 이유를 말해주시오. 원래 마신의 조각은 우리가 관리하지 않았소?]

"그리고 빼앗겼지."

이프리트가 쏙 끼어들어 툭 내던진 말에 천왕의 인상이 휴지처럼 구겨졌다.

'헤에, 이프리트가 저런 말을?

지금까지는 항상 부드럽고 온화한 모습만 보였고, 말을 할 때도 상대방을 배려해 다정다감한 말을 했던 이프리트였는데 남의 상처를 푹 찌르는 말을 하니 놀라웠다. 대상이 천왕이라는 것은 무지 좋았지만.

하여간 이프리트의 말에 천왕은 기껏 가라앉힌 분노가 다시 치솟아오르는 듯 이를 빠득빠득 갈기 시작했다.

그러자 안 되겠던지 뒤로 물러나 있던 하나냐가 슬며시 끼어들었다.

"무례를 용서하십시오. 혹시 세 정령왕께서는 천족에게 원하는 게 있으십니까?"

"원하는 거? 호으으응~ 그으을쎄~"

하나냐의 말에 노아스가 눈을 굴리며 말꼬리를 늘였고, 그 뒤를 실피드가 이었다.

"천족에게 원하는 거라… 우리가 천족에게 바랄 게 있었던 가?"

아무래도 두 정령왕이 이번 기회에 천왕의 속을 박박 긁으려고 작정을 한 모양이다.

그러나 노아스가 다시 천왕의 속을 긁기 위해 입을 열려는 찰나, 노아스보다 먼저 엘라임이 심히 짜증난다는 표정으로 입을 열었다.

"언제까지 놀 거냐? 대충 하고 그만해라."

"뭐냐, 너? 도와주지는 못할망정 초를 치다니……."

"도움이 안 돼요, 도움이."

실피드와 노아스가 엘라임을 째려보며 혀를 차자 해인이까지 거들었다.

"맞아. 너무해요, 아버지. 조금만 더 그냥 두시지……."

천왕을 째려보는 폼이 해인이도 천왕에게 한을 품은 것 같다.

'우후후후~ 귀여운 짜슥.'

이 어찌 아니 고마울쏘냐.

해서, 해인이에게 고맙다는 시선을 보냈더니 즉시 엘라임의 일갈이 날아왔다.

"너, 그 시선 뭐냐?"

"아버지!"

'전 이래 봬도 속은 여자라니까요.'

대화가 삼천포로 빠지자 이프리트가 끼어들어 주의를 환기

시켰다.

"자자, 그만들 하고. 천왕, 우리가 무엇을 요구할지 모르는 건 아닐 테지? 어떤가, 우리의 요구를 들어주겠는가?"

[저놈을 건드리지 말라는 거겠지?]

정령왕들이 계속 반말을 하자 천왕도 맞대응하기로 했는지 반말로 나왔다.

"정답일세."

이프리트가 눈을 부드럽게 휘며 대답하자 천왕이 이를 악물고 한참을 갈등하더니 결국 툭 내뱉듯이 허락했다.

[좋아. 그렇게 하지. 단, 천계의 존망이 달린 일에는 절대 가만두지 못해. 또한 내 지시는 계속 받도록 할 걸세.]

그 말에 노아스의 인상이 찡그려졌지만, 실피드가 막았다.

"좋아. 우리도 그쯤으로 타협하도록 하지."

"저기요오~ 말씀 중에 정말 죄송하지만, 전 천족의 인정 아직 안 받았거든요? 그런데 무슨 권한으로 저에게 계속 지시를 하신다는 겁니까아~?"

내가 왜 천족의 인정을 거부했는데 말이다.

그래서 앞으로는 절대 받을 수 없다는 뜻으로 끼어들었건만, 돌아오는 건 천왕의 비웃음이었다.

[훗, 네가 과연 그럴 수 있을까?]

어째 그 말투가 불안하다 싶어 경계 어린 시선으로 천왕을 노려보는데, 갑자기 심장을 누군가가 쥐어짜는 듯한 엄청난 통증이 느껴지는 거다.

"어흐흑~"

가슴을 부여잡고 쓰러지며 비명을 지르자 해인이가 나에게 달려왔고, 세 정령왕의 분노한 목소리가 뒤를 따랐다.

"천왕!!"

"너 자꾸 이럴래?"

"이게 무슨 짓인가?"

하나, 천왕 시키는 아주아주 얄미운 목소리로 대답하는 게 아닌가?

[안 건드렸지 않은가? 나는 여기 가만있었네.]

"쉰소리 하지 말고 제대로 말해. 도대체 무슨 짓을 한 거야?"

실피드가 정색을 하고 날카롭게 묻자 천왕도 더 이상 말을 돌리지 않고 대답해 줬다.

[마지막 결계.]

"뭐어?"

"도대체 쟤한테 결계를 몇 개나 친 거야?"

실피드와 노아스가 어처구니없다는 표정을 지을 때 해인이가 나에게 가장 필요한 걸 위하여 나서줬다.

"마지막 결계고 뭐고 당장 멈춰주세요. 그렇지 않으면 저 정말 가만 안 있을 겁니다."

그즈음 나는 몸부림만으로도 엄청난 통증을 어찌하지 못하자 바닥을 긁어대며 어떻게 해서든 통증을 분산시키려 애를 쓰고 있었다. 심장에 신경이 모여 있어 통증에 민감하다더니,

정말 그런 모양이었다.

　[흥.]

　다행히 해인이의 경고가 먹혀들었는지 내 심장을 쥐어뜯던 통증이 멈췄고, 나는 지쳐서 바닥에 그대로 널브러졌다.

　"오빠, 괜찮아?"

　해인이가 날 일으켜 주며 물었지만, 대답할 기력도 없어 늘어져 있는데 천왕의 목소리가 들려왔다.

　[만약의 만약을 대비한 거지. 심장 속 한가운데에 내 피로 새긴 거니 죽을 때까지 제거하지 못할 거다. 만약에 천족을 배신하는 일이 생긴다면 방금 겪은 통증 속에 몸부림치며 죽게 될 거야.]

　천왕의 말을 듣고 있자니 무지 열받는 한편 허망했다. 내가 이런 일이나 겪자고 그 괴로운 심적 갈등을 겪으며 결국 이 육체에 안착했나 싶어서 말이다.

　"당신, 정말 나쁘잖아? 어떻게 그럴 수 있어요?"

　서글퍼하는 나 대신 해인이가 따지자 천왕이 냉랭한 얼굴로 해인이를 바라봤다.

　[너 같으면 나중에 우리에게 큰 위협이 될지 모르는 위험 분자를 아무런 제어 장치 없이 그냥 두겠어?]

　"오빠가 왜 위험 분자라는 겁니까? 지금까지 계속 도와줬잖아요!!"

　[원해서 스스로 도운 건 아니지.]

　"당신이 그렇게 만들었잖아요."

[그렇다면 정령왕의 분신이여, 말해봐라. 너 같으면 뭘 보고 저놈을 믿으라는 거지?]

그렇게 말하면 할 말 없다. 내가 저놈을 안 믿는데 저놈보고 날 믿어달라고 할 수는 없으니까.

"그래도… 그래도 한 핏줄이잖아요. 당신 형님의 아들이라면서요?"

[마족의 핏줄이기도 하지.]

이를 득득 갈며 씹어 내뱉듯 하는 말에 해인이는 할 말을 잃은 표정이 되었다.

그래서 그녀 대신 엘라임이 나섰다.

"됐어. 됐으니까 네놈은 이놈을 신나게 미워하든 말든 마음대로 해. 대신 앞서 말했듯이 앞으로는 절대 손대지 말 것이며, 방금 같은 결계 발동도 저놈이 천족을 배신하지 않는 한 하지 말도록 해. 그리고 노아스, 그거 빨랑 줘서 이놈 보내 버려. 계속 보고 있자니 짜증난다."

"아, 그래. 받아가."

엘라임의 말에 노아스가 자신의 앞에 있는 마신의 조각을 가리키자 하나냐가 다가와 받아 들었다.

[잠깐, 가기 전에 할 일이 있어.]

그렇게 말한 천왕이 척척 나에게 다가오자 해인이가 어미 닭이 병아리 품듯 날 품에 안고 경계 어린 시선으로 천왕을 쏘아봤다.

"무슨 짓을 하려구요? 오빠 좀 그냥 둬요!"

[그냥 힘을 봉인할 뿐이야. 중급 정도로 말이지.]

"그게 무슨……."

천왕의 말에 해인이가 다시 반박하려는데 엘라임이 그런 해인이를 막았다.

"놔둬. 알아서 하게."

그러면서 해인이의 품에 안긴 날 떼어내 천왕에게 던지다시피 건네주고는 해인이를 데리고 저쪽으로 떨어지는 거다.

"하지만 아버지이~!"

"그래야 안심한다잖아. 뭐, 중급이 약한 것도 아니고 여차하면 저놈들이 있으니까 그쯤으로 됐어."

엘라임뿐만이 아니라 나머지 세 정령왕도 마음에 안 들지만 어쩔 수 없다는 표정을 하고 있었다. 그런 거 보면 아무래도 천계와 정령계 사이에는 암묵적인 룰 같은 게 있는 모양이다.

하여간 그렇게 네 정령왕이 묵인하자 천왕은 살벌한 시선으로 날 째려보며 내 가슴에 손을 척 하니 얹었다.

그런데 내 가슴에 다시 봉인 결계를 그리기 전 문득 궁금한 게 떠올랐나 보다.

[한 가지만 묻자. 도대체 마왕이 왜 널 도와준 거지?]

그건 나도 궁금했던 사항이다. 설마, 내가 에티엔과 계약한 사이라고 도와준 건 아닐 테고 말이다. 혹시 그가 나를 이용해 먹으려는 건 아닌가… 하는 걱정도 잠깐 들었지만, 또 볼 사이도 아닌데 너무 예민하게 구는 것 같아 그냥 잠깐의 변덕, 아니면 천왕의 속을 긁을 목적으로 도움을 준 걸 거라고 여기기로 했다.

"저도 모릅니다."

생각 같아서는 '네가 직접 알아봐라, 인마' 라고 해주고 싶지만, 아까의 고통이 꽤나 컸던지라 얌전히 대답했다. 속으로 '크흑… 폭력 앞에 무릎을 꿇다니…' 라고 울먹이면서 말이다.

내 대답에 천왕의 눈꼬리가 치켜 올라가기에 내 말을 못 믿고 다시 닦달할 줄 알았는데 잠시 후 눈꼬리를 내리고 냉막한 표정으로 돌아오더니 아무 말 없이 천기를 내뿜어 내 힘을 심장에다 봉인하기 시작했다.

마치 심장에 옷을 입힌 것처럼 약간 답답한 느낌이 드는 봉인 결계가 완성되자 천왕은 살기 어린 어조로 입을 열었다.

[허튼짓하지 마라. 가만 안 둔다. 그럼, 난 이만.]

그리고 마지막으로 정령왕들에게 인사를 한 천왕은 그대로 사라져 버렸다.

"오빠, 괜찮아? 정말 재수없는 놈이지?"

천왕이 사라지자마자 내 곁으로 두다다 달려온 해인이가 안타까운 표정으로 날 일으켜 주며 투덜거리는데 뒤에서 다른 존재가 해인이의 말을 받았다.

[너무 미워하지 말았으면 좋겠는데. 그래도 나름대로는 열심히 하시는 분이거든.]

하나냐였다.

그는 '감히~!' 란 표정으로 한 소리 하려는 것처럼 보이는 크로비스를 막으며 우리를 향해 미소를 보내오고 있었다.

"됐거든요? 나름은 무슨 나름… 아버지만 아니었다면 진짜 덤볐을 거야."

[무슨 그런…….]

이번에야말로 참지 못하겠는지 크로비스가 하나냐의 팔을 뿌리치고 앞으로 나서려 했지만, 하나냐가 곧바로 뒤에서 그녀를 붙잡았다.

[아아~ 됐어, 됐어.]

[하나냐님!]

[됐다니까. 크로비스, 네가 여기서 날뛰었다간 살아남지 못해. 뒤를 보라고.]

하나냐가 싱글싱글 웃으며 장난스레 가리킨 쪽에는 크로비스의 일거수일투족을 날카로운 시선으로 지켜보고 있는 네 정령왕이 있었다.

[게다가 정령왕의 분신이 화를 낼 만도 하지, 안 그래?]

[아무리 그래도 그렇지…….]

크로비스가 그래도 하나냐의 말에 수긍 못하고 분을 내려 하자 하나냐가 엄한 표정을 지어 보였다.

[크로비스, 한 가지 더 말하자면 정령왕의 분신은 우리가 함부로 대할 수 있는 존재가 아니거든? 그대가 여기서 날뛰면 정령계에 대한 천계의 입장을 난처하게 만들 뿐이라는 걸 명심해.]

그제야 그의 말이 먹혀들었는지 크로비스가 멈칫하더니 고개를 숙이고 뒤로 물러나는 거였다.

[알겠습니다. 소란을 피워 죄송합니다.]

[사과할 대상은 내가 아닌데?]

하나냐의 지적에 크로비스는 곧바로 정령왕들과 해인이에게 시선을 돌리며 정중하게 고개를 숙여 보였다.

[실례했습니다.]

'하여간에… 겉모습과는 달리 무척 고지식하단 말이야.'

무조건적인 천왕 옹호자라 해도 저렇게 정중하게 사과하니 한마디 해주려고 벼르고 있던 해인이도 뭐라 할 수 없었던지 가볍게 혀를 차고는 하나냐에게로 시선을 돌렸다.

"그런데 당신은 왜 안 갔어요?"

[아아, 가기 전에 잠깐 볼일이 있어서…….]

그렇게 대답한 하나냐가 나를 바라보며 다가오는 것이었다.

"저한테 볼일이 있습니까?"

[응, 괜찮으면 네 천신기 좀 빌릴 수 있을까?]

"제 천신기요? 빌린다고요?"

그도 천신기가 있으면서 왜 내 걸 빌리는지 의아스러워 바라봤더니 하나냐가 얼른 손을 내저어 보였다.

[아, 오해는 하지 마. 네 천신기를 손 좀 봐주려고 그래. 나중에 돌려줄 테니 걱정 마.]

'갑자기 왜? 라는 생각이 들긴 했지만, 하나냐는 나에게 그동안 계속 호의적으로 대해온 존재였기에 나는 이번 일에 대한 대가로 뭔가를 해주는 줄 알고 순순히 천신기를 빼내 그에게 건넸다.

[당분간은 필요한 일 없지? 시간이 걸릴지도 모르니까 늦더라도 기다려 줘. 그럼 저희는 이만 가보도록 하겠습니다.]

마지막으로 하나냐가 정령왕들을 향해 꾸벅 인사를 해 보이자 크로비스도 그를 따라 꾸벅 인사를 해 보이고는 사라졌다.

"후~ 어찌 됐든, 무사히 끝났네."

그들의 모습이 완전히 사라지자 날 부축하고 있던 해인이가 긴 한숨을 내쉬고는 빙긋 웃어 보였다.

하지만 난 해인이에게 같이 웃어줄 수가 없었다. 해인이가 날 부축하고 있는 게 눈꼴 시렸던지 내가 채 웃어주기도 전에 엘라임이 다가와 날 해인이에게서 떼어놓더니 휙~! 하고 던져 버렸기 때문이다. 물론, 실피드가 얼른 달려와 날 잡아줬기에 땅에 내동댕이쳐지는 건 피할 수 있었다.

"아버지! 오빠는 몸도 성치 않다구요."

"팔팔하잖아."

"참 내……."

해인이는 아버지의 태도에 화를 내지도 못하고 웃지도 못하는 어정쩡한 표정으로 엘라임을 바라보다가 나에게 미안한 미소를 보내왔다.

뭐, 나도 기꺼이 괜찮다는 표시로 손을 들어줬지만 온몸이 쑤셔서 제대로 된 미소를 지었는지는 의문이다.

그걸 또 어떻게 해석했는지 엘라임이 날 향해 눈꼬리를 치켜올렸지만, 이번엔 그가 뭐라고 하기 전에 실피드가 얼른 그로부터 나를 가려주며 성 바깥 어딘가에 놓고 왔던 내 배낭을 건네줬다.

"받아라. 챙겨왔다."

"아, 감사합니다."

그렇지 않아도 이제 슬슬 사람 모습으로 돌아가려고 배낭을 찾아올 참이라 실피드의 배려가 무척 반가웠다. 내 여분의 옷이 다 배낭 안에 있었던 것이다.

해인이에게 내 알몸을 보여주고 싶지는 않았던 터라 그 애한테서 멀리 떨어져 사람 모습으로 돌아와 옷을 입는데, 미처 다 입지 못했건만 해인이 녀석이 다가오는 거였다.

"오빠~!"

"헉! 야, 나 아직 다 안 입었어!"

그에 반사적으로 가슴을 가렸더니 해인이가 깔깔거리고 웃었다.

"에이, 거의 다 입었구만 뭘 그래? 거기다 몸매 좋구만, 좀 보여주면 어때서?"

해인이 말대로 속옷과 바지는 다 입고 셔츠를 입던 참이라 태연해도 괜찮았을 걸, 괜히 화들짝 놀란 내가 뻘쭘해졌다.

'아냐, 아무리 그래도 태연하게 있으면 엘라임이 가만 안 뒀을걸?'

"야, 야, 나 너그 아버지께 죽는 꼴 보려고 그러냐?"

내 너스레에 해인이가 깔깔 웃었다.

"오홋홋홋~ 걱정 마. 오빠에게는 세 정령왕님이 계시잖아? 목숨만은 보전할 수 있을 거야."

"이왕이면 너도 목숨만은 살려달라고 전해 드리렴. 그나저나 왜?"

"응, 우리 대신전에 돌아가기 전에 식사하고 가지 않을래? 물론 두 시간 정도면 대신전에 도착하겠지만, 내가 너무 배가 고파서 말이지. 나 어젯밤에 성에 들어간 후로 지금까지 아무것도 안 먹었거든."

그러고 보니 우리가 성에 쳐들어간 게 한밤중이었는데 해가 뜬 것도 모자라 그 해가 다시 지고 있었다. 즉, 우리는 하루 종일 굶고 있었다는 것.

해인이의 말을 듣자마자 내 배에서도 마찬가지라는 듯 꾸르륵~ 꾸르륵~ 하고 요란한 소리를 냈는데, 너무 큰 소리가 나는 바람에 해인이가 듣고 웃을 정도였다.

"아하하~ 오빠도 먹고 가는 데 찬성이지? 그럼 리건에게 그렇게 말할게."

내가 뭐라 하기도 전에 잽싸게 자기 할 말만 하고 저~ 멀리 떨어져 있는 블랜차드 후작에게 쪼르르~ 달려가는 해인의 모습에 나는 어버버~ 거리다 결국 피식 웃으며 셔츠의 단추를 마저 채웠다.

원래 밝은 애긴 했지만 어려웠던 일을 무사히 해결해서 그런지 한층 더 밝아진 것 같다. 하기야, 나도 어깨가 가벼워진 느낌인데 해인이도 마찬가지겠지.

옷을 다 차려입고 마지막으로 배낭 안에 얌전히 있던 아버지가 주신 팔찌를 차고 나서 해인이가 있는 쪽으로 향하니, 어째 해인이의 옆에 있어야 할 블랜차드 후작이 안 보인다. 그리고 그와 함께 같이 떠오른 것은, 그동안 해인이의 옆에 껌처럼 찰싹 달라붙어 있던 두 존재도 보이지 않는다는 거였다.

"후작님은 어디 가셨어?"

"응, 식사 준비하러. 잠시만 기다리면 돌아올 거야."

해인이의 말에 나는 후작이 음식이 부족해 주변에 동물이라도 사냥하러 간 줄 알고 모닥불이라도 미리 피워놔야겠다 싶었다.

'아, 그전에……'

"그러고 보니 아까부터 네 호위기사들이 안 보이네? 물론 나야 천왕에게 얻어맞는 꼴을 보이지 않아서 좋았지만, 어디 갔어?"

"보냈어. 그들의 능력이 뛰어나도 이 상황이 감당 안 될 것 같아서."

대답하는 해인이의 표정이 살짝 가라앉는 거 보니 아무래도 보낼 때 마음이 안 좋았나 보다. 하긴, 아무리 그들을 위해서라고 하지만 여기까지 와서 아무것도 안 하고 되돌아가는 건데 그들 마음이나 돌려보내는 해인이 마음이나 좋을 리가 없었을 것이다.

"그들이 순순히 가든?"

"설득시키느라 좀 힘들었지만 그렇게 꽉 막힌 존재들이 아니라서 다행히 이해해 주더라고. 아무래도 나보다 몇 배나 되는 오랜 세월을 살아온 이들이니까 양보해 줄 줄도 알고 물러나 줄 줄도 알거든."

"아~ 둘 다 인간이 아니라고 했었지? 역시 연륜이 뛰어난 존재들은 뭐가 달라도 다르네."

해인이 호위기사들에게 감탄을 하는 중에도 주변을 살피던 내가 나뭇가지들을 주섬주섬 주워 모으기 시작하자 해인이가 당혹스러운 시선으로 날 바라봤다.

"오빠, 지금 뭐 해?"

"응? 뭐 하긴. 후작님이 오시기 전에 불이라도 피워놓으려고 그러지. 그럼 후작님이 사냥해 오신 거 금방 구울 수 있을 거 아냐? 너도 가만있지 말고, 내 배낭에 먹을 게 좀 있거든? 그거 좀 꺼내봐라. 아, 냄비도 있을 거야."

남은 기껏 열심히 식사 준비를 하고 있건만, 내 지시에 어리둥절해하던 해인이가 풋~ 하고 웃음을 터뜨리더니 손을 마구 젓는 것이었다.

"오빠, 오빠, 안 그래도 돼. 리건은 사냥하러 간 게 아니야."

"응, 식사 준비하러 가셨다며?"

"아하하하~ 아니야, 아니야. 푸후후후~ 그냥 있으면 돼. 기다려 보면 알아."

해인이 녀석, 뭐가 그리 웃긴지 참으려고 애를 쓰는데도 웃음이 새어 나오는 걸 끝까지 막지 못해 말을 제대로 하지 못하는 거다.

영문을 알 수 없었던 내가 어리둥절해서 바라보니, 해인이 대신 정령왕들이 나섰다.

"기껏 고생했는데 육포 쪼가리나 먹으면 돼냐? 제대로 된 음식을 먹어야지."

실피드가 스타트를 끊고 그 뒤를 노아스가 이었다.

"파란 도마뱀 녀석, 이럴 때는 편리하다니까. 하긴, 그러니까 엘라임이 그냥 두는 거지 안 그랬음 벌써 해인이 옆에서 치웠을걸?"

그래도 뭔 소린지 몰라 고개를 갸웃거리자 그제야 웃음을 가라앉힌 해인이가 보충 설명을 해줬다.

"리건은 다 만들어진 음식을 가지러 간 거야. 마법을 잘하는 게 여러 가지로 편리하더라고. 멀리 있는 집에도 한번에 다녀올 수 있고 말이야. 오빠도 많이 배고플 텐데 맛있는 거 먹으면 좋잖아? 리건 입맛이 꽤 고급이라 맛있는 걸로만 가지고 올 테니까 기대해도 좋아."

그제야 영문을 알 수 있었던 나였다.

"그러니까… 마법으로 집에 가신 거야? 거기서 음식을 가져오려고?"

"응."

해인이가 말하는 폼을 보니 전에도 이런 일이 꽤 있었던 모양이다.

하긴, 전에 아버지도 그랬던 적이 있었다. 블랜차드 후작이야 아버지보다 더 대단한 마법사이니 그 정도야 식은 죽 먹기겠지.

"그러고 보니, 나도 참 눈치가 없지. 정령왕님들이 후작님을

계속 파랑 도마뱀이라고 불러도 그게 그분의 정체를 말하는
건 줄 꿈에도 몰랐다니까. 나보다도 강한 분이라는 건 알았는
데, 설마 드래곤일 줄은 생각도 못했어.”

왠지 스스로가 바보 같아 머쓱하게 말했더니 해인이가 위로
하려는 듯 배시시 웃는다.

“나도 아버지가 가르쳐 주시기 전까지는 몰랐는데 뭐.”

“혹시 네 호위기사들도 알고 있냐?”

“아니. 미안하긴 하지만, 그들에게도 안 가르쳐 줬어. 리건
이 지금 유희 중이거든. 그럴 때는 정체를 알아채도 모르는 체
해주는 게 예의래. 그래서 이런 특혜를 누리는 것도 리건의 정
체를 아는 존재들만 있을 때뿐이야. 뭐, 이제는 오빠도 알게 되
었으니 오빠도 특혜를 누릴 수 있겠네.”

해인이의 말에 나는 고개를 끄덕였지만 속으로는 고소를 짓
고 있었다.

‘아마 너 없으면 턱두 없을걸?’

그 후, 해인이가 곧 자신의 나라로 돌아갈 테니 자기네 영지
에 한번 놀러 오라는 둥, 다른 나라에 소개시켜 줄 존재들이 있
으니 거기 놀러 가자는 등등의 이야기를 하고 있을 즈음, 사라
졌던 블랜차드 후작이 돌아왔다.

한데, 음식을 가지러 갔으면서 손에 아무것도 안 들고 있는
거다.

그런데도 우리를 보고는 당당하게,

“먹자.”

라고 하기에 어이가 없어서 바라보고 있는데, 해인이는 아무렇지도 않은 표정으로 어리둥절해 있는 날 끌고 블랜차드 후작에게서 열 발자국 정도 떨어지는 거였다.

‘어어?

이건 또 무슨 상황인지 몰라 해인이에게 얌전히 이끌려 가면서도 당혹해하는데, 우리가 멀리 떨어지자 후작은 기다렸다는 듯 허공에다 가볍게 손을 튕겼다.

그러자 그의 손짓에 따라 허공에서 구멍이 생기더니 거기서 커다란 탁자가 나와 바닥에 착~! 하고 자리를 잡는데, 놀랍게도 그 커다란 탁자 위에는 온갖 음식이 잔뜩 차려 있는 거였다. 그러니까 후작은 웬 만찬 식탁을 하나 통째로 들고 온 것이었다.

거기다 덤으로 의자까지.

“우와~!”

난 음식을 챙겨온다고 해서 소풍 가는 것처럼 도시락을 싸올 줄 알았건만, 후작은 본래 덩치만큼이나 통이 컸다.

만찬 식탁도 보통 만찬 식탁이 아니다. 식탁이랑 의자도 고급스러운데다 식탁 위의 식기들도 모두 보석으로 장식된 은제품이고, 옵션으로 초가 꽂힌 은촛대에, 실크로 된 냅킨, 손 씻는 향기 나는 물까지 준비되어 있는 거였다.

‘이렇게 가지고 오기도 힘들었겠다.’

식탁 위의 초 가지고는 조명이 부족했던지 내친김에 후작이 허공에다 마법으로 빛의 구까지 몇 개 띄워놓자 그곳은 순식간에 훌륭한 야외 만찬 장소가 되어버려 왠지 옷을 정장으로 갈아입고 와야 할 것만 같은 느낌이 들었다. 뭐, 단순히 느낌일 뿐 정말 옷을 갈아입고 온 사람은 없었지만.

"잘 먹겠습니다아~!"

오랜만에 즐거운 식사 시간이었다.

음식도 모두 훌륭한 것들이었고, 큰일을 해결한 뒤라 마음도 가벼웠고, 친한 사람들과 함께 앉아 편하게 떠들 수 있었으니 이보다 더 즐거울 수는 없을 거다.

정령왕들도 식사는 안 했지만 같이 식탁에 둘러앉아 대화에 참여했는데, 그걸 보니 아버지가 함께하지 못한 게 무척 아쉬웠다. 그래도 나중에 해인이가 아버지네 저택에 놀러 오기로 했으니 아버지까지 참여한 만찬도 벌일 수 있을 거라 생각한다.

해인이는 나에게 소개시켜 주고 싶은 존재들이라든지 보여주고 싶은 곳이 많았던 모양인지 아예 자기네 집에 놀러 올 때는 시간을 일 년 이상 넉넉히 잡고 오라고 했다. 하기사 소개시켜 줄 존재들이 남대륙에 있다는 라센 국가에 살고 있다니, 해인이한테 놀러 가는 건 대륙 절반을 여행하는 긴 여정이 되지 않을까 싶다. 거기다 바닷속에도 가볼 거라고 기대하라며 웃는데… 그걸 먼저 할 거면 아버지께 마법을 배우는 건 먼~ 미래로 미뤄야 할까 보다.

즐거운 만찬이 끝난 후 일행은 곧바로 해인이가 불러낸 슈리엘을 타고 대신전으로 향했다. 가는 길에 노숙을 하고 있던 대신전의 지원군들과 해인이의 호위기사들을 발견할 수 있어 같이 태우고 돌아올 수 있었다.

개인적으로는 대신전 지원군들에게 무지 미안했다. 해인이가 자신의 호위기사들에게 가지는 미안한 감정보다 한, 두세 배는 더 클 거다. 그들은 기껏 내 요청을 받아들여 세상을 구하기 위하여 나서줬는데, 한 일이라고는 사기가 풀풀 날리는 성을 앞에 두고 하룻밤 묵었다가 그냥 돌아온 것밖에 없었으니까.

'마요 녀석, 성 앞에다 좀비라도 좀 풀어놔줄 것이지… 그럼 최소한 검은 몇 번 휘둘러보고 신성 마법도 써봤을 거 아니야?'

그런 이유로 그들에게 면목이 없었던 난 대신전에 도착하자마자 그들이 깨기도 전에—재워서 슈리엘에 태웠으니까—얼른 해인이에게 작별 인사를 하고 마법진을 통해 스포티스우드 성으로 돌아와 버렸다.

한데, 스포티스우드 성의 분위기가 잔뜩 가라앉아 있는 거다.

'이런… 아무래도 전투 결과가 안 좋았나 보지?'

정말 그랬다.

아버지가 계시다는 병동으로 찾아가 보니, 어제 전에 여성 마족이 쳐들어왔을 때보다 환자들이 더 많아 안으로 들어가기

조차 힘든 상황이었다.

병동 전체가 중환자 병동이 되어버렸고, 환자 침대는 수용 한계를 넘어 복도에까지 진출해 있어 너무 복잡했던 터라 환자와 치료사들을 제외한 나머지 사람들의 출입은 금지되어 있을 정도였다.

덕분에 난 아버지를 찾으러 가자마자 각 층마다 회복 마법을 걸어줘야 했다. 환자도 환자들이었지만, 그들의 목숨을 유지시키는 신관, 마법사들도 다들 과로사하기 직전이라 차마 그냥 놔둘 수가 없었던 것이다.

그러고 나서야 나는 아버지와 함께 병동을 나와 대화를 할 수 있었다.

"도대체 어떻게 된 거래요?"

"녀석들에게 당했다."

씁쓸한 표정의 아버지를 보니 그럴 것 같기는 한데, 전투에서 졌다고 보기에 성은 멀쩡해 보인다.

"성은 별 탈 없어 보이는데요?"

"여기가 문제가 아니야. 놈들의 양동 작전에 당해서 놈들의 유인에 온 전력이 쏠린 사이 컬린 성을 빼앗겨 버렸어."

"옛?"

아군의 리더 그룹은 적군에 마족이 없다는 것에 잔뜩 사기가 고무되어 스포티스우드 성의 앞에 진치고 있는 적을 향해 진격했다고 한다.

허겁지겁 도망치는 적들을 추격하여 많은 수를 도륙하고

저~ 멀리까지 쫓아내 그동안 아군이 빼앗겼던 다른 성을 되찾을 발판을 마련했다고 신이 나 있는 순간, 컬린 성에서 비보가 날아왔단다.

"마족이 없다는 것에 주의를 빼앗겨서 마족이 없어도 놈들의 전력은 대단하다는 걸 잊어버린 게 잘못이었지."

쓸쓸하게 말하시는 아버지의 모습을 보니 괜히 내가 미안해졌다. 나 또한 마족이 없으면 전력이 상당히 낮아질 테니 이때를 틈타 공격하는 게 좋을 것이라 여겼던 것이다. 아버지를 여기에 남겨둘 때도 그런 뉘앙스로 이야기를 했고 말이다.

하지만 반대로 생각해 보면, 내가 없으면 놈들에게 위협이 되는 존재는 아버지뿐이었으니 아버지만 딴 곳으로 유인해 버리면 놈들은 컬린 성 정도는 몇 시간 안에 점령할 수 있었을 거다. 전에 본 바로 컬린 성은 방어가 취약한 곳이었으니까. 아마 놈들도 그걸 알아서 스포티스우드 성이 아닌 컬린 성을 노린 걸 거다.

길게 한숨을 내쉰 아버지는 곧 표정을 바꾸고 날 바라보셨다.

"그래, 너는 어떻게 되었냐? 표정을 보아하니 잘 해결하고 돌아온 것 같다만."

아버지의 질문에 나는 애써 씨익 웃으며 브이 자를 그려 보였다. 물론, 아버지는 그게 무슨 뜻인지 몰라서 설명을 곁들여야 했지만 말이다.

"무사히 완벽하게 해결했습니다. 이제 이번 전쟁에서 마족들은 코빼기도 보이지 않을 겁니다."

내 말에 아버지의 눈이 휘둥그레졌다.

"뭣? 단순히 그들의 일을 방해한 게 아니라, 아예 그들 존재 자체를 처리했단 말이냐?"

"예. 운이 좋았다고나 할까요? 생각보다 무척 위험한 일이라 죽는 줄 알았는데, 여러 가지 변수가 타이밍 좋게 일어나서 완전 깨끗하게 해결할 수 있었어요. 아마 대신전에서 이 기회에 대대적인 반격을 하지 않을까 싶어요."

"이거 참 희소식이구나. 빨리 가서 이 사실을 알려야겠다."

내 말에 반색을 표하신 아버지는 그 즉시 날 데리고 바리수카 후작에게로 향하셨다.

아버지처럼 잔뜩 가라앉은 얼굴로 서류 더미에 파묻혀 있던 바리수카 후작은 아버지의 말에 자리에서 벌떡 일어나 리더 그룹 회의를 소집했고, 내 이야기를 들은 리더 그룹도 우울한 분위기에서 벗어나 당장 선봉 부대를 선택하자고 난리였다.

거기다 내 예상대로 다음날에는 양대 대신전에서 공동으로 성명 발표를 하고 나섰다.

[천신께서 선택하신 두 용사와 양대 신전의 전사들이 나서서 드디어 이 세계를 혼란케 했던 마족을 처리했으니 온 세상의 정의의 용사들이여, 이제 그대들의 차례다. 모두 다 같이 일어나 저 극악무도한 악당의 잔당들을 처리하자!]

대신전으로부터 전달된 마법 구슬을 작동시켰더니 양대 대신전의 신관장이 근엄한 표정으로 양피지를 들고 나와 그 안에 쓰인 글을 엄숙하게 읽는 영상이 뜬다.

'허~ 성명 발표하는 모습이 어째 한국이랑 비스름하네? 역시 사람 사는 곳은 어디든 똑같은 건가?'

이 영상은 구슬을 받는 즉시 바리수카 후작이 성안의 모든 사람들을 모아놓고 그 앞에서 공개했기에 영상 속의 신관장들이 말을 끝내자마자 성을 뒤흔들 정도의 큰 함성 소리가 터져 나왔다.

"우와아아아~!!"

'그렇게 좋을까? 뭐, 마족이 갔다니 좋기는 하겠다만……'

쓴웃음이 절로 지어졌지만, 아군의 사기가 팍팍 오르는 게 나쁘지는 않았다.

사기가 팍팍 오른 건 비단 스포티스우드 성의 사람들뿐만이 아니었다.

양대 신전의 공동 성명 발표는 그곳뿐만이 아니라 새클턴—아메리 국을 제외한 전 세계로 퍼져 각 나라 각 지역 많은 젊은이들의 피를 들끓게 만들어 성명이 발표된 날 이후로 갑자기 각 나라마다 군대에 자원하는 젊은이들이 늘었으며, 심지어 직접 전투지로 달려와 참여하겠다는 사람들도 많아졌다.

거기에 조약으로 인하여 생색내는 정도로, 아니면 국익을 위해서 필요한 만큼만 지원을 해줬던 남대륙에서도 갑자기 대대적으로 지원하겠다는 연락이 날아왔고, 북서대륙 측에서도 더 많은 병력을 보내겠다는 연락이 날아왔다.

하이라이트로 새클턴—아메리 국에서 위기감을 느꼈는지

휴전하자는 연락이 왔다는 소식을 듣자 나는 '이제 끝이다!'
란 생각에 당장에 해인이에게 연락했다.
"해인아, 우리 언제 만날까?"

휴전하자는 연락이 왔다는 소식을 듣자 나는 '이제 끝이다!

Chapter 28
언 놈이야?

새클턴―아메리 국에서 휴전 제의가 날아오자 나는 모든 게 다 끝났다고 생각했다. 이제는 동화의 마지막처럼 '오래오래 행복하게~' 만 남은 줄 알았건만, 내 예상은 애초부터 어긋나기 시작했다.

"말도 안 됩니다. 휴전이라니요?"

"최소한 잃어버린 영토는 되찾아야 합니다."

"이건 단순한 전쟁이 아닙니다. 성전입니다."

난 솔직히 스포티스우드 성의 리더 그룹 절반 정도는 휴전에 찬성할 줄 알았다. 전쟁이 뭐가 좋다고 더 오래하려고 하겠는가 싶어서 말이다.

한데 모두가 한목소리로 전쟁을 계속해야 한다고 주장하니,

내 내심을 드러냈다간 큰일 날 것만 같다.

'아니, 왜? 지금 다들 제정신인감?

도대체 뭘 믿고 계속 전쟁을 하자는 건지 모르겠다. 내가 없는 사이 놈들에게 쳐들어갔다가 된통당한 걸 벌써 잊어버리기라도 한 건가?

물론 놈들에게 잃어버린 영토도 아깝고 당한 것도 열받겠지만, 전쟁을 길게 끌어봤자 우리 쪽 피해도 만만치 않을 테니 그냥 이쯤에서 접는 게 최선 같았다. 휴전 제의를 저쪽에서 먼저 해왔으니 설마 맨입으로 하자고 하지는 않을 테고, 거기서 최대한 받아내면 될 텐데 뭐 하러 전쟁을 해서 빼앗으려 하는지 모르겠다.

신관들이야 그러고 나서는 건 이해가 갔다. 대신전에서 엄격히 금지하는 네크로맨서 마법에 마물 소환술에 키메라까지 등장했으니 성전을 외치며 발본색원해야 한다고 주장하는 게 당연하겠지.

한데, 각 나라의 리더들은 뭘 바라서 전쟁의 속행을 주장하는지 모르겠다.

"그만들 하시오. 어차피 휴전 제의를 받아들이든 거절하든 그건 우리 소관이 아니오. 우리는 여기서 기다렸다가 위에서 내려오는 지시를 받으면 되는 것이니 경거망동하지 말고 기다립시다."

바리수카 후작이 한목소리로 떠드는 리더 그룹을 향해 말했다.

뭐, 맞는 말이다. 여기서 하지 말자고 해도 위에서 하라고
하면 할 수밖에 없는 거 아니겠는가?

왠지 한국에 있을 동생 녀석이 군대 갔다 와서 주구장창 입
에 달고 다니던 말이 떠올랐다.

'까라면 까야지. 훗……'

그런데 다음날, 여느 때처럼 용병 진지를 한 바퀴 쭈우욱~
돌며 보람찬 돈벌이를 하고 숙소로 돌아왔더니, 아버지가 날
기다리고 계시는 거였다.

"아버지?"

"짐 싸자."

날 보자마자 마치 밥 먹으러 가자는 것처럼 태평한 어조로
툭 내뱉어서 나는 오히려 그 말의 의미를 제대로 입력시키지
못했다.

"네?"

그에 기꺼이 다시 설명해 주는 아버지.

"짐 싸자고. 수도로 돌아간다."

아버지의 말에 나는 드디어~ 란 생각에 활짝 웃었다.

"휴전을 받아들인대요?"

하나, 아버지의 입에서 나온 대답은 내 질문의 부정이었다.

"아니."

"예?"

"아니라고. 우리는 부상병 수송 담당으로 수도로 돌아가는

거야."

스포티스우드 성에 마법진이 설치되어 있긴 했지만, 이걸 이용할 수 있는 자는 작위를 가진 귀족, 혹은 그의 후계자 정도였다. 그러니 귀족이 아닌 기사들이나 일반 병사들을 비롯하여 용병들은 부상당했어도 돌아가려면 육로를 이용해야만 했다. 이게 바로 힘없는 자의 비애겠지?

그나마 기사와 병사들은 최소한 수레나 마차에 태워 수도까지 데려다 주니 좀 나았다. 용병들은 그마저도 없이 각자 알아서 가야 했으니 말이다. 부상병 수송 부대에 같이 가게 해주는 것이 그나마 나라에서 해주는 배려였다.

하여간 아버지와 나에게 이 부상병들을 수도까지 수송하는 부대를 지휘하라는 명령이 떨어진 거였다.

"그럼, 수도에 도착하면 다시 여기로 돌아오나요?"

"아니. 그동안 수고했다고 당분간 휴식을 취하라는구나."

아버지의 말에 나는 당혹감을 감추지 못했다.

"휴가요? 전쟁이 또다시 벌어질지도 모르는데?"

"그렇다는구나."

아무렇지도 않게 대답하는 아버지의 얼굴을 바라보며 나는 고개를 갸웃거렸다.

'전쟁이 안 끝났는데… 나라 최고의 실력자를 전쟁터에서 빼도 되는 건가?'

물론 난 하루라도 빨리 돌아갔으면~ 하고 바라긴 했지만, 그건 일이 모두 완전히 깨끗하게 해결되고 나서였다. 중간에 이렇게 되돌아가면 볼일 보고 뒤 안 닦은 것처럼 얼마나 찝찝하겠는가 말이다.

'도대체 위쪽에 있는 사람들은 뭘 생각하고 있는 거지?

하지만 내가 그들에게 따져 물을 수도 없는 일. 까라면 까야 한다고, 해서 다음날 아버지와 나는 부상병들과 그들을 호위할 일단의 마법사, 신관, 기사, 병사들을 데리고 수도로 향했다.

부상병을 데리고 가는 길이었기에 별일이 없었음에도 불구하고 우리가 수도에 도착한 건 스포티스우드 성을 떠나고 2주가 흐른 다음이었다. 한데, 수도에 도착하자마자 제일 먼저 반기는 건 전쟁이 다시 시작되었다는 소식이었다.

헌데 정말 당혹스럽게도 그럼에도 불구하고 아버지에게 내려진 휴가는 취소가 안 된데다가, 아버지와 내가 아버지의 저택에 도착해 보니 로스트센 백작이 우리 부자를 기다리고 있는 거다.

"백작님?"

당혹스러운 시선으로 그를 바라보자 그가 허허~ 웃어 보였다.

스포티스우드 성에서 헤어질 즈음에도 날 안 좋은 시선으로 바라보고 있던 사람이었건만, 여기서 다시 보니 새로웠던지 꽤나 반가운 기색을 보인다.

"안녕하십니까, 백작님. 자네도 오랜만이군."

"아니, 언제 온 겁니까?"

아버지가 의아하다는 듯 묻자 로스트센 백작이 어깨를 으쓱해 보였다.

"닷새 전에 도착했습니다. 저도 부상을 당해 전투가 무리이니 당분간 쉬라고 해서 마법진을 통해 수도로 돌아왔습니다."

부상이라 해도 내가 마요를 처리하러 간 사이 아버지가 아군과 함께 적진에 쳐들어갔을 때 생긴 걸로, 그때도 중상이 아니라서 수도로 이송되는 대신 성에 남아 치료를 계속 받았는데, 이제 와서 쉬라고 하다니 어이가 없다.

그러나 어이없어하는 나와는 달리 아버지가 긴 한숨을 내쉬더니 혀를 끌끌 차신다.

"무슨 일인지 알겠군요. 아마 백작 말고도 많은 사람들이 돌아가라는 지시를 받았겠지요?"

"그렇습니다. 그리고 폐하께서 백작님을 기다리고 계십니다. 어서 채비하시지요."

어떻게 된 영문인지 나도 좀 알았으면 좋겠구만, 로스트센 백작의 재촉에 아버지는 제대로 된 설명은 나중으로 미루고는 옷만 잽싸게 갈아입고 왕성으로 향하셨다.

물론, 집사에게 내 소개는 해주고 가셨기 때문에 나는 무지 커다란 방을 내 방으로 지정받고 거기서 거창하게 목욕도 하고 식사도 할 수 있었다.

그러고 나서도 아버지가 돌아오시지 않자 나는 실퍼드의 도움을 받아 해인이에게 전화(?)했다.

“뭐 해? 바빠?”

[아니야. 할 일은 많지만 급한 건 아니라서. 오빠는 뭐 해? 그러고 보니 마르타 국은 휴전 제의를 거절했다던데?]

“그랬다더라. 나 여기 아버지네 집이야. 2주 전에 스포티스우드 성에서 휴가를 주면서 수도로 돌아가라고 해서 오늘 도착했어.”

[수도에 지금 도착했다고? 혹시 걸어갔어?]

“응, 오면서 부상병 수송하라고 해서 부상병이랑 같이 왔거든. 그래서 좀 늦었는데 수도에 도착하니까 전쟁이 다시 났다고 하데? 한데 아버지의 휴가는 취소가 안 되어서 느긋하게 쉬는 중. 너는? 녹스 국이나 대신전은 전쟁 안 한다니?”

내 말에 해인이가 피식 웃는 소리가 들렸다.

[나도 오빠랑 같은 처지야. 지금 여기는 대신전이 아니라 벨레니 국의 내 영지.]

“엇? 진짜? 너 돌아간다는데 대신전에서 안 붙들디?”

[일단 가장 위험한 마족은 갔으니 대신전이나 숨겨진 신전에 대한 위협은 사라졌잖아. 원래 대신전에서 대대적으로 반격을 하려고 나에게 선봉을 부탁했는데 여왕 폐하께서 돌아오라고 하데? 그래서 온 거야.]

“녹스 국은 안 돕고?”

[나랑 리건 대신 국방부 측에서 나섰으니까 거기서도 할 말 없지. 게다가 우리나라뿐만이 아니라 남대륙에서도 많이 지원을 보냈으니 구태여 나만 붙들고 있을 필요도 없고.]

“흐음… 내가 이상한 거냐? 새클턴—아메리 국에서는 그만 하자는데 다들 왜 끝까지 전쟁을 하려는지 모르겠어. 아무리 마족들이 없다 해도 그들 전력은 만만치 않은데 말이야.”

[모두 뒤로 계산을 하고서 전쟁을 하자고 그러는 거야. 우리 나라 경우만 봐도 이번 기회에 녹스 국을 최대한 우려먹어서 감히 우리나라에게 대적할 수 없는 약소국가로 만들던지 속국 으로 만들 계획이라던데 뭘. 아마 남대륙도 중앙 대륙 진출 발 판으로 삼으려고 적극 지원한 걸걸?]

“녹스 국은 그걸 모를까?”

[모르긴. 녹스 국은 지금 이대로 있으면 언젠가 우리나라를 비롯하여 다른 나라에 먹힐지도 모른다고 생각하니 이판사판 일 거야. 그런데 일이 잘 되어 새클턴 국을 점령해 버리면 지 금의 불리한 상황을 단번에 뒤집을 수 있으니 올인을 해보는 거지.]

하긴, 녹스 국은 수도까지 빼앗겼으니 휴전을 한다 해도 나 라의 운명이 풍전등화의 상태이긴 했다.

어찌어찌 버틴다 해도 강국이 약소국으로 전환되어 대등하 게 상대했던 벨레니 국이나 마르타 국은 물론이거니와 새클 턴—아메리 국의 눈치도 보게 될지도 모르는 상황이니 이번 전쟁을 마지막 기회로 생각하는 걸지도.

뭐, 그 나라가 그러든 말든 지금 난 마르타 국이 걱정인 데…….

“저기, 혹시 마르타 국에 대해 아는 거 있냐?”

[마르타 국? 그거야 나보다 팔라디노 백작님이 잘 아실 텐데?]

"지금 집에 안 계신다. 게다가 어째 편히 앉아 나라에 대한 강의를 들을 분위기도 아니고."

[아, 거기도 전쟁한다고 했지?]

"그래. 왜 하는지 모르겠다니까. 여기는 그냥 휴전해도 약소국이 되는 것도 아닌데. 게다가 전쟁이 났는데도 아버지와 나를 뒤로 물린 이유도 모르겠고. 그냥 가만히 있으려고 했지만, 영문도 모른 채 이리저리 휩쓸리는 건 딱 질색이거든."

[에에… 그래 봤자 나는 대략적인 것밖에 아는 게 없는데?]

"자세한 건 틈틈이 아버지께 물을 거니까 아는 것만이라도 말해주라. 차마 여기 집사한테 물어보기는 어색하고, 부탁할 사람이 너밖에 없다."

그렇게 해서 해인이에게 들은 이야기는, 내가 아는 왕이 다스리는 나라이고 마법사가 우대를 받는다는 것을 제외하면 왕을 견제하는 원로원이라는 정치 기관이 있다는 것이었다. 마법사를 우대하는 나라답게 마법사로 이루어진 이 원로원은 거의 왕권에 필적하는 권력을 휘두르기 때문에 귀족보다도 왕권을 약화시키는 데 일조하는 기관이라고 했다.

[전에 얼핏 듣기로는, 전대의 국왕까지만 해도 왕권이 원로원의 힘에 눌려 있었는데 현 왕이 등극한 뒤로 치열한 힘겨루기를 하고 있대.]

"그래?"

[그래서 생각한 건데, 혹시 오빠랑 오빠네 아버지도 거기에 휩쓸린 거 아닐까? 오빠네 아버지도 귀족이시니 일단 국왕파나 원로원파 중 어디에든 들어 계실 거잖아. 사실 우리나라도 왕실 기사단파와 국방부파가 치열하게 힘겨루기를 하고 있거든. 내가 대신전에 있을 때는 리건이 힘을 써줘서 왕실 기사단에서 대신전을 도와줬거든? 그러니까 이번 녹스 국 전쟁 때는 국방부에서 나서기로 했어. 뭐, 우리 쪽만 공을 독식하는 건 안 좋다는 이유인데, 아마 오빠네도 그렇지 않을까?]

"어이가 없다고 생각한다면 내가 너무 순진한 건가? 하지만 강한 적을 앞두고 전공 싸움이나 하고 있냐?"

[음, 하지만 거기에 그들의 밥그릇이 달려 있으면 적이고 아군이고 보이지 않을걸? 내가 오빠보다 몇 년 더 여기서 살아서 아는데, 밥그릇이 걸리면 사흘 굶은 개보다도 더 치열하게 싸워.]

해인이의 비유가 너무 적나라해서 난 나도 모르게 픽~! 웃고 말았다.

[어어? 과장이 아니라니까. 오빠도 직접 보면 알 거야.]

"아니, 그게 아니라… 갑자기 한국의 국회가 생각나서. 하여간 고마워. 너도 바쁜데 괜히 붙들고 있는 거 아닌가 모르겠다."

[에이, 괜찮아, 괜찮아. 그나저나 오빠를 초대하고 싶고, 오빠네 놀러 가고 싶은데 상황이 이러니 금방은 못 갈 것 같네?]

"그러게 말이다. 빨랑 끝나서 놀았으면 좋겠다."

[나도~ 하여간, 그때를 기다리며 나중에 봅시다!]

"웅, 나중에 보자."

해인이와의 전화를 끊고 나서 몸을 일으키는데 때마침 문에서 노크 소리가 들리며 하인의 목소리가 뒤를 이었다.

"주인님께서 돌아오셨습니다."

잽싸게 밖으로 나가보니 아버지가 피곤한 기색이긴 하지만 덤덤한 표정으로 계단을 올라오시다가 위에서 내려가고 있는 날 발견하셨다.

"좀 쉬었냐?"

"저야 남는 게 체력이지 않습니까? 아버지는 피곤해 보이시네요. 여쭤볼 게 있었는데."

내 말에 따라오라는 손짓을 보이시고는 먼저 자신의 방에 들어가신 아버지가 집사에게 겉옷을 벗어 건네며 입을 여셨다.

"뭐가 궁금한데?"

"아버지 국왕파세요, 원로원파세요?"

내 질문이 뜻밖이었던지 멈칫하시던 아버지가 픽 웃으셨다.

"언제 그런 건 알았냐?"

"아버지 안 계실 때 해인이에게 물어봤어요. 딴 나라 사람이라 자세한 건 모르지만, 대략적으로 왕이 있고 원로원이 있다는 건 알려주데요."

"흠, 그래도 알려고 하니 기특하구나. 난 끝까지 무관심할 줄 알았는데."

“그러려고 했는데, 상황이 그렇지 못하네요.”

내 말에 아버지가 쿡쿡 웃으시더니 이야기가 길어질 것 같은지 잠시 기다리라고 하시더니 집사에게 뜨거운 차와 간단한 식사거리를 주문하시고 본인은 욕실로 들어가셨다.

얼마 후에 집사가 뜨거운 차 두 잔과 간단한 먹거리를 챙겨 오자 아버지도 마침 뜨거운 김을 온몸에서 모락모락 피우며 욕실에서 나오셨다.

“참, 전쟁은 잘 되어간대요?”

“응. 원로원이 욕심이 많아도 바보는 아니거든. 충분히 계산하고 이길 수 있으니 전면적으로 나선 거다.”

아버지의 말에 난 아버지가 어느 편인지 알 수 있었다.

“아버지는 국왕파셨군요.”

“그래.”

아버지는 내 맞은편 소파에 앉아 뜨거운 찻잔의 온기를 음미하며 고개를 끄덕이셨다.

그런 아버지의 모습을 보다 보니 문득 떠오르는 게 있어 나는 질문을 던졌다.

“혹시… 예전에 칼침 맞고 절벽에서 떨어지신 거요, 국왕파와 원로원파의 자리 싸움인 거였습니까?”

아버지는 내 말에 고개를 끄덕이셨다.

“말하자면 그런 셈이지. 간단히 설명하면 국왕파의 나와 라이벌 관계에 있는 자가 바로 원로원파의 바리수카 후작인데 우리는 지금 왕실 수석 마법사 자리를 놓고 경쟁 중이거든.”

"오옷~ 그래요? 어쩐지, 바리수카 후작이랑 아버지랑 그다지 사이가 좋아 보이지 않긴 했어요. 그래도 딱히 적대시하는 건 아니던데."

내가 놀란 기색을 보이자 아버지가 피식 웃으셨다.

"맞아. 그는 항상 정정당당했고 상대방을 인정할 수 있는 사람이거든. 그가 나와 같은 파였다면 좋은 친구가 될 수 있었을 게야. 솔직히, 그때 일도 그가 한 건 아니라 지금도 그를 싫어하진 않지. 뭐, 그거야 어쨌든 본론으로 돌아가서, 경쟁 중이라 해도 난 애초부터 바리수카 후작보다 실력이 뛰어났거든."

"푸헐~"

아버지의 잘난 체를 오랜만에 봐서인지 나도 모르게 웃음을 흘리자 아버지가 날 흘겨보셨다.

"왜 웃냐, 이놈아? 그러니까 원로원파 쪽에서 불안감을 느껴 날 음해한 거 아니냐?"

하긴, 아버지의 말도 맞다. 아버지가 바리수카 후작보다 실력이 떨어졌다면 원로원에서 괜히 아버지를 절벽으로 유인하여 칼침을 놓을 리 없었을 테니까.

"그럼 지금도 위험한 거 아닙니까?"

"위험하지. 내가 그래서 원래 널 데리고 가면서 실력은 철저하게 숨기려고 했는데, 하필이면 마족이 나타나서 밑천 다 드러냈지 뭐냐."

안타깝다는 듯 입맛을 쩝쩝 다시는 폼이 위험해서 걱정되는 게 아니라 나중에 원로원파에게 장렬하게 뒤통수를 때려주려 했는데 그게 무산되어서 아쉬워하는 것 같다.

그에 나는 피식 웃었지만, 이야기가 딴 데로 가는 걸 깨닫고 본론으로 돌아왔다.

"혹시, 로스트센 백작님도 국왕파인가요?"

"그래. 로스트센 백작이 있는 왕실 기사단은 다 국왕파라고 봐도 된다. 그들은 폐하의 검이니까."

"그래서 로스트센 백작을 비롯하여 그의 수하 기사들이 다 돌아온 거였군요. 로스트센 백작님 실력이 뛰어나던데, 그런 기사들이나 아버지를 돌려보내고서도 전쟁을 잘 치르고 있다니, 원로원의 힘이 강력하긴 강력한가 봐요."

"솔직히, 전체적인 전력을 따지자면 우리 국왕파보다는 원로원파가 더 강해. 우리는 개인적으로 실력이 뛰어나도 인원이 몇 없지만, 원로원파는 개인적으로 실력이 약간 떨어져도 인원수가 많거든. 덕분에 얼마 전에 잃어버렸던 컬린 성을 되찾았다고 하더라. 완전 죽음의 성이 된 곳이지만, 되찾은 건 되찾은 거지."

아버지의 말을 듣던 난 문득 떠오른 생각이 있어 입을 떠억 벌렸다.

"우와~ 아니, 그렇게 실력자들이 많은데 그동안 안 내주고 있었던 거예요? 아군이 스포티스우드 성까지 쫓겨 내려왔는데도?"

"나라에 좀 피해를 주더라도 이 기회에 우리 국왕파의 전력을 확실히 죽여놓으려는 속셈이었겠지. 우리야 그걸 피하고 싶었지만, 하필 네가 천신에게 선택되었느니 어쨌느니 하는 바람에 나서야 했잖냐.”

“윽… 제 탓이었습니까?”

하여간, 그 천왕 시키 때문에 내 주위의 여러 사람에게 민폐만 끼치는 것 같다.

내가 미안함에 풀이 죽자 아버지는 혀를 끌끌 차셨다.

“그게 왜 너 때문이냐? 그냥 상황이 그렇게 된 거지. 뭐, 너무 미안해할 것 없다. 그 덕분에 국왕파의 전력이 한층 업그레이드되었으니까. 원로원파가 이제 와서 갑자기 국왕파 사람들을 뒤로 물리고 자신들이 나선 이유를 모르겠느냐? 국왕파가 전공을 모두 독차지하니 그걸 놔둘 수가 없어 나선 거야. 이대로 두면 민심이고 전력이고 모두 국왕파 쪽으로 쏠릴 테니.”

해인이네 나라도 왕실 기사단 측이 전공을 독식할까 봐 국방부 측이 나섰다고 하더니만, 여기나 거기나 상황은 다 비슷비슷한가 보다.

“그럼, 지금은 어때요? 원로원파가 나서는 건 좋은데, 그들이 계속 이겨서 전공을 쌓는다면?”

내 질문에 아버지가 훗~! 하고 웃으시는데, 완전 있는 자의 여유로운 모습이다.

“어린 녀석들은 뭘 몰라서 안달이지만, 상관없어. 그들이 아무리 전공을 쌓아봐야 직접 마족을 처리한 네 전공만 하겠냐? 지금 나서봤자 돌아오는 건 ‘잔당 처리’ 전공일 뿐이다.”

“아니, 빼앗긴 성도 되찾았다면서요?”

"물론 그렇기야 하겠지. 하지만 사람들이 너랑 난 성을 되찾지 못했을 거라 여기겠냐?"

아버지의 말에 잠시 고개를 갸웃하던 나는 씨익 웃었다.

"혹시… 우리가 마족을 처리하는 데 집중하느라 잠시 성을 빼앗긴 거라고 생각할 거라는 말씀이십니까?"

"맞다. 너처럼 금방 깨달아야 되는데, 하여간 검을 휘두르는 자들은 너무 무식해. 그들을 설득하느라 얼마나 떠들어댔는지 원."

그렇게 가볍게 투덜거리며 차를 쭈욱 마시는 아버지.

"음~ 좋군. 역시 집사의 차 끓이는 솜씨는 일품이라니까."

"그나저나 기사들 너무 뭐라고 하지 마세요. 저도 일단 기사인걸요."

"설마 내가 그들 앞에서 티내겠냐? 네 앞에서만 그런다. 그리고 나도 개중에는 머리 돌아가는 녀석도 있다는 거 알아."

'날 뭘로 보고~' 라는 시선으로 눈을 흘기며 대답하시는 아버지께 나는 헤죽 웃어 보였다.

"그럼, 저는 당분간 편히 있어도 되겠군요."

"그래. 참, 여유있으면 집사나 도와라. 내가 그동안 마법에 매진하느라 집안을 돌보지 않아 집사가 걱정이 컸는데, 이번에 양자를 들인다니 눈을 번쩍이며 기대하고 있더라."

"그, 그렇습니까?"

어쩐지 아까 날 보는 시선이 심상치 않았다. 샅샅이 훑어보기에 아버지의 양자로 적합한가 보는 줄 알았는데, 그게 아니라 집안을 잘 관리할 수 있을지 없을지 살펴본 거란 말인가?

뭐, 당분간은 여기 콕 박혀 있어야 할 것 같으니 할 일이 있
는 것도 나쁘지 않을 것 같다.

"아, 혹시 집 안 꾸미는 거 좋아하냐? 전부터 집사가 날 볼
때마다 은근슬쩍 이야기를 흘리더라만, 괜찮다면 네가 해봐
라. 그러고 보니, 엠브로스 백작을 초대하고 싶다고 하지 않았
냐?"

"그래요? 그럼 제가 맘대로 꾸며도 돼요?"

사실 아버지네 집은 역사가 있는 집안인만큼 저택의 덩치는
컸는데, 얼마나 집 안 인테리어에 신경을 안 썼는지 스포티스
우드 성이나 컬린 성에 비하면 삭막하다고 할 정도였다. 복도
에는 장식품이 하나도 없었고, 각 방마다 벽에 걸린 액자도 없
고, 하다못해 창문에 달린 커튼에도 레이스 하나 달려 있지 않
았다.

그러다 보니 바닥에 카펫을 깔아놓은 게 신기하게 느껴질
정도였는데, 아마 카펫도 장식용이 아니라 바닥의 냉기를 없
애기 위해 깔아놓은 걸 거다.

가구도 꼭 필요한 것만, 그것도 우아한 무늬나 장식이 전혀
없는 타입의 것들뿐이라 초라함마저 느껴져 깔끔한 걸 좋아하
긴 했지만, 그래도 너무하니 몇몇 장식품 정도는 걸어놨으
면… 하고 생각하던 차였기에 아버지의 권유에 나는 반색했
다.

'풍경화 그림 몇 점 걸고 커튼도 바꾸고 가구도 한두 개 정

도 더 들여놓는 게 좋겠어. 아, 카펫도 손 보고 벽도 너무 거칠어 보이니 원목을 덧입히는 것도 좋을 것 같아.'

그동안 무심한 주인 때문에 나날이 삭막해지는 저택의 모습에 가슴 아파했던 집사는 내가 인테리어를 새로 하겠다고 나서자 불안한 표정이면서도 한편으로는 반겨하는 기색이 보이는 거 보니 뭘 어떻게 하든 지금보다 나을 거라 여기는 것 같았다.

그리하여 다음날부터 나는 마음 편하게 저택 구석구석을 돌아다니고 시내로 나가 인테리어 소품들을 둘러보면서 나름 바쁘게 지내기 시작했다.

아버지 저택도 오랫동안 자리를 비웠던 주인이 다시 돌아와서 그런지 방문자가 끊이질 않았는데, 로스트센 백작은 그중에서도 자주 얼굴을 비치는 사람들 중 한 사람이었다.

스포티스우드 성에서 같이 지냈던 인연 탓인지 로스트센 백작은 어쩌다 날 만나면 지나치지 않고 말을 걸어 가벼운 일상적인 대화를 나누곤 했는데, 그 와중에 은근히 왕실 기사단 이야기를 거론하곤 했다.

그 태도에 혹시나 했는데, 한 번은 아예 대놓고 나에게 권유를 해오는 것이었다.

"자네, 기사 작위를 받았으니 기사단에 합류해야 하지 않겠나?"

"기사단이요? 글쎄요……."

지금이야 상황이 이러니 저택에만 있지만, 전쟁만 끝나면 해인이네 놀러 갔다가 해외여행 좀 해보고 돌아와 아버지에게 마법이나 배워볼 예정이라 기사단은 아예 생각조차 해본 적도 없었다.

기사 작위야 아버지의 아들이 된 덕분에 얼결에 받은 거라 그에 대한 책임감이나 자부심 따위는 전혀 없었던 것이다.

"어디 다른 데 생각한 곳이 없으면 왕실 기사단에 들어오는 게 어떻겠나? 만약 생각이 있다면 내 자네를 단장님께 추천해 주겠네."

그러니 로스트센 백작의 말도 반갑게 들리지가 않아 나는 난처한 미소만 지어 보였다.

"너무 갑작스러운 제의라서… 당분간은 뭘 할 계획이 없었 거든요."

"하긴, 그렇겠군. 그럼 잘 생각해 보게. 왕실 기사단에 들어 온다면 언제든 환영일세."

잠시 여유를 주는, 그러나 내가 들어올 거라 확신하는 그의 태도에 나는 속으로 쓴웃음을 지었다.

'글쎄… 환영을 받을 수 있을랑가……'

스포티스우드 성에서 기사들에게 받았던 시선을 생각하면 절대 아닌 것 같은데 말이다.

솔직히 기사단에 들 생각을 안 하는 것에는 그 영향도 있었 다.

로스트센 백작도 거기 있었으니 잘 알 거고, 그 또한 안 좋 은 시선을 보내던 사람 중 한 명이었으면서 갑자기 이런 제안을 하는 이유를 모르겠다.

무릇 단체에 소속될 때는 실력도 중요하지만, 가장 중요한 것은 단체에 잘 흡수될 수 있느냐 없느냐다. 아무리 실력이 뛰어나다 해도 전체적인 분위기를 흐리게 된다면 단체 생활을 하기 어려우니 말이다.

그래도 기껏 권유를 받았는데 아예 무시할 수는 없어 그날 저녁 때를 봐서 아버지께 로스트센 백작의 말을 꺼냈다.

"로스트센 백작님이 저보고 왕실 기사단으로 들어오라고 하던데요?"

"그래? 들어가고 싶냐?"

"그럴 것 같으세요? 스포티스우드 성에서 제가 당하는 거 보셨잖아요. 게다가 단체 생활은 별로 체질이 아니라서……."

"그래? 대신전에서 뭐라고 할까 봐 걱정되는 건 아니고? 거기서는 널 아예 성기사로 생각한다고 하지 않았던가?"

"에이~ 그거야 제가 안 한다고 버티는데 끝까지 시킬 수 있겠습니까? 그런데 왕실 기사단이 아버지랑 같은 국왕파라 제가 거기에 들어가면 혹시 아버지께 도움이 되는 건가 싶어서 물어본 거예요."

"너야 어차피 내 아들이니 들어가든 안 들어가든 국왕파가 된 건 기정사실인데 뭐. 그런 거 한번 해보고 싶으면 들어가도 좋고."

10여 년 이상을 열심히 노력해야 들어갈까 말까 하는 곳을 마치 학원 보내듯 말하다니, 기사단 사람들이 들으면 다들 뒤로 넘어갈지도 모르겠다.

"혹시, 명예 기사라거나 이름만 올려놓고 팽팽 놀아도 되는 거 없습니까? 그래도 된다면 일단 그걸로 하고 싶은데……."

"쿡쿡, 아마 있어도 로스트센 백작은 절대 안 가르쳐 줄 거다. 그도 은근히 고지식한 면이 있거든."

아버지의 말에 난 기사단에 이름이라도 올릴까~ 하는 생각이 싸악 사라져 버렸다.

'그냥 정중히 제안을 거절하자.'

하나, 다음날 천신의 대신전에서 온 연락을 받고 나는 다시금 그냥 왕실 기사단에 들어가 버릴까~ 하고 고심을 했다.

"뭐냐?"

대신전으로부터 날아온, 고급스러운 종이에 적힌 초대장에 한숨을 푹푹 내쉬자 아버지가 내 손에 들려 있던 초대장을 받아가며 물어보셨다.

"한번 방문해 주십사… 하는데요? 이거 혹시 성기사 임명식 하려고 그러는 거 아닌가 모르겠어요. 그냥 이대로 로스트센 백작님께 가서 기사단에 들어간다고 할까요?"

"왕실 기사단에 들어갔다고 성기사 못 되는 줄 아냐? 그냥 네가 말했듯이 안 하겠다고 버팅겨 봐."

아버지의 말에 나는 고개를 끄덕였다.

"그래야겠죠? 딴 핑계를 대면 어찌 나올지 모르니까 이번에 가서 확실하게 안 하겠다고 말해야겠어요."

그렇게 단호한 결심을 안고 아버지의 도움을 얻어 대신전으로 날아온 것까지는 좋았는데.

"어서 오십시오~!!"

대신전에 도착하자마자 턱수염신관의 부담스러울 정도로 반짝이는 눈빛 공격을 받으니 그대로 뒤를 돌아 도망치고 싶어졌다.

하지만 내가 움직이기도 전에 턱수염신관이 척척 다가와 팔을 꽈악 붙드는 바람에 난 그대로 끌려 대신전의 대강당으로 들어서야 했고, 들어선 순간 속으로 '데밋!' 하고 외쳤다.

그도 그럴 것이, 대강당 안에는 신관과 성기사들로 바글바글했던 것이다. 대강당 안을 꽉 채운 건 아니었지만, 그래도 상당히 많은 숫자였다. 요즘 같은 상황에 어디서 이 많은 사람들을 데리고 올 수 있었는지 의아할 정도로 말이다.

'난리 났네. 어떻게 여기서 거절하지? 혹시 내가 거절할 걸 알고 일부러 오자마자 식을 치를 수 있게 한 거야?'

단상 위에서 날 보자마자 환하게 웃음 짓는 신관장의 모습이 그렇게 얄밉게 느껴질 수가 없었다.

그래서 오늘 대악당이 되더라도 여기서 거절하려고 마음먹었는데, 기가 막히게도 대신전에서 준비한 건 그게 다가 아니었다.

파아앗~!!

신관장이 단상 위에서 내려오기에 나에게 다가오는 줄 알았건만, 그가 내려오자마자 단상에 한줄기의 빛이 내리꽂히더니 하나냐가 모습을 드러내는 것이었다.

[보라, 이 세상을 구원한 용사가 저기 있노라! 이제부터 그를 신이 선택한 자, '아사랴' 라고 부르리라.]

'컥… 뒷골이…….'

하나냐까지 짜서 이런 짓을 할 줄은 몰랐던 나는 기가 막혀 뒤로 넘어갈 지경이었다.

하지만 더 기가 막힌 일은 그 뒤에 있었다.

[아사랴여, 그대에게 천신의 검을 하사하리니 일어나 검을 들고 악의 잔당들을 물리치라!]

사람 뒤로 넘어가게 만들 말만 내뱉으며 그가 손을 뻗자 천장으로부터 한줄기 빛이 또다시 내려오더니 그 빛줄기를 타고 내 천신기가 내려오는 것이었다. 즉, 하나냐는 내 천신기를 돌려주며 온갖 폼은 다 잡고 날 세상에 성기사로 선포해 버린 거다.

정말 기가 막혔지만, 난 이대로 당하고 싶은 마음이 없던 터라 두 주먹 불끈 쥐고 입을 열었다.

"됐습니다. 지금 제 나라의 일만으로도 바쁩니다. 아사랴고 뭐고 딴 사람 주세요."

그리고는 그대로 몸을 돌려 밖으로 나가려 했다.

천신기가 아깝긴 했지만, 내가 그거 없으면 못 살았던가? 어차피 원래 내 것도 아니긴 했다.

한데, 하나냐도 만만치 않은 거다.

[두려운가? 두려워할 필요 없다. 그대가 영웅이 될 재목이

아니라고 겸손해할 필요도 없다. 그대는 천신께서 선택한 자 아사랴. 그대에게 항상 천신의 가호가 함께할 것이다.]

'뭐가 어쩌고 어째?'

'천신의 가호가 함께할 거면 천왕한테 한마디 해주라고 하세요!' 라고 하려고 몸을 획 돌리는 순간, 타이밍 좋게도 하나냐가 빛의 번쩍임과 함께 사라지고 있었다. 사라지기 직전 그가 의미심장한 미소를 나에게 보낸 듯한 건, 내 눈의 착각일까나?

그와 함께 원래 내 것이었던 천신기가 내 품으로 살포시 떨어지자 기다렸다는 듯 사방에서 함성이 터져 나왔다.

"우와아아~"

"대성기사 비스닉 아사랴~"

"이건 사기야아~!!"

열받은 내가 외쳤지만, 사람들의 환호에 묻혀 제대로 들리지도 않았다.

[아하하하~]

"웃지 마라. 너도 내 입장이 되어보라고."

[아하하하~ 미, 미안~ 하지만 너무 웃겨어~]

"젠장, 하나냐가 천신기를 가지고 갈 때부터 수상한 걸 눈치챘어야 했는데. 아으~! 하나냐에게 뒤통수를 맞을 줄 누가 알았겠어?"

하나냐에게 멋지게 사기를 당한 후 이 억울함을 하소연할 데가 없어 해인이에게 연락했더니, 해인이가 배를 잡고 웃어

대는 거다.

뭐, 나 또한 다른 사람이 그랬다면 신나게 웃어주겠지만, 내가 당사자니 웃음은커녕 열이 올라 머리가 뜨거울 지경이었다.

[아아~ 오랜만에 진짜 신나게 웃었다. 그래서 어떻게 됐어? 오빠 지금 대신전이 아니잖아?]

"미쳤냐? 내가 거기 그대로 있게? 거기서는 당장 녹스 국의 전투에 참여해 달라고 했는데, 난 그냥 휴전하라고 했어."

[진짜?]

"진짜지 그럼 가짜냐? 지금이라도 늦지 않았으니 가능할 때 하라고 했어. 솔직히 이건 반쯤 진심이다 뭐."

[신관장이 그러겠대?]

"당연히 아니지. 신관장은 마족의 잔당을 뿌리까지 뽑는 걸 사명으로 삼고 있던데 내 말이 들리겠냐? 오히려 나보고 천신의 뜻을 저버리는 거라고 되돌아오라고 설득하더라. 그 신관장도 대단하지. 내가 사실 하도 열받아서 싸가지없이 틱틱댔거든? 그런데 절대로 물러나지 않고 온화한 표정으로 설교를 늘어놓는데, 내가 질리겠더라."

[우와~ 그래서?]

"그래서는 뭐… 그냥 냅다 안 한다고 소리치고 도망쳤지. 아버지 저택으로 가면 거기로 쳐들어올 것 같은데, 이대로 너네 집에 가면 안 될까?"

사실 신관장의 사무실에서 창문으로 도망치기는 했는데, 아버지 저택에 가려니 신관이 미리 가서 진을 치고 있을까 봐 그

쪽으로 못 가고 녹스 국의 적당한 도시에 내려와 여관에 투숙
했던 것이다.

[나야 언제든 환영이야~! 지금 당장에라도 와! 참참, 내가
있는 곳은 알아?]

"난 모르지만 실피드가 알잖니."

[그렇구나. 알았어. 오빠 방 준비하라고 할 테니까 지금 당
장 와!]

"그래, 내가 너 덕분에 산다."

엠브로스 영지에 있는 백작 성은 무척이나 아름다운 곳이었
다.

내가 사람들 눈에 뜨이지 않기 위하여 한밤중에 날아간 덕
분에 막 동이 틀 무렵 그곳에 도착했는데, 새벽빛에 하얗게 빛
나는 성은 솔직히 말하면 아버지 저택과는 비교할 수 없을 정
도로 아름다웠다.

'아버지 영지에 있다는 성도 저만큼 아름다울라나?'

이른 시간이었는데도 해인이는 이미 연락을 받은 사람처
럼—아니, 진짜로 내가 도착하기 직전에 연락받았겠지만—날 기
다리고 있었다.

"어서 와, 오빠. 오랜만이야~!"

"그래, 잘 있었어? 그나저나 이 성 너무 멋지다."

"고마워~ 내가 지은 건 아니지만. 사실 나도 여기 처음 보
고 감탄하긴 했었지."

간단히 인사를 하고 나자 해인이의 부록처럼 느껴지는 네 정령왕이 뒤를 이었다.

"안녕하셨습니까?"

원래는 그들에게 먼저 인사를 하는 게 예의였지만, 해인이와 먼저 인사를 하라는 배려인지 정령왕들이 한 박자 늦게 나타났던 것이다.

"흥… 결국 오는군."

"왜 그래? 해인이가 오라고 했잖아. 어서 와."

"피곤하겠구나."

"그럴 리 있어? 내가 직접 신경을 썼는데."

엘라임, 노아스, 이프리트, 실피드는 여전히 사이가 좋아 보였다.

그들 뒤로 보이는 해인이의 호위기사 두 존재에게까지 눈인사를 주고받던 나는 문득 뭔가 허전하다는 걸 느꼈다.

"블랜차드 후작님은 안 보이시네?"

그동안 계속 해인이 곁에 있던 존재였는데 여기서는 모습을 보이지 않기에 물었더니 해인이가 풋~! 하고 웃었다.

"리건은 수도에 있어. 기사단장이라 함부로 자리를 비울 수 없거든. 지금까지 비운 게 용했던 거지."

"헤에……."

기사단장이라고 듣긴 했지만, 아무렇지도 않게 해인이 곁에 붙어 있었던데다 일하는 모습은 한 번도 볼 수가 없어 날라리 혹은 허수아비쯤으로 여겼는데 기사단장은 기사단장이었나 보다.

“가자, 방으로 안내해 줄게. 피곤할 테니 일단 한잠 자고 일어나.”

해인이 녀석, 그래도 친한 사이라고 호위기사나 시종이 뒤에 있었음에도 불구하고 그들을 물리치고 자신이 직접 방으로 안내해 주는 것이었다. 나중에 해인이가 아버지 저택에 놀러 오면 나도 그 정도는 해줘야겠다.

“이쪽이 옷장이야. 옷은 급한 대로 준비를 해서 몇 가지 안 돼. 더 필요하면 내일 사줄게. 그리고 이쪽이 욕실이고…….”

방 안에 들어가서도 직접 여기저기 돌아다니며 알려주는 해인이의 뒤를 따라다니며 둘러보는데, 내가 감탄을 흘리며 감사하기도 전에 먼저 감탄을 하는 존재가 있었다.

“호오, 제법 멋진 방인데?”

반사적으로 고개를 돌려보니 놀랍게도 에티엔 녀석이 방 한가운데 서서 둘러보고 있는 것이었다.

내가 그에게 뭐라 하기 전에 해인이가 먼저 나섰다.

“어떻게 다시 돌아온 겁니까? 일이 다 해결되었으니 마계로 아예 돌아간 거 아니었어요? 오빠와의 계약도 끝났잖아요?”

역시 해인이도 나와 에티엔이 계약한 사실을 이미 알고 있었다.

‘이거이거, 혹시 블랜차드 후작도 알고 있는 거 아니야?

아마 그럴 확률이 높을 것 같다.

해인이의 질문에 에티엔이 씨익 웃으며 고개를 저어 보인다.

“그게 말이지… 아직 계약 기간이 끝나지 않았거든.”

에티엔의 말에 난 놀라움을 금할 수가 없었다.

"아니, 그게 무슨 소리? 계약 기간은 마족 일이 해결될 때까지 아니었던가?"

내가 당황해하며 묻자 에티엔이 고개를 설레설레 저어 보였다.

"정확히는 이번 일을 벌인 주동자 '마요'가 죽을 때까지였지."

'그게 그거 아닌가?'

"마요든 뿌요든 마계로 끌려가서 죽지 않았어?"

"그게 말이지… 마왕께서 쉽게 죽이기 싫다고 목숨만은 붙인 채 벽에다 못으로 박아놔 버렸네?"

장난스러운 어조로 말하는 에티엔을 어이가 없어 내가 멍~하니 바라보고 있는 대신 해인이가 인상을 찡그리며 입을 열었다.

"끔찍스러운 말을 참 아무렇지도 않게 하는군요. 그런데 그렇게 말하니까 왠지 음모의 냄새가 폴폴 풍기는데요? 혹시, 일부러 그 뿌요인지 마요인지 하는 마족을 안 죽인 거 아니에요?"

"응? 아… 들켰나?"

에티엔 녀석이 아무렇지도 않게 어깨를 으쓱이며 대답하자 갑자기 주변에 살기가 몰아쳐 따로 시선을 돌리지 않아도 정령왕들이 나타났음을 알 수 있었다.

"얘 확 죽여 버릴까? 그럼 계약이고 뭐고 끝나잖아."

그중에서도 노아스는 아예 에티엔의 뒤에 나타나 그의 목에 손을 감고 있었다.

'헉… 어째 엘라임보다 노아스가 더 무서워.'

노아스의 손에 목이 감긴 당사자는 태연한데, 오히려 보고 있던 내가 오싹해져서 슬쩍 목을 만질 정도였다.

하지만 주변은 이런 내 기분과는 상관없이 에티엔의 처리 문제에 대한 논의가 오가고 있었다.

"좋은 생각이다. 누가 보기 전에 잽싸게 처리해서 땅속에 묻어라."

실피드까지 찬성하고 나서는데, 그 살벌한 분위기를 멈추게 만든 건 의외로 블랜차드 후작이었다.

"잠시만 기다려 봐라. 저놈이 무슨 꿍꿍이가 있는 것 같은데 이야기나 들어보자고."

"헉? 아니, 후작님은 어떻게 또 나타나신 거라냐?"

"응? 아아… 아마도 아버지나 아저씨들 중 한 분이 연락했 겠지. 자다가 온 것 같은데?"

해인이 말대로 후작은 흐트러진 잠옷 차림새였다. 그런데 신기한 건, 눈은 또랑또랑한 것이 전혀 잠을 잔 것 같지 않다.

거기다 어디서부터 들었는지 모르겠지만, 침착한 거 보니 그도 내가 에티엔과 계약한 사실을 알고 있었던 듯하다.

"꿍꿍이는 무슨 꿍꿍이. 그런 게 있어도 그냥 확 죽여 버리 면 만사 오케이잖아."

그러나 노아스가 개의치 않고 그냥 죽여 버리려고 하자 에 티엔 녀석이 안 어울리게시리 양손을 들어 보이며 애교스럽게 웃는 거다.

"살려주시면 안 될까요? 이렇게 찾아와 다 고백하고 있으니 조금만 봐주시면 정말 감사하겠습니다."

죽음을 앞둔 녀석이 능글맞게 웃으니 녀석의 뒤에서 목을 잡고 있는 노아스도 어처구니가 없었던 모양이다.

"뭐야, 얘?"

뭘 믿고 이리 대책없이 태평한지 황당했을 거다. 보고 있던 나는 대단하다는 감탄사만 연발 나왔지만. 덕분에 노아스의 살기를 확실히 흐트러뜨릴 수 있었다.

노아스가 혀를 차며 에티엔의 뒤에서 물러나자 후작이 주변을 환기시켰다.

"자자, 우리 다 같이 앉아서 이야기하자고. 너, 잘 자던 날 끌고 오게 만들었으니 별일 아니면 가만 안 둔다."

그러면서 후작이 방 안에 마련되어 있던 소파에 앉자 해인이가 머쓱하게 웃으며 물었다.

"차라도 준비시킬까요?"

"차는 무슨. 갑자기 쳐들어온 놈에게는 이야기 들어주는 것만으로도 황송한 일이지."

실피드는 에티엔 녀석에게 한 말이겠지만, 어째 듣는 내가 가슴이 뜨끔거린다.

"그래, 무슨 생각이지? 이렇게 나타나서 아직 계약 기간이 끝나지 않았다고 친절하게 알려주는 거 보니 뭔가 원하는 게 있는 것 같은데?"

블랜차드 후작의 질문에 에티엔 녀석이 순진무구한 시선을 보내며 대답한다.

"음… 일단은 계약 기간이 끝나지 않았다는 걸 알려주려고 온 건데."

"그래 봤자 당신이랑 나랑 목적을 같이할 일이 있었던가? 계약 기간이 끝나지 않았다 해도 내용은 '같은 목적을 위한 협력'이잖아?"

녀석에게 이대로 이용당하기는 싫었던 터라 내가 옛 기억을 열심히 뒤져 에티엔과의 계약 체결 내용을 더듬으며 묻자 에티엔이 씨익 웃어 보였다.

"걱정 마. 난 언제나 계약 내용을 충실하게 준수하는 몸이라고. '같은 목적'이 있으니까 이렇게 나타난 거지."

"말장난하지 말고, 처음부터 싸그리 말해주면 안 될까?"

자꾸만 말을 가지고 노는 에티엔의 태도에 짜증스러워하며 물었지만, 에티엔 녀석 뺀질뺀질한 그 얼굴로 어깨를 으쓱해 보인다.

"미안~ 나도 그래 주고 싶지만, 나 또한 위에서 시키는 대로 하는 입장이라서 모든 걸 알지는 못해."

'이 얄미운 놈~!'

나도 이렇게 얄미운데 정령왕들은 어떻겠는가?

슈리익~!

날카로운 음향과 함께 어느새 에티엔의 목에는 물로 이루어진 날카로운 칼날이 감겨 있었다. 결국 성격 급한 엘라임이 나선 거였다.

"그냥 불래, 맞고 불래, 아님 나에게 맞아 죽을래?"

"아하하하~ 아니, 전… 제가 마음대로 할 수가 없다니까요."

에티엔 녀석이 봐달라는 듯 두 팔을 들며 미안한 표정으로 웃었지만, 그의 얼굴에서는 두려움 따위는 요~만큼도 보이지 않는다.

'하긴, 에티엔 녀석도 보통 놈이 아니지.'

그러자 상황을 정리한 건 블랜차드 후작이었다.

"그럼 네가 말할 수 있는 걸 말해봐라. 아니, 그냥 간편하게 우리가 궁금한 걸 물어보지. 넌 대답할 수 있으면 대답하고 하지 못하면 못한다고 해."

후작이 정색하고 나오자 에티엔도 더 이상 말장난을 할 수 없겠다 싶었던지 고개를 끄덕였다.

"기꺼이."

"첫 번째 질문, 전에 이 세상으로 넘어와서 난리 치다 마계로 끌려간 마족 녀석이 어떤 녀석이지? 마왕과는 어떤 관계인지 가능한 한 자세하게 말해줬으면 좋겠어."

난 후작이 앞으로 뭔 일이 일어날 거냐고 물을 줄 알았는데 뜬금없이 옛날(?) 일을 꺼내기에 의아했다.

하지만 에티엔은 후작의 질문에 멈칫하더니 감탄의 눈빛을 흘리며 순순히 대답하는 것이었다.

"마요는… 전 마계 5대 공작 중 한 명으로 다른 두 명의 공

작과 함께 반란을 일으켰다 실패하여 이 세계로 도주한 중죄
인이야."

에티엔의 대답에 후작이 눈빛을 빛내며 고개를 끄덕였다.

"흠… 한 가지 더 물어보지. 요즘 마계에 반란이 많이 일어
나나?"

그 질문에 에티엔의 눈빛이 바뀌었다. 얼굴에 미소는 잃지
않았지만, 장난스러운 눈빛이 진지하고 날카롭게 바뀌었던 것
이다.

"뭐… 마계는 인간 세상과 거의 비슷한 곳이기 때문에 가끔
간덩이가 부어 주체를 못하는 놈들이 나타나긴 해."

"하~ 현 마왕은 정말 대단하군. 감탄스러워."

에티엔의 말에 후작이 감탄을 터뜨리며 고개를 절레절레 저
었다.

"그러니까 반란을 일으킨 놈을 이 세계로 넘어오게 만드는
거군? 옴짝달싹 못하게 코너로 몰아 반역자가 이판사판으로 나
오면 마왕도 골치 아프니까 '중간계'라는 숨통을 틔워주는 거
지. 여기로 넘어오면 천계에서 개입해 알아서 처리해 주니까."

후작이 거기까지 말하자 에티엔은 할 말 없다는 듯 슬며시
시선을 피한다.

그런 그에게 비릿하게 웃으며 후작은 말을 이었다.

"그리고 이왕 넘어오는 거 '마신의 조각'에 대한 정보를 친
절하게 흘려주겠지. 쫓기는 반역자만큼 힘에 절실히 목마른
놈들이 또 있을까? 그러니 놈들은 어떻게 해서든 '마신의 조

각'을 찾겠지? 성공이 불가능한 '마신의 조각을 몸에 흡수하는 일'을 하기 위해서 말이야."

거기까지 듣고 보니 사태가 어떻게 돌아가는지 알겠다.

"'마신의 조각'을 찾기 위해 사방을 들쑤시게 되면 천계에서는 좀 더 쉽게 놈에 대한 행방을 찾을 거고 필사적으로 방해하고 나서겠지. 놈이 마신의 조각을 찾기 전에 천족에 의해 처리되면 그대로도 좋은 거고, 만약 마신의 조각을 손에 넣으면 더 좋지. 마지막에 놈이 실패할 때 회수할 기회를 얻게 될 테니까."

후작의 말을 쭈욱~ 듣고 있던 해인이가 기가 막힌다는 표정으로 고개를 설레설레 저었다.

"정말 너무한 거 아닙니까? 당신들 때문에 전쟁으로 수많은 사람들의 목숨이 사라지는 거 어떻게 감당하려고 그러세요? 설마, 아무 상관 없는 겁니까?"

"그건 확실하게 말해두고 싶은데, 해인 오스번 엠브로스 백작."

해인이의 비난에 에티엔이 이곳에 온 뒤 처음으로 진지한 표정으로 입을 열었다.

"이번 전쟁을 일으킨 것, 마요가 한 일이 아니야. 마요는 단지 힘을 줬을 뿐, 그 힘을 가지고 전쟁을 일으킬 것인가 말 것인가를 선택한 건 두 나라의 왕이었어. 그걸 마족 때문에 전쟁이 일어났다고 비난하는 건 너무한 거 아닌가?"

"잠시만, 마요가 전쟁을 일으킨 게 아니라고? 그럼 뭐 하러 마족이 전쟁에 참여한 거지?"

"마족이 전쟁에 참여한 건 마요와 계약한 두 나라 왕의 요청에 의해서였다."

지금까지 계속 '마요가 이 세계로 넘어와서 두 나라 왕을 충동질해 전쟁을 일으켰다'라고 알고 있었던 해인이와 나는 에티엔의 말이 계속됨에 따라 당혹감을 감출 수 없었다.

"아니, 마족이 있는데 전쟁을 일으킬 필요까지 있나? 그냥 상대편의 왕족을 모조리 인질로 잡아서 영토를 빼앗으면 간편하잖아?"

전에 대신전에 가서 '마족이 있는데 전쟁을 일으킬 필요가 있을까?'에 대한 내 논리를 다시금 펴려고 했는데, 의외로 후작이 나서서 내 말을 부정했다.

"아아, 그건 아니야. 전에는 마족이 이야기의 중점이라 가만히 있었는데, 네 말대로 마족이 왕족을 모조리 인질로 잡는다고 나라가 병합되는 게 아니야. 막말로, 넌 네 조국의 왕이 인질로 잡혔다고 다른 나라의 속국이 되는 걸 가만두겠냐? 아니면 그 나라에 쳐들어가 인질로 잡힌 왕을 구출하든지 죽이든지 해서 다시 네 나라를 당당한 나라로 만들겠냐? 일반 백성이면 상관없어할지도 모르지만, 국익에 자신의 이익이 달려 있는 귀족이나 기사들 같은 존재들이라면 두 손 놓고 있을 수 없을걸?"

아니, 후작의 말이 틀린 건 아닌데……

"그렇다고 전쟁을 일으킬 필요까지 있습니까? 마족이 나타나 힘 몇 번 써주면……"

내 질문에 후작이 훗~ 하고 웃어 보이는데, 그게 어째 '아무것도 모르는 녀석~' 이라고 하는 것 같아 뻘쭘해졌다. 이럴 줄 알았으면 뉴스, 신문 볼 때 정치란도 열심히 읽을 걸 그랬다.

"그럼 사람들은 '저 마족만 없애면 된다!' 라고 생각하고 그쪽에다 온 힘을 집중하겠지. 아무리 대단한 마족이라도 한 나라 전체의 인간들이 합심해서 덤벼들면 이겨내지 못해. 나라를 완전히 정복하려면 '정복당할 만하다' 라는 인식을 확실히 심어줘서 애초부터 반발심을 싸그리 없애는 게 좋은데, 그런 건 전력의 차이를 확실히 보여주는 일방적인 전쟁이 최고지. 전체적인 능력의 우위를 확실하게 인식시킬 수 있는데다 그렇게 강한 폭력 뒤에 온건정책을 사용하면 복속국의 민심을 단숨에 휘어잡을 수 있거든."

"그, 그렇습니까?"

'채찍과 당근이냐?'

후작의 말에 해인이가 고개를 끄덕였다.

"그건 그렇네. 오빠, 멀리 갈 것도 없이 일제시대를 생각해봐."

후작의 말을 확신시켜 주기라도 하듯 에티엔이 못을 박았다.

"두 나라의 왕이 마요와 계약을 맺을 때 내건 조건이 바로 그거야, 전쟁을 도와달라는 것. 마요는 이왕 하는 거 그 기회를 이용해 시신을 모은 거지, 시신을 모으기 위하여 두 나라 왕을 충동질해 전쟁을 일으킨 게 아니야."

"에에… 그랬군. 오해해서 미안. 그건 사과할게."

내 사과에 에티엔이 진지한 어조로 다시 입을 열었다.

　"마족이 이 세계로 넘어올 수 있는 건 이 세계의 존재가 불러내서 계약을 해야만 가능해. 마족이 넘어와서 이 세계에 커다란 사건이 생겼다고 하지만, 그건 마족을 불러낸 이들이 미리 계획한 거지, 마족이 넘어와 그런 일을 시킨 경우는 거의 없다는 걸 알아줬으면 좋겠어. 마왕께서 이 세계 존재들의 욕망을 이용한 건 맞아. 그건 인정하지. 하지만 그것 때문에 이 세계에서 벌어진 모든 일에 대한 원흉으로 몰리는 거… 자네들에게만은 당하고 싶지 않군."

　정색을 하고 말하는데 할 말이 없다.

　'아무래도 아버지도 마족에 대한 편견이 있으셨나 보네. 아버지에게 들은 거하고 꽤나 다른데?

　"질문이 있는데, 마족은 피와 전투에 굶주려 있어서 무슨 일이든 크게 벌이려고 한다던데 진짜야?"

　이왕 이런 이야기가 나온 거 그동안 궁금했던 걸 해소하고자 물었더니, 에티엔의 인상이 요상하게 찡그려졌다.

　"틀렸… 다고 볼 수도 없겠군. 우리 마족은 오랜 세월 동안 자기 자신을 지키기 위하여 싸워야 하는 환경에서 살아왔어. 그러니 모든 일에 문제가 생기면 싸워서 잘잘못을 가리게 되었지. 마왕의 자리도 귀족의 작위도 싸워서 쟁취해야 하니까. 뭐, 그 와중에 전투를 즐기는 놈들도 많이 생겼으니… 뭐라고 할 수 없겠군. 하지만 모든 마족들이 무슨 일이든 무조건 크게 벌이려고 한다는 건 잘못된 거라고 말하고 싶은데?"

　"그럼, 이 중간계의 존재들을 증오하고 있다는 건요? 천족에게 듣기론 마족들은 죄인의 신분이라서 중간계의 존재들을 증오하고 있다던데, 정말 그래요?"

해인이의 질문에 에티엔이 난감한 웃음을 흘렸다. 어떤 계획에 날 끌어들이려고 왔는데 갑자기 '마족, 이제는 진실을 밝힌다!' 란 시간에 참여하게 되자 당혹스러웠나 보다.

하지만 말해줄 수 있는 건 다 말해준다고 했으니 어쩔 수 없다는 듯 입을 열었다.

"모든 마족들이 그런 건 아니다. 나만 봐도 중간계에 사는 존재들에게 별생각없으니까. 물론, 우리 선조들이 죄인의 신분이었고, 천계에서는 아직도 우리를 죄인이라 지칭하고 있지만… 우린 우리 나름대로 마계를 개척하고 그럭저럭 잘살고 있어. 오랜 옛날에는 대부분의 마족들이 이 세계의 존재들을 증오했을지 몰라도 지금은 각각 나름이겠지. 마족 전체를 봤을 때 증오하는 쪽이 많은지 별생각없는 쪽이 많은지는 모르지만, 최소한 내 주위에서는 별생각없다는 쪽이 많더군."

"난 그것도 궁금하던데, 전에 크로비스에게 듣기로는 마신이 모든 세계를 차지하기 위하여 마족을 이끌고 전쟁을 일으켰다는데, 그게 진짜야?"

크로비스는 아무래도 천족의 입장에서 이야기하는 거니까 마족을 무조건적인 악으로 규정하는 걸 감안해서 마족의 입장에서도 들어보고 싶었다. 그래, 이 기회를 놓칠세라 얼른 질문을 던졌는데, 이번 질문은 어려웠던지 에티엔이 곤혹스러운 표정으로 입을 열었다.

"정확한 건 나도 몰라. 천족이야 자신들의 기록 체계를 가지고 있지만, 마족들은 그런 게 없으니까. 마왕이 한번 바뀔 때마다 마계 전체가 전투에 휩싸이곤 했으니 있다 해도 온전할 리가 없지. 하지만 확실한 건, 마신께선 이 세상을 정복해 자신의 아래에 두겠다는 그런 생각을 하실 분이 아니라는 거야. 아마 뭔가 다른 이유가 있었던가, 아니면 작은 불씨가 커져 대형 화재로 번진 게 아닐까 생각해."

"저기… 마족이 천족, 명족과 싸우지 않을 방법은 없을까요? 아니, 뭐, 개인적인 원한으로 따로따로 싸울 수는 있겠지만, 이렇게 오랜 세월 동안 끈질기게 종족 전쟁을 할 필요는 없다고 봐요. 아니면 휴전서약서에 서명이라도 하든지. 그럼 이쪽으로 마족이 넘어왔다고 천족이 대신전을 닦달해서 난리 칠 필요도 없을 것 같은데."

해인이가 조심스럽게 묻자 에티엔이 피식 웃었다.

"글쎄? 하지만… 우리가 마신의 조각을 되찾으려 하고 천족, 명족이 그걸 막으려는 한 싸움은 계속될 것 같은데? 그… 창조신께서 돌아와 심판을 하시지 않는 한 말이지."

"실례일지도 모르지만, 어차피 천신과 명신, 정령신께서도 잠들어 계신데, 일부러 꼬옥 찾을 필요가 있을까요? 다 같이 잠들어 계신다고 생각하면……."

"너 같으면, 엘라임이 육체 분시되어 각지에 봉인되어 있으면 그냥 잠들었다 생각하고 가만히 있을 것 같아?"

"아……."

"마신은… 단순한 믿음의 대상이 아니라 우리 존재의 이유
야. 너라면 알 수 있을 것 같은데? 마신의 조각에서 풍기던 마
기가 느껴졌을 때 어땠지? 아무렇지도 않았나?"

난 별생각없었는데 내 육체는 울고불고 했었지.

엘라임을 예를 든 것도 있고, 전에 내 육체가 느꼈던 것을 생
각해 볼 때 에티엔이 무얼 말하려는 건지 알 수 있을 것 같았다.

"그러니까, 싸움은 계속될 수밖에 없다는 거지?"

해인과 나의 질문이 거의 끝나는 것 같자 블랜차드 후작이
끼어들었다.

"반란이 일어나는 거 말인데, 단순한 마왕 자리 탈환인가?
아니면 다른 이유가 있는 건가?"

"그건 마족의 일이라……"

이번 질문에 에티엔은 씨익 웃으며 대답할 수 없다는 의사
를 표시했다.

'별거 아닌 것 같은데 말할 수 없는 건가?'

하지만 후작은 이해한다는 표정이고 나 또한 일부러 캐묻고
싶을 정도로 관심있는 것도 아니라 그냥 입을 다물었다.

"어쨌든, 그럼 앞으로도 반역을 일으켰다 실패해서 쫓기는
놈들이 가~끔은 이 세계로 넘어올 수 있고, 그럴 때마다 잘 부
탁한다 이건가?"

후작의 상황 정리를 하는 말에 에티엔이 환하게 웃어 보였다.

"그렇지."

"넘어올 때마다 알려줄 건가요?"

"넘어왔다는 정보를 알게 되면 기꺼이, 그에 대해 알고 있는
건 모두 다. 하지만 우리라고 모든 걸 순식간에 알 수는 없다
는 것은 알아줘."

해인이의 질문에 팔을 살래살래 흔들며 대답하는 에티엔을
보니 아무래도 곧 넘어올 것 같다.

그런데 넘어간다고 생각하니 문득 예전에 마요를 한 손으로
잡아채 갔던, 마계 게이트로부터 뻗어 나왔던 검은 손의 정체
가 궁금해졌다.

"궁금한 게 더 있는데?"

"이번엔 또 뭐?"

에티엔 녀석, 후작이 물어볼 때는 진지한 표정으로 잘만 대
답하면서 내가 물어볼 때는 요상한 표정을 짓는다. 내 질문이
그렇게 황당한가? 뭐, 놈이 황당해하든 말든 나는 이 기회에
궁금한 거 다 풀기로 했으니 꿋꿋하게 물을 거 다 물었지만.

"마계 게이트에서 뻗어 나온 그 거대한 손은 뭐야? 아, 그리
고… 마계 게이트가 열리면 원래 그렇게 마기를 흡수하나?"

"그럴 리가 있어? 마왕께서 손써주신 거야. 이곳에서야 마
기가 터지면 큰일이지만, 마계에서는 수용 가능하니까 빨아들
인 거지. 거대한 손도 그렇고."

"그런 거예요? 나는 마기가 막 빨려 들어간 후에 천기와 명
기가 번쩍하기에 크로비스라고 하는 천족이 손을 쓴 줄 알았
지. 후에 검은 손은 보고 놀랐지만……."

"어, 그건 나도 그렇게 생각했는데……."

"그치?"

해인이랑 같은 생각을 했다는 것에 둘이 신나서 시시덕거리는데 에티엔이 기운 빠진다는 어조로 입을 열었다.

"그건… 나원… 내가 이런 것도 설명해 줘야 하는 건가? 전에 그 천족한테 물어보지?"

하지만 말해주기 싫은지 슬쩍 크로비스에게 떠넘기려 하자 해인이가 단호한 눈빛으로 생긋 웃어 보였다.

"지금 궁금해졌으니까 그렇죠. 지금 있는 존재는 당신이고. 게다가 말해줄 수 있는 건 다 대답해 준다면서요?"

해인이의 말에 에티엔이 '내가 어쩌다 이리 되었을까…' 하는 표정으로 한숨을 내쉬더니 다시 입을 열었다.

"마신의 조각을 봉인하고 있는 건 천신과 명신의 힘인 건 알아? 하여간, 두 신이 직접 봉인한 거기 때문에 우리 같은 피조물들은 어떤 용을 쓰든 봉인을 깨기가 불가능해."

"그건 또 어떻게 알았대?"

내가 중간에 불쑥 끼어들어 묻자 에티엔이 인상을 찡그렸지만, 이내 다 포기한 표정으로 순순히 대답해 줬다.

"마왕께서 마신의 조각을 가지고 계시거든. 몇 개인지는 안 알려줘. 하여간, 우리는 마신의 조각을 다 모을 때를 대비하여 봉인을 풀기 위해 여러 가지로 연구했었으니까."

"음음, 하여간에 우리는 어떤 용을 쓰든 봉인을 깨기가 불가능한데, 그다음은요?"

"봉인을 깨는 건 불가능하지만, 편법을 발견한 거야. 봉인을 느슨하게 만들어 그 안의 조각을 꺼내는 거지. 어차피 안의 조각만 꺼내면 되는 거니까. 그러기 위해서는 엄청난 양의, 농도가 짙은 사기가 필요했던 거고."

그제야 마요 녀석이 성 앞 광장에다 시신으로 마법진을 만든 이유를 알 수 있었다.

"일단 봉인이 느슨해져서 마신의 조각이 품고 있는 마기가 일정량 이상 뻗어 나오기 시작하면 1단계는 성공이지. 그럼 마기가 일정량 이하로 사라지기 전까지는 봉인이 꽉 다물리지 않거든. 뭐, 여기에도 여러 가지 조치가 필요하지만, 이런 것까지 말해주지 않아도 되겠지?"

에티엔의 질문에 해인이와 내가 고개를 끄덕이자 다시 설명을 이어갔다.

"반대로 마기가 일정량 이하로 떨어지면 자동적으로 천기와 명기가 발현하여 느슨해진 봉인이 조여지더라고. 너희들이 느꼈던 천기와 명기가 바로 그거지."

"아~ 그걸 보고 에티엔 당신이 마신의 조각을 회수하려고 했는데, 때마침 하나냐도 나타나 서로 회수하려고 싸웠군? 그런데 노아스는 어떻게 마신의 조각을 회수했대요?"

에티엔의 설명에 알겠다는 듯 고개를 끄덕이다 노아스도 하나 챙긴 걸 떠올리고 묻자 노아스가 생긋 웃어 보였다.

"마침 아래로 떨어지기에 슬쩍 하나 잡아챘지. 나중에 천족에게 빚을 지게 할 생각으로."

"그때 정말 멋졌어요, 노아스."

해인이가 엄지손가락을 치켜 보이자 노아스가 의기양양하게 마주 웃어 보였다.

하지만 에티엔은 마음에 안 들었는지 우울한 표정이다.

"설마 천족이 나타나고, 틈을 봐서 정령왕이 챙길 줄은 몰랐지. 괜히 여유 부리다 큰 낭패를 봤어. 그래도 하나 건진 건 다행이었지만, 본전치기라."

"본전치기?"

"마요 녀석이 마계에서 넘어올 때 마왕께서 갖고 계시던 마신의 조각 하나를 슬쩍해서 왔거든. 난 원래 그거 회수 담당으로 마요에게 붙었다가 여기로 같이 넘어오는 바람에 좀 더 있었던 거지. 그러다 너를 만나 앞으로 계속 있을 것 같고."

거기까지 말하며 날 보던 에티엔이 문득 씨익 웃었다.

"그러니까 잘 부탁해, 계약자."

왠지 처음 에티엔을 만나 반강제로 계약을 맺었을 때가 떠올라 나는 기가 막힌 웃음을 지었다.

'저놈하고는 언제 끝나는 거야?

에티엔이 돌아가자마자 자신도 돌아가려고 준비하던 블랜차드 후작이 문득 나에게 시선을 돌리더니 허탈한 목소리로 중얼거렸다.

"그러고 보니 저놈도 참 신기한 놈이네. 계약을 도대체 몇 군데랑 한 거야? 정령왕에 마족에 천왕까지……."

천왕과의 관계를 계약 관계라고 할 수 있나 싶지만, 따지고 보면 딱히 틀리지는 않은 것 같다. 강제로 맺어지긴 했지만, 에티엔도 거의 반강제였으니.

"아하하~ 그러고 보면 오빠 같은 존재도 세상에 없을 거야."

해인이 녀석, 세상의 유일무이한 존재라는 것에 동질감을 느꼈는지 무지 좋아하는 표정이다. 어차피 그게 아니라 해도 현재 천마족은 나 하나뿐일 텐데 말이다.

"어쨌든 오빠, 오늘은 푹 쉬도록 해."

해인이는 그냥 상투적인 인사였겠지만, 그리고 나 또한 그렇게 생각하고 고개를 끄덕였건만, 얼마 후 나는 한동안 이 인사가 절실하게 그리워졌다.

해인이네 성에서 겨우 하루 자고 하루 정도 구경한 것뿐이었건만, 갑자기 아버지한테서 급히 돌아오라는 연락이 오는 바람에 나는 아쉬움을 뒤로하고 마르타 국으로 향했다. 해인이네는 마법진이 없고, 해인이 또한 8클래스의 마법사가 아니었기에 올 때와 마찬가지로 슈리엘을 타고 날아갔다. 뭐, 그것도 상당히 빠른 거였지만 말이다.

도착해 보니 헤어질 때만 해도 느긋한 표정이었던 아버지는 안색이 상당히 어두워진 채 나를 맞이하는 거였다.

"무슨 일이에요?"

"아군이 놈들의 함정에 빠져 거의 전멸하다시피 했다는구나."

아군이라고 해도 원로원파 사람들일 텐데, 그래도 같은 나라 사람이라고 가슴이 아프신가 보다.

"어떻게 된 거래요?"

그동안은 녀석들에게 빼앗긴 성들을 수복하며 계속 연전연
승을 기록하는 것 같던데 갑자기 전멸이라는 대패를 했다니,
나는 혹시나 에티엔 녀석이 말한 놈이 넘어와 다시 아메리 국
이나 새클턴 국으로 간 건 아닌가 싶어 가슴이 덜컹거렸다.

한데, 다행히 그건 아닌 듯했다.

"그동안 녀석들에게 쉽게 성을 탈환했던 게 아군을 함정으
로 밀어 넣는 미끼였단다. 몇 개의 성을 어렵지 않게 수복하니
아군은 이번에도 적이 쉽게 물러나자 아무런 의심 없이 성안
으로 몰려들어 갔지. 그러자 성문이 닫히고 뻥~!"

아버지가 마지막에 손가락을 펼쳐 보이자 뭔 일인지 알 것
같았다.

"성 전체를 폭파시켰다구요?"

"그래. 살아남은 이가 거의 없다는구나."

'그러기에 적이 만만치 않다니까.'

혀라도 끌끌 차고 싶었지만 아버지의 표정이 너무 가라앉아
있기에 나는 그냥 뒷이야기를 물었다.

"원로원의 타격이 크겠어요."

"그래… 바리수카 후작도 거기서 사망을 했다는구나."

"아~"

그래서 아버지가 가라앉아 계셨던가 보다. 아버지는 바리수
카 후작과 사이가 좋지는 않았지만, 오랜 세월 라이벌로서 같
이 지내온 사이인데다 그의 정정당당한 면을 인정하고 계셨는

데 그런 사람이 하루아침에 사라져 버렸다니 우울해지는 것도
당연하다.

'이제라도 휴전을 하자고 하면… 안 먹히겠지?'

내 생각은 맞았다.

곧바로 아버지가 전의를 불태우시며 나에게 선언하셨으니까.

"이다음 지원군은 우리 국왕파에서 나설 거다. 그때 나도 같
이 갈 거야. 놈들을 절대 가만두지 않겠어."

'이러언~'

아버지가 가신다니 내가 안 갈 수도 없는데, 상황이 참 우습
게 되었다.

녹스 국한테는 휴전하라고 해놓고서 여기서는 아메리 국을
점령해야 할 것 같으니 말이다.

'뭐, 맘대로 생각하라지. 거기는 벨레니 국에서도 적극 도와
주고 남대륙의 나라에서도 도와준다며?

한데, 그게 마음 편하게 생각할 게 아니었다.

아버지께 그 말을 듣고 지원군이 조직되어 막 출발하려는
그때, 실피드가 해인이의 소식을 전해왔던 것이다.

"문제가 생겼다."

"무슨 일인데요?"

"남대륙의 국가에서 갑자기 지원을 중단하겠다는 연락이
왔다. 덕분에 지금 녹스 국을 지원하는 건 벨레니 국과 대신전
뿐이야. 그래서 해인이가 다시 전투에 참여하게 되었어. 이번
에는 방어가 아니라 선봉대에 설 것 같다."

"예에에~?"

아니, 이게 무슨 변고인지 모르겠다.

전에는 미온적인 태도를 보이던 남대륙 국가에서 양 대신전의 성명 발표 이후 적극적으로 태도 변환을 한 덕분에 북서대륙 국가들은 마르타 국을, 남대륙 국가들은 녹스 국을 지원해 주기로 결정했었다. 그들의 지원이 있었기에 전쟁을 중단하지 않고 지속한 걸 텐데, 거기서 갑자기 지원을 끊는다면 어떻게 되는지 모르겠다.

'이거참… 하필 아버지가 휴전할 마음이 없으신 때에……'

물론 해인이가 위험하지는 않겠지만, 전투의 선봉에 서게 되었다니 마음이 놓이질 않는다.

그렇다고 아버지를 놔두고 해인이에게 갈 수도 없고.

한데, 난관은 그게 끝이 아니었다.

실피드에게 연락을 받고 어찌해야 할 바를 모르던 바로 그날 밤에 에티엔 녀석에게서 연락이 왔던 것이다.

[아무래도 어떤 놈 하나가 거기로 넘어간 것 같아. 정확한 지역은 아직 밝혀지지 않았지만, 일단 정보가 들어와서 가르쳐 주는 거야. 약속 지켰지? 나중에 더 정보가 들어오는 대로 알려줄게.]

그의 연락에 나는 기가 막혀서 머리를 부여잡았다.

"뭐야? 왜 이렇게 꼬인 겨? 난 정말 잘살아보려고 했는데, 너무하잖아? 이번 인생은 벌써부터 왜 이러는 거야아~!"

솔직히 이런 말 누구라도 할 수 있는 말이 아니던가? 이런 푸념조차 마음대로 못하고 사람이 어찌 살아간단 말인가.

그런데 이런 푸념을 누군가가 들었는지 나에게 말을 걸어왔다.

[그럼 인생을 바꿔줄까?]

갑자기 들려온 목소리에 깜짝 놀랐던 난 옛 생각이 떠올라 두 눈을 활활 불태웠다.

"언 놈이야~! 너 이 자식, 잘 걸렸다! 당장 안 나타나? 전에 그 자식도 너지? 내가 너 때문에 얼마나 고생을 했는 줄 알아? 모습을 보여라! 넌 죽~었어!!"

[아니, 난…….]

"당장 안 나타나? 빨랑 나타나란 말이다! 네놈이 한 짓을 알렸다!!"

[저기…….]

"오냐, 결국은 네놈이 나타나는구나! 내 오늘을 위하여 검을 갈았느니~!!"

[…안녕히 계세요.]

"이 자식! 어딜 가! 당장 안 나타나? 당장 돌아오란 말이다아아~!!"

내 평생에 벼르고 별렀던 범인을 잡을 수 있는 기회를, 다시 만났다는 것에 잔뜩 흥분해 놓쳐 버리고 난 나는 밤새도록 분해서 땅을 쳐도 도저히 분을 풀 수가 없어 씩씩거리고 있었다.

그런데 때마침 날 찾으러 온 아버지가 그 모습을 보고 흠칫하시는 거였다.

"야, 야, 뭘 그렇게 화를 내냐? 혹시 내가 전쟁의 선봉에 서겠다고 해서 그래? 그것 때문에 혼자 밤새도록 땅을 친 거냐?"

물론 그게 아니었지만… 이 상황에 그거 말고 적당한 변명 거리가 있을 리가 없었다. 게다가 사실, 아버지가 전쟁의 선봉에 선다는 것도 마음에 안 들기도 했고.

해서 냉큼 고개를 끄덕이던 난 문득 내가 이번 전쟁을 끝낼 수도 있지 않을까, 하는 생각이 들었다. 아니, 왠지 가능할 것 같다.

그래서 난 단단히 결의를 하고 아버지를 쳐다봤다.

"아버지, 저 이번 전쟁 여기서 끝내게 할 겁니다."

난 그때 내 몰골을 몰랐지만―거울 볼 시간이 있었어야지―나중에 아버지께서 말씀해 주시길, 머리는 산발이었고, 이마에는 시퍼런 힘줄이 투둑투둑 솟아 있었던데다, 두 눈은 핏줄기가 벌겋게 선 채로 살기를 줄기줄기 흘리고 있어 하마터면 적인 줄 알고 공격 마법을 날릴 뻔했다고 한다. 그런 몰골로 단호한 결의까지 내비치니, 아버지는 갑자기 꿀 먹은 벙어리가 되어 고개만 끄덕이셨다.

뭐, 사실… 아버지도 바리수카 후작의 죽음으로 인하여 열이 머리끝까지 솟아올라 적의 말살을 외쳤지만, 시간이 지나 분노가 가라앉고 이성이 돌아오고 있던 차에, 남대륙에서의 지원이 뚝 끊겨 녹스 국 쪽이 무지 난처해졌다는 연락 더 이상 전쟁을 끌면 이로울 것 없다는 결론을 내리고 있던 상황이었다.

연유야 어찌 되었든, 아버지의 동의를 얻은 나는 해인이와 사대 정령왕에게도 내 의지를 알리고 도움을 부탁했고, 그들은 기꺼이 나에게 힘을 빌려주기로 약속했다.

천신의 대신전에서는 당연히 펄펄 뛰었고, 하나냐도 내 뜻을 반대했다. 그들은 새클턴―아메리 국의 멸망까지는 아니더라도 마족과의 계약자를 처형하고 두 나라에서 보유하고 있던 흑마법사들의 말살, 그리고 흑마법사들이 가지고 있던 모든 자료의 폐기를 원했는데, 우리가 원한다고 새클턴—아메리 국에서 순순히 시키는 대로 할 리가 없었다. 흑마법사들은 그들의 국력이었고, 마족과의 계약자는 두 나라의 왕이었는데. 그러니 천족의 뜻을 이루려면 아예 두 나라를 멸망시키는 방법밖에는 없었던 것이다.

마요와 그 일당들이 처리되었다 해도 계약에는 하등 지장을 준 일이 없었기에 두 나라의 왕은 여전히 멀쩡히 잘 살아 있었고, 흑마법사들 또한 건재했으니 천족과 천신의 대신전에서는 이대로 전쟁을 해서 새클턴—아메리 국을 멸망시킨다 해도 아군 또한 무사하지 못하리란 걸 잘 알고 있었다. 그래서 날 대성기사로 세워 전쟁을 좀 더 쉽고 빠르게 끝내려 했던 것이다.

하지만, 난 그들의 뜻을 따를 생각이 요~만큼도 없었으니.

이것이 바로 후에 '천신의 실수!' 라고 불린 개망나니 영웅이자 천신의 대신전의 오점이라 불린 대성기사 '아사라 경' 이 탄생하게 된 이유였다.

대신전은 물론 천왕까지 나서서 엄포를 놓았지만 난 눈 하나 깜짝 안 했다. 천왕이 날 괴롭힐 수 있는 건 '천족의 존망' 이 걸린 일일 뿐. 흑마법사가 엄밀히 말하면 마족의 힘을 빌어 쓰는, 마신의 신관이라 그들의 존재가 천족의 심기를 거슬리긴 해도, 아직 '천족의 존망' 까진 이르지 않았기에 천왕은 나에게 악담을 퍼부어댈 수는 있어도 손 하나 까딱할 수 없었던 것이다. 물론, 그걸 믿고 날뛸 수 있었던 거지만.

대신전은 무시해 버리고 난 일단 마르타국 일을 해결했다.

다행히 마르타 국 국왕은 휴전에 긍정적이라 원로원만 해결하면 되었는데, 얼마나 고집이 센지 말을 들으려 하지 않아 '말을 안 들으면 엉덩이를 때려라' 는 명언을 적극 활용하여 말을 듣게 만들었다.

그렇다고 정말 두들겨 팬 건 아니고 아예 회의실로 쳐들어가 엉덩이 무거운 노친네들을 공중에다 거꾸로 매달아 흔들어 줬던 것이다. 한 10여 분 정도 흔들어댔더니 눈물 콧물 다 흘리며 휴전 동의서에 설명을 했다. 나도 나이 드신 분들을 그렇게 하고 싶진 않았다. 이래 봬도 난 예의가 바른 사람이었던 것이다. 그런 날 뚜껑 열리게 만들 정도였으니……. 어찌나 뻗대던지, 옆에 있던 실피드까지 분노해서 거꾸로 매달아 흔드는 것만으로는 부족하다고, 7층에서 떨어뜨렸다 밑에서 받는 놀이를 하자고 할 정도였다. 어쩜 의원들은 그 놀이를 정말 당할까 봐 급히 휴전 동의서에 사인한 걸지도 모르겠다.

그들 중 가장 실력이 뛰어난 자는 7서클, 나는 중급이라도 마법으로 치면 8서클의 실력자였기에 충분히 가능했던 일이었다.

그렇게 개망나니 영웅으로서의 첫발을 내딛은 난 다음으로 갑자기 휴전 안 한다고 뻗대는 새클턴—아메리 왕성으로 각각 쳐들어갔다. 이때는 혼자는 쬐께 걱정되어서 해인이와 사대 정령왕과 같이 갔었다.

당연히 우리 앞을 가로막는 흑마법사들과 키메라들과 마물들의 모습에 일단 키메라와 마물들은 해인이와 사대 정령왕이 맡았고, 난 흑마법사들에게는 신성 마법을 아낌없이 날려줘 그들이 모은 마나 서클을 몽땅 파괴시켜 버렸다. 그로 인하여 새클턴―아메리 국은 갑자기 등장한 우리 일행들로 인하여 자신들이 보유하고 있던 마법 전력의 절반을 잃어버리는 사태가 발생했으니, 휴전을 안 하려야 안 할 수가 없었을 거다.

아메리 국 왕성에 쳐들어갔을 때는 뜻밖에도 전에 머리 셋 달린 도마뱀과 같이 있었던 아메리 국 왕자를 만날 수 있었다. 그는 국왕이 나에게 항복을 했는데도 불구하고 비통하게 울부짖으며 끝까지 달려들어 결국 전치 16주 이상의 부상을 입히고 나서야 떼어놓을 수 있었다. 그거 보면 아무래도 머리 셋 달린 도마뱀을 진심으로 좋아했던 거 같은데……. 본모습은 봤는지 모르겠다. 뭐, 사랑에는 국경이 없다고 하니. 그 왕자가 얼마나 괴로워하던지, 그걸 보던 해인이도 나중에 에티엔 녀석을 만나면 그 머리 둘 달린 도마뱀이 살아 있는지 슬쩍 물어봐서 소식이라도 전해주자고 나에게 제안할 정도였다. 뭐, 나도 기꺼이 동의했다. 본의 아니게 사랑하는 사이를 갈라놓은 극악무도한 놈이 되어버려서 조금이나마 만회하고 싶었던 것이다.

그러한 우여곡절 끝에 새클턴―아메리 국의 왕과 외교관 대신의 목덜미를 끌고 마르타 국에 가서, 거기서도 원로원의 원장과 왕, 외교대신을 데려다 놓고 휴전 협정을 하게 만들었다.

이로써 마르타 국은 빼앗겼던 성을 모조리 돌려받고 많은 보상금까지 얻을 수 있었지만, 좀비들과 마물들이 휩쓸고 지나간 성들을 수복하기에는 오랜 시일과 많은 노력이 필요할 거다.

녹스 국은 이미 남대륙 지원이 끊기고 벨레니 국도 상황을 주시하느라 주춤거리는데도 끝까지 전쟁을 고수한다고 해서 왕실로 쫓아갔더니, 기가 막히게도 천신의 대신전에서 나온 성기사와 신관들이 잔뜩 포진한 채 날 기다리고 있는 것이었다. 내가 나타나자마자 붙들고서 아우성을 치기 시작하는데, 덕분에 말 한마디 해볼 기회도 얻지 못한 난 열받아서 정령왕에게 알아서 해결해 달라고 부탁했다. 그러자 이번에 나선 건 노아스. 그녀는 시끄럽게 떠드는 대신전 사람들을 목만 내놓고 땅에 파묻은 다음 녹스 국 국왕의 멱살을 잡고 협박했다. '휴전 협정서에 사인을 할래, 저 상태로 10년 살래?'

말만 들으면 별로 안 무서운 협박 같지만, 노아스의 기운을 코앞에서 고스란히 느껴야 했던 녹스 국 국왕에게는 이 세상 어떤 협박보다 무서웠을 거다. 얼마나 무서워했는지 협정서에 사인할 때 하도 손을 떨어서 잉크가 사방으로 다 튈 정도였다. 그때 입은 심적 데미지가 컸는지 녹스 국 국왕은 후로 시름시름 앓다가 몇 년 후 세상을 떠났고, 떠나면서 남긴 유언이 '영웅을 절대 거스르지 말아라~' 였단다. 그런데, 태자 녀석 그걸 어떻게 해석한 건지 그 길로 녹스 국을 천신에게 받친답시고 선언한 후 자신은 신관으로 귀의해 버렸던 것이다. 하기사, 그 즈음 녹스 국은 약해질 대로 약해져 겨우 명맥만 유지하는 상태였으니, 대신전에 넘기지 않았어도 얼마 안 가 사라졌을 거다.

그리하여 그 자리에는 천신의 신관장이 나라를 다스리는 성국이 세워지게 되었지만, 그 일로 인하여 나에게 감사하는 대신전 사람들은 한 명도 없었다. 치사한 사람들 같으니라고……. 하긴, 기껏 영웅이랍시고 세워놓고는 내 동상 하나 안 세워준 인간들이었으니 말이다.

제일 득을 많이 본 건 벨레니 국이었던 것 같다. 비록 녹스 국에다 지원을 팍팍 해준 덕분에 국력이 쫌 소비되긴 했지만, 그 대가로 벨레니 국 근처에 있는 녹스 국의 성 다섯 곳을 얻었으니 말이다. 설마, 벨레니 국이 공짜로 녹스 국을 도와줬겠는가? 세상에 공짜는 없는 법이다. 그게 전쟁 다음으로 녹스 국을 약하게 만든 가장 큰 이유였지만, 이로써 벨레니 국은 중앙 대륙 세 나라 중 가장 크고 부유한 나라로 거듭날 수 있었다.

그렇게 우격다짐으로 전쟁을 끝냈어도 나는 마음 편하게 놀지 못했다. 일단 원로원과 천신의 대신전에서 줄기차게 날 괴롭혔기 때문이다. 기껏 쉬려고 아버지 저택으로 돌아왔더니만, 그날 밤부터 자객, 혹은 살수라 불리는 손님들이 줄기차게 방문을 해댔고, 뒤를 이어 대신전의 신관과 성기사들도 쫓아다녔던 것이다. 난 그때 정말 스토커에 괴롭힘을 당하는 피해자들의 심정을 절절히 이해할 수 있었다. 그렇다고 원로원이나 대신전에 쫓아가서 다 뒤집어엎을 수도 없는 일이었기에, 아버지의 권유로 해외로 도피해 버렸다. 때마침 해인이가 소개시켜 줄 사람이 있다고 해서 같이 남대륙으로 갔는데, 거기서 뜻밖의 정보를 얻을 수 있었다.

해인이가 소개시켜 준 이들은 '베지테크스 상회' 사람이었는데, 상인인데다 '노예'라는 키워드에 예리한 안테나를 세우고 있는 이들이라 그에 대한 많은 정보를 얻을 수 있었던 것이다. 그들이 알려준 정보에 의하면 새클턴—아메리 국에서 남대륙과 북서대륙에 흑마법을 팔아넘겼다는 것이다. 그 때문에 남대륙에서 녹스 국에 대한 지원을 중단했던 것이고, 새클턴—아메리 국은 북서대륙에서 받은 많은 돈으로 전쟁 비용을 계속 댈 수 있었던 것이다.

게다가 문제는 그것만이 아니었다. 전쟁이 일어나기 오래전부터 키메라를 연구했던 새클턴—아메리 국에서는 그 실험을 위하여 몬스터는 물론 많은 지적 생명체도 필요로 했는데, 그걸 북서대륙과 남대륙에서 대줬던 것이다. 노예가 활성화되어 있는 나라였기에 가능한 일이었고 북서대륙과 남대륙에서는 팔려간 노예들이 어떻게 됐는지를 몰랐다고 하나, 그와 비슷한 슬픈 역사를 가지고 있는 나라 사람으로서 절대 묵과할 수가 없었다. 게다가 남대륙이나 북서대륙에 흑마법이 넘어왔다니, 거기서도 그 비슷한 일이 일어나지 말라는 보장이 없었던 것이다.

당연히 해인이도 한 팔 거들겠다고 나섰기에 일은 쉽게 진행되어 그 뒤 북서대륙과 남대륙의 노예상인들이 심하게 두들겨 맞은 모습으로 치를 떨며 천신의 대신전에 항의 방문을 하는 일이 줄을 이었다. 내가 노예상인에게 쳐들어갈 때 결코 얼굴을 가리지 않았던데다 노예 상인들은 모조리 잡아놓고 신나게 두들겨 패는 일은 꼬옥~ 빼놓지 않았기 때문에—그사이 뒤로 베지테크스 상회가 이종족들과 재산들은 빼돌리고 말이다—누가 했는지 모르려야 모를 수가 없었을 거다.

물론, 얼굴을 가리고 할 수도 있는 일이었지만, 그런 인간들에게는 도적질보다 대놓고 하는 강도짓이 더 났다고 판단한데다, 날 괴롭혔던 천신의 대신전에 대한 복수심도 쬐~끔 섞여 있었다.

명신의 대신전에서는 노예 상인들이 막아달라고 도움을 요청했을 텐데도 나에게 별 반응 보이지 않았다.

남대륙이나 북서대륙에서 명신을 많이 섬긴다 해도, 그건 '노예제도' 합법화를 위해서이지, 절대 명신에 대한 신앙심이 깊어서가 아니었다. 기실, 명신의 대신전에서는 진즉에 '이종족을 노예로 삼는 건 옳지 않다!' 라고 밝혔음에도 불구하고 인간들이 콧등으로도 안 들었던 것이다. 그런고로 난 명신의 가르침을 충실히 따르고 있는 셈이었으니, 명신에서 뭐라고 할 리가 없었다. 설마 뭐라 하고 싶다 해도, '천신이 선택한 용사'가 한다는데, 나설 수 있을 리가 없었다.

남대륙에서는 베지테크스 상회의 도움으로 활동하기가 수월했지만, 그 상회가 북서대륙에서는 아직 자리를 잡지 못한 상황이라 북서대륙에서 활동할 때 걱정을 했었는데, 의외로 거기서는 아리엘 녀석이 도와줬다. 물론, 드러내 놓고 도와주

지는 못했지만, 아리엘네 가문인 아이비스크 후작 가문의 정
보력과 그들의 은밀한 루트를 사용하여 우리는 남대륙 못지않
은 활약을 펼칠 수 있었다. 그 대가로 아이비스크 후작 가문은
부수입의 20%를 받은데다, 그들의 정적 가문도 대거 처리할
수 있었으니 남으면 남았지 결코 손해는 아니었을 거다.

　황당했던 건 아리엘 녀석이 직접 우리에게 합류하고 나섰다
는 것이다. 트라한 경 녀석 보기 싫어서 거절하고 싶었지만, 합
류시켜 주지 않으면 뒤에서 쫓아다니겠다고 나서니 어쩔 수가
없었다.

　트라한 경 녀석이 귀찮게 굴까 봐 걱정했었는데, 그건 해인
이가 해결해 줬다. 그놈이 자꾸 시끄럽게 구니까 해인이가 녀
석을 잡아 강제로 여장을 시킨 다음에 마법으로 이미지 저장
을 해버렸던 것이다. 트라한 경 녀석 여장이 의외로 제법 잘
어울렸다.

　얼마 후 에티엔 녀석이 나타나 그동안 깜빡 잊고 있었던 마
족의 정보를 알려줬다. 황당하게도 남대륙의 나라 중 명신의
대신전이 있는 왈그린 국에서 흔적을 잡았다는 것. 하지만, 흔
적을 찾자마자 녀석이 종적을 또 감추는 바람에 에티엔이 아
예 중간계에 머물면서 그 마족의 뒤를 쫓게 되었다는 것이다.

　그래서 난 녀석을 내 일에 합류시켰다. 정보를 얻는 데는 상
회만큼 제일 좋은 곳이 없다고 꼬드겨서 말이다. 게다가 베지
테크스 상회에서 하는 일을 보아도 에티엔이 원하는 정보를
얻기 가장 적합하지 않은가 말이다. 그 대가로 에티엔 같은 뛰

어난 실력자를 부려먹을 수 있었으니 이게 바로 누이 좋고 매부 좋은 일 아니겠는가? 뭐, 중간계로 도망쳐 왔다는 마족을 찾을 때까지지만, 어차피 그때는 나도 마족 잡는 일에 나서야할 테니 상회 일을 돕지 못할 거다.

중간계로 넘어온 마족이 무슨 일을 벌이려는지 알 수 없지만 어차피 언젠가는 드러날 거, 일단은 느긋하게 기다리는 중이었다.

The end

비뢰도 飛雷刀

100만 부 돌파 기념 이벤트

올 겨울 달콤한 핏빛으로 물들어라!
무협 소설의 신화 「비뢰도」의 흥행 돌풍은 아직 끝나지 않았다.
비뢰도와 함께 시작된 무협 소설의 신화는 계속된다.

꿈의 기적! 100만 부 돌파의 성공 신화!
무협 소설 분야에서의 전례 없는 100만 부 돌파 기록!
그 달콤한 흥행의 비뢰도는 끝까지 계속된다!

무협 소설의 스테디 셀러!
비뢰도 100만 부 돌파 기념 이벤트
비뢰도의 흥행 돌풍은 아직 끝나지 않았다.

이벤트 상품 (상품 이미지는 실제와 다를 수 있습니다)

[1등] 황금열쇠 1명
(순금 10돈)

[2등] PSP 게임기 3명

[3등] 10만 원권 백화점
상품권 10명

이벤트 기간
2009년 1월 5일 ~ 2009년 3월 6일

당첨자 발표
2009년 3월 20일

공모전 분야
비뢰도 관련 UCC, 카툰, 일러스트 중 택1

이벤트 참여 방법
http://www.novelcore.net 홈페이지에 방문하신 후 '비뢰도 이벤트' 메뉴 또는 '비뢰도 이벤트 광고 배너' 를 통해 UCC, 카툰, 일러스트 중 원하시는 분야를 선택하여 독자님께서 제작하신 결과물을 해당 게시판에 등록해 주시면 되겠습니다.

무천향 武天鄕

뿌리를 찾아가는 목동 파소의 여행.
그 여정의 끝에서
검 든 자들의 고향 대무천향 (大武天鄕)을 만난다.

검객 단보, 그는 노래했다.

…모든 검 든 자들의 고향 무천향.
한 초식의 검에 잠든 용이 깨어나고, 또 한 초식의 검에 잠든 바다가 일어나네.
검의 흐름을 따라가다 보면 어느새, 세월도 잊어버리고, 사랑도 잊어버리고,
무공도 잊어버려…….
결국에는 자신조차 잊어버리는…….

은하의 가장 밝은 빛이 되어버린다는
그 무성(武星)들의 대지(大地).

아, 대무천향(大武天鄕)이여!

유행이 아닌 자유추구 -
WWW.chungeoram.com
Book Publishing CHUNGEORAM

낭왕 狼王

별도 新무협 판타지 소설

살내음 나는 이야기에 여러분은 가슴 졸인 적이 있는가?
남들이 볼까 두려워하며 책을 가리면서 읽었던 구절을 몇 번이나 반복하며
읽은 적이 없는가?

구무협의 향수를 그리워하던 별도가 결국은
〈무협의 르네상스〉를 부르짖으며 직접 자판 앞에 앉았다.

"제가 무협을 쓰기 시작한 이유는 더 이상 읽을 책이 없었기 때문입니다."

모든 일은 4년 전부터 시작되었다.
살인사건을 배경으로 펼쳐지는 음모와 배신, 사랑과 역공작,
그리고 정사!

우리 시대의 이야기꾼, 별도의 새로운 글, 〈낭왕狼王〉!
〈천하무식 유아독존〉, 〈그림자무사〉, 〈검은여우黑狐狸〉에
이은 그의 또 하나의 역작!